ROYAL
Saga

Captive-moi

Ce livre est une fiction. Les noms, caractères, professions, lieux, événements ou incidents sont les produits de l'imagination de l'auteur utilisés de manière fictive. Toute ressemblance avec des personnages réels, vivants ou morts, serait totalement fortuite.

Titre original : Conquer Me
Première publication : 2014, Westminster Press
www.GenevaLee.com

Ouvrage dirigé par Isabelle Antoni
Collection New Romance® dirigée par Hugues de Saint Vincent

34-36, rue La Pérouse
75116 Paris
www.hugoetcie.fr

ISBN : 9782755633818
Dépôt légal : juin 2017
Imprimé en Espagne

GENEVA LEE

ROYAL Saga

DEUXIÈME TOME

Captive-moi

Traduit de l'américain
par Claire Sarradel

Hugo Poche
NEW ROMANCE®

DU MÊME AUTEUR

Commande-moi
Couronne-moi

À Lindsey,
ton impudeur m'inspire.

L'amour ne triomphe pas de toutes les difficultés, mais de moi, si.

Alexander a le monde à ses pieds et j'étais à genoux devant lui, jusqu'à ce que nos secrets déchirent notre couple.

Je devrais garder mes distances. Je devrais partir en courant. Mais je suis accro... à sa présence, au plaisir qu'il me procure, mais aussi à la douleur.

Il m'avait prévenue, je connaissais son côté sombre... son passé. Mais moi aussi, j'ai ma part d'ombre. Ensemble, nous vaincrons nos démons... si avant, nous ne nous détruisons pas mutuellement.

L'histoire de Clara et d'Alexander se poursuit dans cette époustouflante suite de COMMANDE-MOI.

CHAPITRE

PREMIER

Portobello Road grouille d'activité au petit matin.

Certains commerçants rangent leurs étals en désordre tandis que d'autres balaient devant leur boutique. Ce quartier sympa, que j'apprécie tant, s'éveille et s'anime. Mais moi, je suis coincée dans mon cauchemar. La Terre a continué de tourner, mais je suis incapable de gérer l'ordinaire, les rituels quotidiens d'une vie normale, pas plus que je ne suis capable de comprendre ce qui s'est passé. Ma poitrine est douloureuse, mon cœur brisé en mille morceaux l'a fait éclater. Hier je suis venue ici dans l'attente d'une seule chose : mettre un point final à notre histoire. C'est fait. Enfin, c'est ce que je croyais. Mais chaque pas qui m'éloigne d'Alexander m'empêche un peu plus de respirer. Mes poumons sont plombés, impossible de respirer l'air chaud de cette matinée d'été. Mes genoux fléchissent, ils supportent à peine mon poids.

Je ne veux pas être le secret d'Alexander. Ça, je le refuse. Mais l'éjecter de ma vie me donne l'impression d'avoir à m'arracher le cœur et de le jeter derrière moi. Une vie sans Alexander me semble impossible, mais vivre dans le mensonge avec lui est trop dangereux. Une rupture claire et nette n'est-elle pas une meilleure option que d'être l'objet de ragots incessants, que de finir systématiquement broyée par tous ces secrets et ces mensonges ? J'ai fait ce que j'avais à faire, mais c'est une piètre consolation.

Et, par-dessus tout, je l'ai abandonné. Ce qu'il m'a offert n'est pas une vie – cela n'a rien d'une vraie vie. Comment a-t-il pu ignorer ça ? Il m'a pourtant prouvé que ses sentiments pour moi étaient aussi profonds que les miens l'étaient pour lui. Et au lieu de lui montrer mon amour, je l'ai quitté. Comment aurais-je pu faire autrement alors qu'il ne m'a même pas donné une parole rassurante ? On attend de lui qu'il fasse un mariage politique. On attend de lui qu'il régisse ce pays.

On ne s'attendait ni lui ni moi à tomber amoureux.

À présent, nous nous sommes mutuellement détruits.

À cet instant précis, j'en prends conscience, violemment, et je trébuche puis m'effondre contre une devanture d'un vieux magasin en briques. Comment vais-je pouvoir survivre à Alexander ?

La douleur sourde qui s'était infiltrée en moi vient de se muer en un puissant chagrin. De ma gorge à vif sont nées des larmes de colère qui roulent sur mes joues sans que je puisse y faire quoi que ce soit. Je ne prends pas la peine de les essuyer, même lorsque les preuves de ma tristesse s'accrochent à mes cils et me brouillent la vue.

Ça n'a pas d'importance. Plus rien n'a d'importance.

J'ai osé l'aimer malgré tous les risques encourus. Il m'avait prévenue. Je m'étais mise en garde contre moi-même. Je me suis donnée à lui en toute connaissance de cause, mais je ne m'attendais à rien d'autre qu'à une toquade. J'ai été téméraire et il y a bel et bien un prix à payer : mon cœur.

Je lui ai donné mon corps et il a pris mon âme.

Et tout à coup, le voilà debout devant moi avec, dans son magnifique regard bleu, la même douleur que la mienne. Chaque parcelle de mon corps crève d'envie de se jeter dans ses bras pour faire taire la douleur que j'ai ressentie en le quittant. Je sens qu'il a besoin d'être réconforté et je sais que je suis la seule à pouvoir lui apporter la paix dont il a besoin. Pourtant, même si mes larmes coulent à flots, je résiste et recule.

– Clara, tu ne peux pas me quitter. Reviens.

C'est impératif, mais son ton est incertain, comme si bizarrement une question rôdait sur ses lèvres parfaites. Alexander n'est pas du genre indécis. Il prend ce qu'il veut sans avoir à épiloguer. D'une part parce que c'est un prince de sang royal, l'héritier de la couronne d'Angleterre, mais aussi parce qu'il manifeste une autorité quasiment primale. On ne le questionne pas et lui-même ne pose pas de questions. Mais là, devant moi, son attitude est inimaginable.

Je cligne des yeux pour chasser l'océan de larmes qui les baigne, mais je me noie dans son image. Plonger dans son regard, aussi ardent que le cœur d'une flamme, me coupe le souffle. Ses cheveux presque noirs sont toujours aussi emmêlés, attestant que mes mains s'y sont agrippées la nuit dernière alors qu'il me baisait furieusement pendant des heures. Quand ai-je senti pour la dernière fois ses lèvres pleines et sculptées sur les miennes ? J'ai l'impression que c'était il y a une éternité. Il y a une éternité que je n'ai senti leur douce et ferme caresse, une éternité depuis qu'elles se sont glissées entre mes cuisses pour y laisser des baisers me promettant tant de plaisir. Mais ce qui me coupe finalement le souffle, ce n'est pas son visage aussi beau que celui d'un dieu ni même le soupçon de vulnérabilité que je décèle derrière l'ordre qu'il m'a donné.

Il est là, en sandales, vêtu d'un vieux jean placé bas sur ses hanches, mais dans sa hâte de me retrouver, il n'a pas pris le temps d'enfiler un t-shirt. Ce corps qu'il m'a caché pendant si longtemps – ce corps que je trouve si beau – est offert à la vue de tous, *entièrement*, même les vilaines cicatrices de son passé. De honte, il s'était caché, jusqu'à ce que je le pousse à se révéler à moi lors de cette nuit où nous avons tous les deux basculé de l'autre côté. Et là, le voilà devant moi à m'en demander plus encore. Malgré le ton de sa voix, je connais la vérité. Il est tout aussi vulnérable que moi, son cœur saignant à risquer le tout pour le tout pour me faire revenir à lui.

Je ne l'en aime que davantage. Mais ça ne change rien. Je ne peux pas me le permettre.

– Je ne peux pas, Alexander.

Mes mots sonnent creux, ils sont aussi faux qu'une vaine promesse. Chaque fois que je me refuse à lui, je me brise un peu plus, à chaque « non », mon cœur explose en un million de petits morceaux et je n'arrive pas à croire qu'il pourrait un jour cicatriser.

– Je ne peux pas l'accepter.

Il s'approche de moi à une telle vitesse que j'en ai la tête qui tourne. Lorsqu'il est à mes côtés, c'est encore plus difficile de réfléchir. Mon corps me trahit, attiré par celui dont la seule présence suffit à me rendre incapable de combattre mes instincts primitifs. Il passe ses bras autour de ma taille et la serre en m'attirant sans ménagement contre lui. Mes tétons durcissent sous ma chemise lorsqu'ils frôlent son torse nu, et mon sexe palpite, qui abrite encore sa semence. Mon corps se soumet sans dire un mot, désespéré qu'il passe à l'acte. Alexander est ma drogue et je suis incapable de refuser ma dose. Je brûle de désir pour lui – pour sa langue infatigable, son sexe vigoureux et, plus que tout, pour la libération que je ressens à passer sous son contrôle.

– Tu es à moi, Clara. Tu ne peux rien faire contre ça. Tu m'appartiens.

Même lorsqu'il me fait cette déclaration et même si je presse mes cuisses l'une contre l'autre, parce que je sais ce que ça fait d'appartenir à Alexander, je ne peux ignorer la vérité.

– Mais toi, tu ne m'appartiens pas.

Mon cul ! grogne-t-il. Tu me tiens par les couilles, Clara. Je ne peux penser à rien d'autre qu'à être en toi. Je dois faire appel à tout mon self-control pour ne pas te balancer sur mon épaule et te traîner à la maison pour te baiser jusqu'à ce que tu ne puisses plus marcher. Te baiser jusqu'à ce que tu comprennes que je ne te laisserai pas partir, pas sans me battre.

Je secoue la tête en m'extirpant de son étreinte. Ma tristesse s'est transformée en rage fumante.

– Dis-moi que je ne serai pas ton sale petit secret. Dis-moi que je suis plus qu'un bon coup à tirer, Alexander. Dis-moi que quoi qu'il advienne, quoi que ton père pense ou attende de toi à l'avenir – dis-moi que tu m'appartiens.

Alexander passe brusquement la main dans ses cheveux, la mâchoire visiblement serrée.

– C'est plus compliqué que ça.

– C'est aussi simple que ça.

Je lui crache ces mots à la figure, croisant les bras sur ma poitrine pour me protéger, comme si je voulais monter une barrière entre nous. Mais bon, j'ai encore du mal à garder le contrôle sur mon corps.

– C'est toi qui en fais quelque chose de compliqué.

– Je t'ai dit qu'il n'y avait que des tarés dans la famille royale, répond-il, l'air dégoûté. Et moi, je suis le pire de tous.

– C'est à toi de choisir quel homme tu veux être. Tu ne vois donc pas que tu as le choix ?

Mes mots sont durs, mais je n'arrive pas tout à fait à dissimuler le fait que je le supplie.

Ma question provoque chez lui un rire sans aucun humour.

– Tu ne vois donc pas que je n'ai pas le choix ?

Je me prépare au pire, je sais ce qu'il a besoin d'entendre. Il a besoin d'y faire face. Et je sais que redire ces mots va me faire encore plus mal que la dernière fois, d'autant plus que mon cœur déchiré saigne encore.

– Je t'aime, Alexander.

Le feu s'éteint dans son regard lorsqu'il recule d'un pas. Je m'attendais à cette réaction, mais ça fait quand même mal. C'est beaucoup lui demander que d'écouter ces mots. Bon Dieu, c'est beaucoup lui demander que de me rendre la pareille ? Je sais qu'il m'aime, je le sens avec la même certitude que pour mes propres sentiments. Le voir se recroqueviller ainsi me prouve que ça ne sera jamais suffisant.

– Je ne peux pas, Clara.

Sa réponse n'est pas triste, elle est froide.

Mes lèvres tremblent et la tristesse me pique les yeux.

– Tu ne veux pas.

Il m'observe un long moment, un muscle palpite dans son cou avant qu'il n'ouvre la bouche.

– Je ne veux pas.

– Alors, je ne peux pas revenir.

Je laisse couler librement de nouvelles larmes sur mon visage. Nous regardons tous les deux la vérité en face. Il n'y a plus d'autre choix que de passer à autre chose et avancer.

Cette idée me fige sur place, je suis glacée, comme si j'avais été envoûtée. Lorsqu'Alexander passe son bras autour de ma taille pour lentement m'attirer contre lui, je ne lui résiste pas. Je n'en ai pas la force. Cette douleur fait naître une sensation de vide qui résonne en creux en moi. J'ai l'impression que les heures vont s'étirer en journées qui deviendront des mois, puis des années creusées d'abysses. Je remarque à peine qu'Alexander repousse une mèche de cheveux de mon visage pour la coincer derrière mon oreille, puis murmure, la voix empreinte de tristesse cette fois-ci.

– Impossible à contrôler.

– Arrête d'essayer.

À peine ai-je fini de chuchoter ma réponse qu'il ébauche un sourire, vite disparu.

– Tu me manques déjà.

Je ferme les yeux de toutes mes forces, mais les larmes coulent quand même. Ce n'est pas la peine de prétendre que tout va bien. Je ne vais pas bien et ça ne s'arrangera pas. Ma vie n'est pas un conte de fées et il n'y a pas de dénouement heureux qui m'attende à la prochaine page. J'en suis parfaitement consciente, même lorsque sa bouche capture la mienne.

Nous nous jetons l'un sur l'autre dans ce baiser, trahissant l'urgence qui s'est emparée de nos corps. Il y a et il restera tellement de non-dits entre nous. J'ouvre mes lèvres en suivant les siennes, je laisse à sa langue le soin de s'emparer de la mienne, je le laisse me dominer une fois de plus. Son baiser échauffe mon sang, puis m'embrase tout entière. La passion se mêle à la peur et alors même que je m'agrippe à lui, les flammes du désir m'emportent doucement comme si j'étais brûlée vive sur un bûcher. J'ai du mal à respirer, je m'accroche à ses épaules, mes ongles s'enfoncent dans sa chair si dure. Je suis terrifiée à l'idée de le laisser partir. Terrifiée à l'idée de ce qui m'attend après ce baiser. Mais il ne me relâche pas, même lorsque nos lèvres s'éloignent et que nous reprenons notre souffle.

Nous savons très bien ce qui va se passer dès que nous nous séparerons.

Alexander dépose un baiser sur mon front et je ferme les yeux, je puise dans mes dernières ressources pour trouver assez de force pour aller jusqu'au bout. J'y suis. Et le plus triste, c'est que tout est de sa faute. La sienne. La nôtre. J'ai trouvé cette force dans ce que nous avons partagé. Il me l'a donnée.

Il m'a donné la force de le quitter.

Il baisse la tête, je recule et lorsqu'il la relève enfin, il ne dit que trois mots :

– Au revoir, Clara.

Alexander lève la main en l'air et, une seconde plus tard, une Rolls-Royce rutilante se gare à côté de nous. Il ouvre la porte et me fait signe de grimper à l'intérieur. Je ne lui pose pas de question. Je n'ai plus envie de me battre, mes forces déclinent peu à peu.

Je me glisse sur la banquette arrière sans dire un mot. Il me fait un petit sourire, tellement différent de l'expression taquine dont je suis tombée amoureuse. Puis il ferme la portière.

Norris ne dit rien. Il sait ce qu'on attend de lui sans qu'il soit nécessaire de parler et lorsqu'il démarre doucement, Alexander se tourne vers cette maison qui aurait pu être la nôtre. Il n'hésite pas. Il se dirige vers la porte comme s'il n'avait pas d'autre choix. Il a été bien clair, il n'y en a aucun autre. Alors, je me mets à pleurer pour mon cœur brisé et pour mon homme, brisé lui aussi, qui retourne vers un futur que nous ne partagerons jamais, et à chacun de ses pas, il sort un peu plus de ma vie.

***

La porte se ferme doucement derrière moi. La lumière du matin filtre entre les rideaux légèrement disjoints, mais je retourne me coucher. C'est trop dur d'affronter cette journée. J'ai besoin d'être inconsciente, mais même le sommeil ne saurait me faire échapper à tout ça. Alexander emplirait mes rêves.

Quand je passe à côté du canapé, quelque chose bouge, et une Belle encore à moitié assoupie s'assied en se frottant les yeux. À en juger à ses cheveux emmêlés et son pantalon de yoga, je devine qu'elle s'est endormie en attendant mon retour. Elle ouvre la bouche, mais la referme en voyant la tête que je tire. Je n'ai pas besoin d'un miroir pour savoir que mes yeux sont rouges et que j'ai le nez qui coule.

– Tu es allée le voir.

Ce n'est pas une question, c'est une affirmation, factuelle. Si j'en crois le ton de sa voix, elle ne me juge pas. Elle aussi a commis pas mal d'erreurs dans sa vie amoureuse, c'est probablement pour ça qu'elle passe à l'action sans rien dire d'autre. En moins de deux secondes, une couverture encore tiède de la chaleur de son corps m'enveloppe les épaules.

Anesthésiée par le choc, je m'assieds alors qu'elle farfouille dans la cuisine en claquant les portes des placards. Elle trouve le paquet de café, y jette un œil et le jette sur le plan de travail.

– Et puis merde. On a besoin d'un truc plus fort que ça.

Il n'est même pas neuf heures du matin, mais je ne la contredis pas. Je n'en ai pas la force. Elle sert un verre de vin blanc et me le tend. Je l'accepte et le sirote sans réfléchir.

Je sens que Belle contient à peine sa curiosité. Elle veut savoir ce qui s'est passé et si je connais bien ma meilleure copine, je dirai qu'elle fait de gros efforts pour s'empêcher de poser toutes les questions qui ne demandent qu'à sortir de sa bouche. C'est pour ça qu'elle est ma meilleure amie. N'importe qui d'autre, même ma mère, n'aurait pas réussi à se contrôler. Belle sait ce dont j'ai besoin : de temps.

Du temps pour digérer ce qui s'est passé. Du temps pour m'habituer à l'idée qu'Alexander ne fait plus partie de ma vie – et qu'il n'en fera plus jamais partie. Là, maintenant, tout de suite, j'ai l'impression que c'est impossible. Là, je n'arrive même pas à comprendre comment fait la Terre pour continuer de tourner.

Belle me guide vers la salle de bains et fait couler de l'eau dans la baignoire. Je ne proteste pas. Je la regarde se remplir jusqu'à ce que Belle me prenne mon verre des mains. Secouée par un gros sanglot, le verre m'échappe. Qu'est-ce qui va encore m'échapper ? Qu'est-ce qu'on va encore me prendre ? C'est complètement irrationnel de penser ça, mais je m'en moque. Plus rien n'a de sens. Pourquoi me battre ? Ma vie – cette vie qui commençait à peine il y a quelques semaines – ma vie est terminée. Demain, je vais devoir tout recommencer à zéro. Demain, je vais devoir faire face à la réalité d'un monde sans Alexander.

Comme si elle avait lu dans mes pensées, Belle me parle doucement.

– Aujourd'hui, tu pleures.

Aujourd'hui, je vais pleurer. J'acquiesce en silence. Je vais me glisser dans le bain chaud qu'elle m'a fait couler et laisser mes larmes tomber dans l'eau jusqu'à ce que je sois à vif, jusqu'à ce que je sois une autre personne, jusqu'à ce que toute cette peine soit sortie de mon corps. Mais même en entrant dans la baignoire, je sais que je ne serai jamais capable de purger ma mémoire de toute trace d'Alexander. Il est dans mon sang. Ses caresses ont imprégné ma peau. Je lui appartiens, même si je ne pourrai jamais être à ses côtés.

– Demain, tout ira mieux.

Belle s'assied au bord de la baignoire. Elle ne me force pas à parler. Elle reste simplement assise à mes côtés en silence.

Belle a tort. Demain rien n'ira mieux. J'ai déjà eu le cœur brisé par le passé, mais jamais rien d'aussi terrible. Perdre Alexander a fracturé quelque chose de profondément enfoui en moi – il m'a brisé l'âme autant que l'esprit. Je ne m'étais jamais donnée à quiconque comme je me suis donnée à lui. Et je ne le ferai plus jamais. Impossible. Un amour aussi beau et féroce que le nôtre, ça ne peut pas arriver deux fois dans une vie. Un humain peut survivre à une perte pareille une fois, mais notre instinct de survie nous empêche de nous rendre aussi vulnérable une seconde fois.

– Je suis là si tu as besoin de parler, quand tu seras prête.

Belle se glisse hors de la salle de bains, mais je sais qu'elle n'est pas loin. Je suis sûre qu'elle me donne l'espace dont j'ai besoin tout en restant aussi proche que possible.

Pour l'instant, seule, je laisse libre cours à ma tristesse, je me laisse l'éprouver complètement. Elle me déchire, fait éclater mon cœur en petits morceaux, le réduisant à néant. Et tout ce qui reste, c'est un trou douloureux dans ma poitrine qui m'empêche de respirer correctement. Même à cet instant, je ne changerais rien à notre histoire. Une seule chose serait, à l'avenir, encore plus inimaginable qu'une vie sans Alexander, c'est qu'il ne fasse même pas partie de mon passé. Je vivrai de la mémoire de notre histoire. Je vais subsister grâce à ces souvenirs, car avant qu'il ne débarque dans ma vie, j'étais affamée et je ne m'en étais même pas rendu compte. J'ai pris la bonne décision. Si j'avais fait durer cette histoire plus longtemps encore, je n'aurais pas pu survivre à notre inévitable rupture. Aujourd'hui, je ne pense pas à ce que veut mon cœur, je me concentre sur ma capacité à vivre un autre jour. L'espace d'un bref instant, il m'a appartenu. Nous n'avons pas passé beaucoup de temps ensemble, pas assez, mais je sais que c'est suffisant.

CHAPITRE DEUX

Je passe en coup de vent devant l'homme qui me tient la porte en le remerciant sincèrement. Je marche à toute vitesse quand je m'aperçois qu'il veut me parler. Il n'a pas une tête de journaliste, mais j'ai appris à mes dépens qu'il fallait se méfier des étrangers semblant faire preuve d'intérêt à mon égard. En plus, ce matin, je n'ai pas le temps. Belle, ma copine qui a les meilleures intentions du monde mais qui fourre son nez partout, m'a retardée de vingt minutes en me tendant une embuscade dans notre appartement commun. Maintenant, il me reste moins d'une demi-heure pour préparer la réunion avec l'un de nos clients les plus importants.

Le cabinet Peters & Clarkwell est encore relativement calme ce mardi matin, mais ça ne va pas durer longtemps. Depuis que nous avons officiellement remporté le contrat Isaac Blue, l'atmosphère au bureau est passée de décontrac-tée à frénétique – et j'adore ça. Alors que bon nombre de mes collègues détestent ce nouveau rythme, je m'y épanouis. La charge de travail me change les idées et me permet de ne pas m'appesantir sur le bazar sans nom qu'est ma vie personnelle. Pas de temps pour penser à Alexander. Ça fait deux mois et demi que je ne vis que pour le travail, ici bien sûr, mais aussi à la maison. Je travaille sans interruption, jusqu'à ce que mes yeux refusent de rester ouverts. Ainsi, Alexander n'envahit mes pensées que le temps de mes rêves où je ne peux pas l'empêcher de me retrouver.

Tori me salue d'un signe de la main depuis son bureau, ce qui me surprend un peu. Cette rousse exubérante a une vie, une vraie – une vie à laquelle elle aimerait que je participe – et elle me met la pression. En plus, elle n'est jamais arrivée avant moi le matin. Je m'arrête devant elle et me prépare à l'assaut. Elle va encore me proposer d'aller dîner ou de boire un verre.

– Tu arrives tôt.

Je me force à sourire. J'aime bien Tori, un jour, nous pourrions même devenir amies. Mais là, je ne peux penser qu'au travail. Le mot « fun » n'appartient pas à mon vocabulaire. J'ai essayé d'aller dîner avec Belle et quelques amis plusieurs fois pendant l'été, ce qui n'a fait que douloureusement me rappeler l'absence d'Alexander. Maintenant, je sais qu'il vaut mieux éviter.

Tori grimace et tire sur sa veste pour cacher un top à paillettes visiblement dos nu.

De l'eye-liner qui a coulé et une tenue de travail un peu particulière…

– Réveil difficile ?

Ou nuit endiablée ? Je passe la dernière remarque sous silence.

Elle se penche en avant et parle à mi-voix alors que nous sommes seules à une heure si matinale.

– Ça se voit que j'ai passé une nuit blanche ? Ce n'est pas à quatre heures du matin qu'il vaut mieux se rappeler qu'on a oublié de chercher les derniers chiffres pour la campagne d'Isaac Blue, surtout quand on est au Brimstone.

Je ris faiblement, m'efforçant de montrer de l'empathie. À l'intérieur, sa confession inoffensive me fait chanceler et des souvenirs envahissent mon cerveau, trop rapidement pour que je puisse m'en dépêtrer. Je suis déjà allée dans cette boîte et l'éclair de jalousie qui me transperce quand j'entends ce nom me surprend. Était-il là la nuit dernière lui aussi ? Était-elle près de lui sans même le savoir ? Il n'y a pas que ça. Rien que le mot *brimstone*[1] est porteur de tant de sens pour moi, mais Tori ne peut pas en avoir la moindre idée.

Je n'ai pas encore eu à l'affronter. « Brimstone » n'est pas un mot qu'on utilise tous les jours dans la conversation. C'est l'une des raisons pour lesquelles je l'avais choisi comme code de sécurité. « Brimstone » était le mot censé me protéger quand Alexander me poussait trop loin, lorsqu'il exigeait de moi plus que je ne pouvais lui donner.

Je ne l'ai utilisé qu'une seule fois et ça n'arrivera plus jamais.

---

1 *Brimstone* se traduit en français par « soufre » ou « sulfureux ». (NdT)

Tori tousse poliment, et je secoue la tête en essayant de me libérer de ces souvenirs douloureux.

Je murmure une excuse :

– Désolée. Moi aussi je dois finir deux ou trois trucs avant qu'Isaac n'arrive. J'ai un peu la tête ailleurs.

– Je comprends parfaitement, répond-elle, sympa. On devrait aller déjeuner quand on en aura terminé avec tout ça.

J'hésite, cherchant immédiatement une excuse.

– J'ai une semaine hyper-chargée. J'ai une centaine de rapports à lire pour être sur la même longueur d'onde que l'équipe RP d'Isaac.

Tori écarte mon excuse d'un haussement d'épaules.

– Ok, une autre fois, peut-être.

– Absolument.

Je ne peux rien promettre de plus qu'un *peut-être* en ce moment. Je jette un coup d'œil à l'horloge et me rends compte que ma conversation avec Tori m'a effectivement fait perdre cinq minutes très précieuses.

Je glisse mon sac à main dans le tiroir de mon bureau, sors le dossier de la Fondation Blue pour me préparer à la réunion qui doit avoir lieu aujourd'hui.

– Prête ? me demande Bennett.

Son sourire, d'habitude si chaleureux, est devenu fatigué.

Je prends quelques secondes pour observer le visage de mon patron. Les cernes sous ses yeux sont plus marqués et ses cheveux bruns et ondulés ont besoin d'un bon coup de peigne.

– Et vous ?

– J'ai si mauvaise mine que ça, hein ?

Il se laisse tomber sur la chaise de bureau à côté de la mienne et tire sur sa cravate avant de poursuivre :

– Pourquoi les enfants sont-ils en vacances alors que leurs parents doivent travailler l'été ?

– C'est cruel.

Bennett est père de jumelles de six ans, ce qui est déjà assez difficile comme ça, mais en plus sa femme est brusquement morte l'an dernier. Je n'arrive même pas à imaginer à quel point il a dû se sentir dépassé, même s'il fait de son mieux pour ne pas le montrer.

– Pourquoi ne me laisseriez-vous pas les garder quelques heures vendredi prochain ?

Bennett écarquille les yeux pour mimer un sentiment d'horreur.

– Hors de question de te demander d'arrêter de travailler !

– La campagne pour la Fondation Blue est sur les rails, dis-je, l'air de rien, en ignorant son sarcasme.

Je n'ajoute pas qu'en attendant qu'arrive notre prochain grand projet, je suis aux abois, j'ai absolument besoin de trouver comment m'occuper. J'accepterais n'importe quoi du moment que je n'ai pas à réfléchir à l'absence d'Alexander dans ma vie.

– Tu as peut-être raison. (Bennett se masse les tempes en poussant un gros soupir.) C'est triste si je te demande de les garder pour que je puisse dormir ?

J'étudie l'allure exténuée de mon boss avant d'arquer un sourcil et de lui répondre :

– Je crois que je vais insister, pour une bonne dose de sommeil.

– Tu me sauves, Clara.

Il s'arrête un instant et fouille sa sacoche envahie de liasses de papiers avant de poursuivre :

– Quelqu'un a appelé pour poser des questions sur toi. Je pensais avoir écrit son numéro quelque part.

D'un seul coup, les couleurs du bureau s'effacent. Il n'y a qu'une seule personne pour appeler mon employeur et poser des questions. Une seule personne qui ne me contacterait pas directement. Une seule personne, qui ne m'a pas parlé depuis des mois.

– Mais tu ne passes pas d'entretiens pour un autre poste, au moins ? demande Bennett en me voyant si choquée.

Je secoue la tête et me force à répondre.

– Nan.

– J'espère bien, parce que tu as franchement l'air de paniquer.

D'un seul coup, il saisit la direction qu'ont prise mes pensées parce qu'il ajoute :

– Je ne pense pas que c'était lui, Clara.

Je ne sais pas si sa remarque me fait me sentir mieux ou si c'est encore pire. En fait, je ne ressens pas grand-chose. Je repousse les questions que je voulais lui poser. Est-ce qu'il a demandé à me parler à moi ? Est-ce qu'il avait l'air d'aller bien ? Il a vraiment laissé un numéro pour le rappeler ? Parce qu'Alexander n'est pas du genre à appeler.

– C'était certainement un journaliste.

Mais je n'arrive pas à me défaire de mon malaise.

– Tu veux prendre un thé avant qu'on s'y mette ? propose-t-il en se levant.

– Pour moi, ce sera du café. J'ai presque fini mon analyse du rapport.

Je montre du doigt le document ouvert sur mon écran d'ordinateur. J'ai passé chaque minute de chaque jour à me préparer pour la réunion d'aujourd'hui. Ce n'est pas maintenant que je vais perdre de vue mon objectif.

– Parfois, j'oublie que tu es américaine et toc, tu demandes un café !

Je fais mine de le gronder en agitant mon index avant de me tourner vers mon écran pour me remettre à travailler.

– Je ne suis pas la seule personne ici à boire du café et non, je ne suis pas américaine.

– Tu es plus américaine que tu veux bien l'admettre, mais peut-être que si je te propose assez souvent du thé et des biscuits, tu finiras par renouer avec ton côté anglais.

– Impossible, n'est-il pas…

J'essaie de parler avec un accent british hautement improbable, et le rire de Bennett l'accompagne lorsqu'il se dirige vers la salle de pause. Ça fait du bien de le voir se détendre. Il me taquine peut-être sur mon investissement au travail, mais avec cette pression, je ne peux pas m'empêcher de m'inquiéter pour lui. Pour ses filles qui n'ont plus que lui.

Heureusement, tout a l'air d'être en ordre pour la présentation à la Fondation Blue. Avec un peu de chance, Bennett reviendra assez vite avec mon café pour que j'aie le temps d'en boire un peu avant d'aller en salle de conférences. Je débloque mon téléphone pour vérifier l'heure et vois que ma mère a essayé de m'appeler.

Ils attaquent sur tous les fronts.

Madeline Bishop ne sait pas saisir une remarque subtile. J'évite de répondre à ses appels depuis plusieurs semaines. En vérité, je ne suis pas en mesure de supporter son franc-parler tout à fait particulier. Pour ce qui la concerne, Alexander et moi sommes toujours ensemble. Lorsqu'elle saura que nous nous sommes séparés, elle n'aura aucun problème à identifier toutes les failles de notre relation et ce que j'aurais pu faire pour arranger tout ça. La curiosité est un vilain défaut et on peut dire que les punitions n'ont pas corrigé ce défaut et qu'elle est toujours aussi vilaine. D'après ma mère, on peut toujours trouver une solution. Je n'ai pas le courage de lui dire que pour nous, il n'y en a aucune.

J'ai dit à Alexander que je ne serai pas son secret, mais je déguise encore la vérité à propos de notre relation. Peut-être que je ne serai jamais aussi forte que ce que je croyais – que ce qu'il croyait.

Bennett est de retour dans mon bureau et me tend un café fumant.

– Prête à faire des étincelles ?

Je bois une petite gorgée. Prétendre que je vais bien est devenu une seconde nature, prétendre que tout est sous contrôle en est une autre. Je pourrais être honnête avec lui. Mais finalement, je me force à sourire.

– Après vous, chef.

***

Je ne peux qu'admirer la transformation de notre client. En quelques mois, l'acteur que j'avais rencontré, célèbre star à problèmes, est devenu un leader d'opinion réfléchi qui prend de plus en plus de responsabilités en s'investissant dans sa campagne. Sans l'ombre d'un doute, son attachée de presse, la blonde Sophia King, qui ne le quitte pas d'une semelle, a quelque chose à voir avec cette transformation. D'après certaines rumeurs ils sont ensemble, et aujourd'hui quand je l'ai vu à la fin de la réunion poser sa main dans le bas de son dos dans un geste protecteur, mes soupçons ont été confirmés. Il l'a retirée trop rapidement pour que d'autres voient son geste, mais elle a levé les yeux vers lui avec un regard d'une telle intensité que j'ai reconnu l'échange silencieux que seuls des amants peuvent partager.

Je ressens comme une pression dans la poitrine, la douleur me serre le cœur comme dans un étau. Je ne partagerai plus jamais ce type de regard avec quiconque. Les petits gestes protecteurs d'Alexander me manquent. J'aimerais les sentir encore une fois. Sophia tourne la tête pour me regarder dans les yeux et je détourne le regard à mon tour, embarrassée d'avoir été surprise en flagrant délit d'observation.

Isaac tend la main à Bennett.

– Merci pour tout ce travail. Grâce à Peters & Clarkwell, la Fondation Blue part sur des bases solides.

Bennett serre sa main mais secoue la tête.

– C'est elle que vous devriez remercier.

Malgré tout le travail que j'ai accompli sur cette campagne, je ne sais plus où me mettre au moment où on m'en attribue le mérite. J'ai envie de faire carrière dans ce cabinet, mais j'ai aussi envie d'y arriver pour que tout le monde oublie ce que les tabloïds ont publié sur ma vie personnelle. Isaac se tourne pour me remercier, mais s'arrête en cours de route quand il m'aperçoit. Avec ses cheveux bruns taillés court, ses fossettes sur les joues et son physique ravageur, la plupart des femmes tueraient pour attirer son attention. Je ne suis pas comme la plupart des femmes. Isaac est sexy en diable, mais il n'est pas Alexander.

Est-ce grâce à ses talents d'acteur que la star s'est vite reprise et m'a offert sa main ?

– Merci, Mademoiselle… ?

– Bishop.

J'entre dans son jeu et réponds à sa question. Cependant, aucun doute, il m'a reconnue. L'anonymat ne fait pas partie des avantages à avoir son portrait en couverture de *People magazine*. Nous échangeons quelques politesses et malgré ce début de conversation un peu bizarre, je ne peux m'empêcher d'être charmée par l'acteur.

Sophia s'attarde à la porte, incitant son client et amant à sortir avec le reste du groupe. Une fois sortie de la salle de conférences, elle me barre la route en bloquant le passage.

– Que puis-je faire pour vous ?

– Intéressant. Vous avez un accent américain, mais vous vous comportez comme une Anglaise. Merde, Clara, vous êtes bien trop polie.

Au moins, elle ne tourne pas autour du pot.

– Je peux être grossière aussi. Peut-être autant que vous.

Ma réponse la fait rire et elle croise ses bras fins sur sa robe rouge moulante dans un geste très élégant.

– J'en doute. Je ne veux pas vous blesser, mais je vous ai vue le dévisager.

– C'est le genre de réaction qu'ont les femmes avec Isaac, je réponds sur un ton léger.

– Effectivement. Mais soyons honnêtes. J'imagine que vous comprenez mieux que quiconque que la discrétion est nécessaire à une relation pour préserver son intimité.

Sophia change de position, elle ne bloque plus le passage, mais aucune d'entre nous ne fait mine d'avancer.

– Certainement. Je ne dirai pas un mot.

– Ce n'est pas un secret, mais nous restons discrets tout de même, confesse-t-elle. Ce n'est pas à cause de ma relation avec Isaac que je vous ai arrêtée. Vous auriez bien besoin de quelqu'un dans votre camp, Clara.

Elle sort une carte couleur ivoire de son sac Birkin et me la tend. La curiosité me gagne.

– Que faites-vous exactement ?

– J'inverse les tendances.

Sa remarque me fait sourire amèrement.

– C'est un peu tard pour ça maintenant.

Sophia jette un coup d'œil au couloir, d'où Isaac a disparu. Lorsqu'il revient sur moi, son regard est brillant. Elle secoue la tête.

– Il n'est jamais trop tard.

Ses mots résonnent encore dans mon esprit lorsque je range sa carte dans le tiroir de mon bureau. À l'évidence, Sophia King est douée, mais je ne suis pas à la recherche d'une personne qui viendrait tout arranger pour moi. Juste impossible. J'ai passé les derniers mois à me battre bec et ongles pour ne pas succomber au désespoir. La bataille a été rude, mais je l'ai remportée, même si j'y suis encore plongée. Je ne peux faire qu'une chose : continuer à avancer du mieux que je peux. Je prends une grande inspiration et m'avance doucement vers le bureau de Tori en attendant qu'elle termine sa conversation téléphonique.

Dès qu'elle raccroche, avant de pouvoir m'en dissuader, je lui demande :

– La semaine prochaine, ça te va ? J'ai passé tout l'été à trimer. Il est temps de voir la lumière du soleil.

– Fantastique ! Je te prends au mot, répond Tori en applaudissant.

– J'y compte bien.

Un sourire naît sur mes lèvres quand je lui réponds. Petit à petit.

***

Je pose mon sac sur le plan de travail en granit avant de passer en revue le courrier du jour, mais quand je m'aperçois qu'il n'y a que des factures et des publicités, je réprime une pointe de déception. *Bien vu la progression petit à petit*, me dit une voix railleuse dans ma tête.

Belle entre dans la pièce, vêtue d'une longue robe turquoise qui flotte autour de son élégante silhouette. Elle s'évente et repousse quelques petites mèches collantes dans sa nuque. C'est sa tante qui nous loue cet appartement et même si j'aime beaucoup son architecture d'avant-guerre et le montant du loyer, il lui manque une petite touche de modernité, l'air conditionné par exemple.

– Allez, on part en vacances, suggère Belle. Majorque ou les Seychelles ?

– Il y a de fortes chances pour qu'il y fasse plus chaud qu'ici et, accessoirement, j'ai un travail.

– La chaleur est différente quand on est à la plage, soupire Belle en attrapant un glaçon dans le freezer. C'est atroce d'avoir chaud en ville avec tous ces gens. Tu ne peux pas prendre quelques jours ou au moins poser un gros week-end ?

J'ignore sa question et lui montre le tas de courrier.

– Rien d'autre ?

– Pour autant que je sache. (Elle m'observe un instant.) Comment s'est passée ta réunion ?

– Super bien, dis-je en espérant qu'elle ne me demande pas de lui en raconter tous les détails.

Je ne sais toujours pas comment répondre à la proposition de Sophia King.

– Tu as tellement travaillé pour cette campagne. On devrait fêter ça. Aller boire un verre au pub.

– J'ai besoin d'aller courir.

Lorsque je n'ai pas d'excuse liée au travail pour m'occuper, généralement j'invoque le sport.

– N'importe quoi. Tu m'évites, chérie.

– Mais non.

Je soupire en cherchant un moyen de m'expliquer sans avoir à évoquer le douloureux sujet qu'est Alexander.

– Je n'ai juste pas envie de sortir.

– Tu n'as jamais envie de sortir, m'accuse-t-elle. Je t'aime, chérie, mais tu ne peux pas rester planquée dans ta coquille pour toujours. Quand vas-tu tourner la page ?

– Je vais faire un jogging. N'en tire pas de conclusions.

J'attrape mon sac à main et fonce dans ma chambre avant qu'elle n'ait l'occasion de continuer son interrogatoire.

Un quart d'heure plus tard, quand j'émerge de ma chambre, prête pour courir, Belle ne sort pas de la sienne. J'arrange mes cheveux en queue-de-cheval et sors de l'appartement. Malgré la moiteur de la soirée, ça fait du bien de sentir un peu d'air frais sur ma peau en sueur lorsque j'accélère. Quand je cours, je fais le vide en moi, ce qui est presque aussi bien que l'abrutissement par le travail.

En courant, j'atteins un carrefour et attends que le feu piéton passe au vert. Une Rolls noire à la ligne épurée passe devant moi et me fait sursauter. Je prends une grande inspiration et en m'approchant, je m'aperçois, légèrement déçue, que ce n'est pas celle d'Alexander.

Reprends-toi !

C'est ma critique intérieure qui me réprimande.

Cette fois-ci, je dois l'écouter. Je repars à fond dans ma course, je pousse sur mes jambes, je sens mon sang battre dans mes veines et je me force à accélérer jusqu'à ce que j'oublie tout. Je fuis devant tous mes problèmes. J'en suis parfaitement consciente. Mais ai-je une autre solution ? Je n'ai personne d'autre vers qui courir.

Cette pensée m'échappe lorsque l'effort physique que je dois fournir pour garder le rythme prend le pas sur mes réflexions. Une demi-heure plus tard, de retour devant chez moi, j'ai fait le vide. Je nage dans l'extase que procure un bon jogging.

Si seulement je pouvais rester comme ça.

– Clara !

Tante Jane me hèle depuis le pas de sa porte et je lui réponds en haletant.

– Bonjour, Jane.

– Viens boire un verre d'eau. J'ai l'impression que tu viens de courir un marathon.

J'en ai aussi l'impression, mais je secoue la tête, malgré ma gorge sèche.

– Je suis en nage. Je dois prendre une douche, mais merci quand même.

– Balivernes.

Jane traverse le couloir avec élégance et désigne son appartement.

– Allez, entre.

Ça ne sert à rien de discuter avec elle quand elle est dans cet état d'esprit. J'entre donc en traînant des pieds. De ses cheveux gris coupés court et coiffés en épis à sa silhouette éthérée, la tante de Belle tient plus de la petite fée malicieuse qu'une femme de son âge n'en a le droit. Elle n'est peut-être pas bien grande, mais elle compense par son charisme. Je lève les mains en signe de réédition et la suis.

Je suis bien contente d'avaler le verre d'eau qu'elle me tend.

– Merci, lui dis-je lorsque j'ai terminé.

– Tu fais beaucoup d'exercice pour t'entretenir, remarque Jane. On dirait que tu cours pour fuir quelque chose.

Je hausse les épaules en évitant de la regarder en face. Je ne veux pas savoir de quoi j'ai l'air dans son regard perçant.

– Je tourne la page, c'est tout.

– Pourquoi ?

Je m'attendais à n'importe quoi de sa part, mais franchement, pas à ça. Ce n'est pas exactement le genre de conseil qu'on donne après une rupture. Je le sais, j'ai déjà tout entendu. Je m'agite en vain pour trouver une réponse, mais en fin de compte, je n'ai pas d'autre option que de la dévisager d'un air ahuri.

– Tu l'aimes, Clara, dit Jane en prenant ma main pour la tapoter. C'est évident, ma petite. Alors, pourquoi tu n'es plus avec lui ?

Je ferme les yeux et rassemble mes forces avant de lui répondre.

– Parfois, l'amour ne suffit pas.

– Qu'est-ce qui pourrait bien suffire ? raille Jane. Clara, toutes les relations n'ont pas la même durée.

Certaines sont faites pour durer toute une vie, d'autres pas.

– Je sais.

– Est-ce que ta relation avec Alexander a assez duré ?

Je me détourne pour regarder par la fenêtre. La Rolls est toujours garée au coin de la rue et j'ai encore un coup au cœur. J'ai l'impression que ça répond à sa question, alors j'admets :

– Je l'aime encore. Mais nous ne pouvons pas rester ensemble. Notre relation est terminée.

– Assure-toi que c'est le cas. Forcer une histoire d'amour à se terminer, la forcer à s'arrêter avant qu'il en soit temps ne veut pas dire qu'elle s'évanouit dans la nature. Pas quand ça c'est terminé pour les mauvaises raisons. Quand on détruit une relation, on s'expose au regret. Les regrets empoisonnent l'existence et il n'y a pas de plus grand regret qu'une histoire d'amour abandonnée.

Au ton de sa voix, j'ai l'impression qu'elle sait de quoi elle parle et qu'elle a déjà vécu ce type d'expérience. Mais je ne peux pas lui demander de m'en parler.

Je n'ai pas l'âge de Tante Jane, mais j'ai déjà appris quelques leçons plutôt rudes à avaler sur l'amour. C'est réconfortant de croire que le temps guérit toutes les blessures, mais c'est un mensonge. Le temps ne peut pas complètement réparer la douleur d'un cœur brisé. Cette peine est toujours là, à appuyer là où ça fait mal, même si on l'a enfouie très profondément dans le passé.

– J'ai bien peur de ne pas avoir le choix et, de toute façon, il ne veut pas de moi.

Ça fait mal de l'admettre à voix haute. Je n'en ai parlé à personne – pas même à Belle –, mais cela fait plus de huit semaines qu'Alexander ne m'a pas dit un mot. Depuis que je l'ai quitté à Notting Hill, il n'a cherché à me joindre qu'une seule fois – puis, plus rien. Même si Jane a raison, ça ne changerait rien. Alexander est passé à autre chose.

– Comment peux-tu le savoir ?

– Je le sais, c'est tout.

Belle a bien fait attention à ce qu'aucun torchon à scandale ne rentre chez nous, mais elle n'a pas pu m'empêcher de les voir dans les kiosques. J'en ai eu la preuve en photos. – Alexander a été vu dans plusieurs boîtes et quelques bars. J'ai reconnu certains de ses amis sur les clichés, comme Jonathan Thompson, son ami d'enfance et la plus grande erreur de Belle. Si Alexander passe du temps avec lui, je ne peux qu'imaginer ce que les tabloïds passent sous silence. D'après ce que je sais, Alexander n'a pas encore été surpris au bras d'une autre femme, mais ce n'est qu'une question de temps. Et pendant ce temps-là, les paparazzis ne me lâchent pas, ce qui me vaut quelques unes spéculant sur l'état de notre relation avec des titres comme *Ce n'est pas clair ; Où est Clara ?*

Jane pince les lèvres et me dévisage quelques secondes.

– Attends-moi là.

Il y a un côté sinistre dans sa voix qui me fait rester dans sa cuisine, glacée d'un effroi qui fond sous le coup de la colère, lorsqu'elle revient avec une pile d'enveloppes. Je reconnais le papier couleur crème avant même de repérer le sceau à la cire rouge qui fait battre mon cœur à toute vitesse.

Lorsqu'elle me tend les lettres d'Alexander, je lui demande :

– Où les avez-vous trouvées ?

– Nous avons pensé qu'il valait mieux te donner un peu de temps, répond Jane d'une voix douce.

– *Nous*. Vous voulez dire *Belle*.

Jane me regarde sévèrement en plissant les yeux.

– Ne lui en veux pas. Elle pensait t'aider.

Je m'étrangle et serre le paquet d'enveloppes contre mon cœur. Comment ma meilleure amie peut-elle me cacher quelque chose d'aussi important ? Belle m'a poussée tout l'été à tourner la page. Maintenant, on dirait bien qu'elle ne serait pas contre saboter toute tentative de réconciliation entre Alexander et moi.

– C'est étrange. Je n'ai jamais été aussi blessée.

Mais avant même de dire ces mots, je sais que je mens.

J'ai déjà été blessée bien plus lourdement. Blessée par l'homme qui a écrit ces lettres. Alors pourquoi ai-je si désespérément envie de les lire ?

CHAPITRE

TROIS

Je saute la phase douche et m'enferme dans ma chambre. Mes mains tremblent en comptant les enveloppes. Il y en a des douzaines. Je ne sais pas par où commencer – est-ce que ça a une importance ? Je passe mon doigt sur mon nom écrit de la main d'Alexander. Il a touché ce papier et là, maintenant, alors que notre séparation dure depuis des mois, je le désire tellement que j'en perds le souffle.

Je passe mon ongle sous le sceau de cire rouge et j'extrais de l'enveloppe la première lettre, datée de fin juin. Il ne l'a envoyée que depuis quelques semaines – des semaines alors que j'ai l'impression que c'était il y a une éternité. Je ne sais pas trop ce que je vais trouver dans ses messages. J'expire doucement le souffle prisonnier de mes poumons et je commence à lire.

Clara,

Comment quelques jours seulement se sont passés depuis que je t'ai touchée pour la dernière fois ? Mes nuits ne sont plus ravagées par les cauchemars.

Maintenant, je rêve de toi – de ta peau contre la mienne, de ton goût sur ma langue lorsque je lèche ta chatte, de tes lèvres autour de ma queue. Le sommeil est mon refuge. La journée mon enfer, car lorsque je me réveille, tu es partie.

X.

Une étrange vague de désir grossit en moi, mais elle se transforme vite en une douleur qui envahit ma poitrine. Comment fait-il pour à la fois m'exciter et me donner envie de pleurer ?

Mon X. Je dépose un baiser sur sa signature. Il vient aussi dans mes rêves, mais chez moi, il finit toujours par me quitter. Parfois pour une autre femme. Parfois sans aucune raison particulière. Les cauchemars me réveillent en sursaut et je reste alors allongée dans le noir, sans pouvoir fermer l'œil et sachant très bien que la peur et le désespoir que j'ai ressentis dans mon rêve ne disparaîtront pas avec le lever du soleil. Si mes rêves étaient comme ceux d'Alexander, aurais-je les mêmes envies que lui ? Me battrais-je contre le sommeil si Alexander me faisait l'amour dans mes songes ? Je n'en suis pas sûre. J'ai l'impression que c'est dangereux de fantasmer sur ses caresses.

Un besoin urgent m'empêche de me contrôler et j'ouvre toutes les lettres les unes après les autres comme une possédée, découvrant un étrange mélange d'émotions dans ses mots. De nombreuses lettres sont aussi primaires et franchement sexuelles qu'Alexander lui-même. Je n'ai aucun problème à imaginer les scènes qu'il me décrit. Alexander à genoux devant moi, mes doigts mêlés à ses soyeux cheveux noirs alors qu'il me fait l'amour à pleine bouche. Ou moi, prenant son membre épais dans ma bouche et le suçant jusqu'à ce qu'il se répande sur ma langue.

La pulsation sourde que je ressens dans mon clitoris se propage à mon corps tout entier et je glisse une main dans mon short, trouvant à me soulager en pressant mon majeur contre le petit paquet de nerfs palpitant. Je n'arrive pas à me souvenir de la dernière fois que je me suis caressée. C'était avant de coucher pour la première fois avec Alexander. Lorsque nous étions ensemble, je n'en éprouvais pas le besoin. Il était le seul à pouvoir me satisfaire. Après lui, je ne désirais plus rien. Lui seul a le pouvoir de me soulager. Maintenant, ce sont ses mots qui me procurent cette sensation.

J'agrippe une autre lettre alors que mes doigts s'attardent sur mon clitoris. Pourtant, en lisant celle-ci, des larmes me viennent aux yeux, et mes muscles se contractent avec une vive impatience. Les larmes roulent sur mes joues tandis que mon corps se tend de plaisir. Je m'abreuve de ses mots qui m'emportent, vagues après vague, dans le plaisir le plus complet.

Mon chou,

Je ne peux plus dormir. Tu as quitté mes rêves comme tu as quitté ma vie. Je t'écris depuis notre maison de Notting Hill. C'est étrange, il s'est passé plusieurs mois et je n'arrive pas à la vendre. C'est ici que je suis entré en toi pour la dernière fois. C'est ici que j'ai embrassé tes lèvres pour la dernière fois. C'est ici que tu as crié mon nom avant de dire ces merveilleux mots pour la dernière fois.

Je sais que tu ne lis pas ces lettres. Sinon, tu serais déjà là. Combien de temps vas-tu résister, Clara ?

Tu es à moi. Il n'y a que toi. Pour l'éternité,

X.

Je soupire son nom en jouissant et le monde s'effondre autour de moi, m'emportant au passage. Alors que mon corps tremble encore, en proie à un puissant orgasme, je m'effondre sur l'oreiller. Je serre sa lettre contre mon cœur, complètement secouée. Comment vais-je pouvoir me reprendre après ça. Il se dévoile corps et âme, lettre après lettre ; la vérité dissimulée parmi ses fantasmes.

Mon corps le réclame, réclame la promesse de ses mots.

De me sentir complète.

Libérée.

En sécurité.

Malgré mon excitation sexuelle, je ne peux ignorer ce qui manque à ses messages. Aucune confession. Il me dit ce qu'il ressent de cent manières différentes, mais il ne me dit jamais ce que j'ai besoin d'entendre.

Je suis toujours son secret et nous sommes toujours séparés par un mur qui s'élève un peu plus chaque jour que nous passons loin l'un de l'autre.

On frappe à ma porte et je me précipite pour cacher ses messages avant que je me rende compte de ce que je suis en train de faire.

Il ne peut pas non plus être un secret inavouable pour toi, Clara.

Je laisse les lettres ouvertes sur mon lit et me lève pour aller ouvrir la porte. Belle entre en trombe et tourne sur elle-même dès qu'elle voit les enveloppes.

– Clara…

Je la coupe en levant un index menaçant.

– À ton entrée dramatique, j'imagine que Jane t'a dit qu'elle me les avait données. (Elle s'apprête à parler mais je secoue la tête.) Ton opinion sur la question ne m'intéresse pas.

Belle en reste bouche bée, mais elle se reprend vite.

– Eh bien, tu vas quand même l'entendre !

– Comment as-tu osé ?

– Osé quoi ? Osé protéger ma meilleure amie d'être encore et encore blessée ?

– J'ai passé les deux derniers mois à croire qu'il avait tourné la page.

Ma rage qui était déjà frémissante va bientôt entrer en ébullition.

– Tu ne m'as pas dit ce qui s'était passé entre vous. Qu'est-ce que je suis censée croire ?

– Ce n'est pas vrai…

Cette fois-ci, c'est elle qui m'interrompt d'un doigt manucuré.

– Tu m'as dit quelques trucs, Clara, mais je sais qu'il y a autre chose. Il t'a *brisée*, je l'ai vu. Je ne pouvais pas le laisser recommencer.

– Tu n'as pas idée de ce qui s'est passé entre nous !

– Alors, dis-le-moi, me supplie-t-elle. Dis-moi comment tu peux *à la fois* l'aimer et le craindre. Dis-moi pourquoi tu es partie en courant ! Parce que je ne comprends pas, Clara. Il doit bien t'avoir fait quelque chose. Je t'ai observée, tu es devenue une coquille vide et je n'aime pas ça.

– Je ne suis pas une coquille vide !

Je réfute son accusation, mais ça fait quand même mal.

– Sans déconner ! Tu vas bosser. Tu ramènes du taf à la maison. Tu t'épuises à courir, jusqu'à pratiquement t'effondrer. Tu dors. Et on recommence. Vas-y, dis-moi, quand as-tu avalé un repas sans avoir eu à programmer ton réveil pour t'en souvenir ?

Je me dérobe à sa question, mais elle n'a pas besoin de réponse. Elle la connaît.

– Est-ce ma faute ? je réponds, le visage maculé de larmes de colère. Tu ne comprends pas. La seule personne qui m'ait donné l'impression de me sentir vivante me tue à petit feu. Quand je suis avec lui, il me consume. Quand il n'est pas là, je suis perdue. Alors dis-moi quoi faire, Belle, puisque visiblement tu as toutes les réponses !

Elle ne répond pas. Au lieu de quoi, elle tente de faire un pas vers moi, s'arrête un instant, puis passe ses bras autour de mes épaules. Alors, je m'effondre contre elle. Elle ne pose plus de questions et se contente de me tenir dans ses bras pendant que je sanglote. Je ne lui avais rien dit sur ce qui s'est passé entre Alexander et moi, mis à part tout le cirque dramatique de sa famille qui n'approuve pas notre relation. Elle savait que ce n'était pas tout. Elle me connaît trop bien pour ne pas s'apercevoir qu'il me possède totalement, corps et âme.

– Je voulais te protéger, murmure-t-elle, cette fois sur un ton d'excuse.

– Pourquoi tout le monde me dit ça juste avant de me poignarder en plein cœur ?

– Oh, Clara, s'exclame Belle en caressant mes cheveux. Pardonne-moi. Je croyais que ce serait plus facile pour toi si tu ne savais pas…

Je m'écarte et essuie les larmes sur mon visage.

– Si je ne savais pas quoi ?

– Qu'il t'aime, répond-elle calmement.

– Il ne l'a jamais dit.

Lorsque j'admets ça, ma voix se brise avec mon cœur.

– Clara, reprend-elle avec douceur. Il t'a écrit tous les jours depuis que tu l'as quitté. La mémoire de la plupart des hommes est aussi pérenne qu'une trace de rouge à lèvres autour de leur bite. Crois-moi.

– Ça n'est pas suffisant.

Ces mots sont surtout un rappel pour moi-même. Je ne peux pas m'autoriser ça. Si ?

Mes pensées s'engluent dans le bazar de mon esprit. C'est Belle qui a tenu cette correspondance secrète, mais maintenant, elle me pousse à affronter ce qui me donne envie de partir en courant. Un signe de plus que notre relation est un vrai bordel dysfonctionnel, même Belle s'est perdue dans ses sentiments.

– Je ne peux pas prendre cette décision pour toi, dit Belle en passant ses bras autour de ma taille. Mais maintenant que tu sais, le temps que tu fasses ton choix, tu vas devoir vivre un peu. Pas juste pour moi ou pour lui. Pour toi. Tu me manques. Je t'aime et je ne suis pas la seule à me faire un sang d'encre pour toi.

Je laisse tomber ma tête sur son épaule.

– Je croyais que si je prétendais que tout allait bien pendant quelque temps, ça finirait par arriver.

– Ça ne marche pas comme ça, surtout quand il y a un chagrin d'amour dans la balance.

Elle recule d'un pas et triture sa bague en me demandant :

– Bon, je connais déjà la réponse à cette question, mais tu ne veux pas prendre une douche puis une pinte au pub ?

Je jette un coup d'œil à la pile de lettres sur mon lit. Elles seront encore là dans quelques heures. Alexander sera encore là dans quelques heures. J'ai passé ces derniers mois à accumuler le travail et les heures d'exercice pour ne pas avoir à vivre sans lui. Je ne saurai peut-être pas ce que je veux jusqu'à ce que j'essaie de vivre sans lui, jusqu'à ce que je commence à vivre ma vie.

J'esquisse un petit sourire.

– Je peux prendre une douche d'abord ?

– Oui ! s'exclame Belle, le regard brillant. Je ne te sortirai pas tant que tu sentiras comme ça ! Mais je te prends au mot, Clara Bishop. Tu as trente minutes, pas une de plus, et je viens te chercher.

– Je me dépêche.

J'ai comme l'impression qu'un poids abandonne mes épaules, un poids que je n'avais pas conscience de porter. C'est peut-être juste une possibilité et rien de plus. Peut-être que demain aucune nouvelle lettre ne sera livrée. Peut-être qu'essayer me fera encore plus mal.

Mais, d'un seul coup, j'ai vraiment hâte que ma nouvelle vie commence.

***

Le pub du bout de la rue grouille de monde. C'est la fin de la soirée. Dès que nous passons la porte, Belle m'attrape le bras et me traîne vers deux tabourets de bar qui viennent de se libérer. Nous nous glissons dessus juste avant qu'un groupe ne les atteigne. L'une des filles nous assassine du regard, mais Belle arque un élégant sourcil et lui offre un sourire suffisant.

Je l'interpelle par-dessus le vacarme du bar en haussant le ton.

– Tu es un vrai requin.

Belle me fait un clin d'œil en faisant signe au barman.

– Je prends ce que je veux.

– Ça me rappelle Alexander.

Je tapote un sous-bock du bout des doigts. Lui aussi prenait ce qu'il voulait. Même si ces derniers mois, il a fait preuve d'une insoupçonnable retenue. Moi, en revanche, j'hésite toujours. Suis-je capable de prendre ce que je veux, moi aussi ?

Bon, pour commencer, il faudrait que je sache ce que je veux ?

– Oh oh, m'admoneste Belle d'un index courroucé en glissant un cocktail sous mon nez. Ce soir, on ne réfléchit pas. Interdit de penser. J'exige que tu passes une bonne soirée.

Je ne prends pas la peine de lui dire que ça aussi, ça me rappelle Alexander. Je lève mon verre et le fais tinter contre le sien avant d'avaler une grande lampée. Ça me brûle la gorge et, prise au dépourvu par la force du truc, je me mets à tousser.

– C'est quoi ?

– Du bourbon.

Derrière son verre, le sourire de Belle se fait soudain malicieux.

– Et ?

– Et quoi ? Du bourbon. Je sais que la seule manière de te forcer à lâcher prise, c'est de concentrer la dose d'alcool dans la quantité de liquide.

– En moi ou dans le verre ?

J'essaie de siroter le liquide ambré.

– Dans les deux.

Elle finit son verre d'un trait, grimace légèrement et le repose sur le bar en le claquant d'un geste brusque.

– Damned !

Je l'imite, mais j'ai du mal à finir mon verre. Je secoue la tête, avec l'impression de cracher du feu.

– Laquelle d'entre nous sera responsable ce soir ?

Elle me fait un clin d'œil avant de répondre :

– Avec un peu de chance, aucune !

Je la regarde commander deux autres verres et je me demande si je ne vais pas devoir sécher le travail demain. Si on continue comme ça, il y a des chances.

– Je ne suis pas sûre que Philip apprécie que je te laisse te mettre une mine dans un pub.

– Prendre une cuite au pub est une ancienne tradition dont le peuple britannique s'enorgueillit, me rappelle-t-elle en me mettant un autre verre dans les mains. Et pour Philip, la tradition est reine. Cul sec !

Je tends ma main libre en avalant une autre gorgée.

– On est pressées ?

– J'ai envie de danser et si mes calculs sont justes, tu dois finir ce verre et en boire encore un autre pour être assez malléable et te plier à mon dessein maléfique.

– C'est un scandale ! Essaierais-tu de me soûler ?

Une main sur le cœur, je laisse passer un petit rire dans ma gorge.

– C'est exactement ça, répond-elle en faisant signe au barman de nous servir une autre tournée. J'ai envie de danser.

– Je n'ai pas l'impression que le public soit d'humeur dansante.

Ce disant, je finis mon verre. Le bourbon commence à opérer, je suis légèrement désinhibée et je sens comme une chaleur dans mon ventre.

– Mais non, pas là, s'exclame-t-elle exaspérée. On va aller en boîte.

L'idée d'aller dans un tel lieu me fait tourner la tête et j'attrape son poignet.

– N'importe où, mais pas au Brimstone.

Belle soulève un sourcil interrogateur et attend avec impatience que je m'explique.

– Mauvais souvenirs.

J'en reste là. Belle se souvient certainement de la fois où j'y suis allée avec Alexander.

– C'est donc exactement là que nous devrions aller. Qu'il aille se faire foutre ! Allez, on y va et on se venge. Je me fous de qui il est, ce club ne lui appartient pas et, en plus, tu as l'air super-bonne ce soir.

Je la regarde d'un air sévère en secouant la tête. J'aurais dû savoir qu'il y avait bien plus qu'une pinte en jeu quand elle a jeté cette minuscule robe rouge sur mon lit.

– C'est pour ça que tu as insisté pour que j'aie l'air prête pour un défilé de mode ?

– Je ne te laisserai pas reprendre ta vie en main en short et en baskets.

Je connais assez bien Belle pour savoir que ce n'est pas la seule raison.

– Du moment que tu n'essaies pas de me caser avec quelqu'un.

– On ne sait jamais quand la bonne personne croisera ton chemin, dit-elle en haussant les épaules avec un certain éclat dans le regard.

Je repense au jour où j'ai rencontré Alexander, à ce baiser imprévu que nous avons échangé alors que nous nous étions cachés tous les deux pendant la célébration à l'Oxford-Cambridge Club, à ce lien indéniable que j'ai senti me relier à lui la première fois que nous avons couché ensemble. Je lève mon verre et je trinque contre le sien.

– Je vais boire à cette incertitude.

***

Je ne ressens pas cette peur que je redoutais. Peut-être à cause de la substantielle quantité d'alcool que j'ai dans le sang, grâce à Belle, ou peut-être quelque chose de plus – une faim qui me dévore depuis que j'ai lu les lettres d'Alexander un peu plus tôt dans la soirée. Je ne suis pas là pour le voir. Pas vraiment. Je vais au Brimstone pour me confronter à la réalité. Ce club a une signification très particulière pour moi. C'est ici qu'Alexander m'a lancé son premier avertissement. J'ai vu un éclair ténébreux traverser son regard ce soir-là. C'est aussi cet endroit qui nous a rapprochés – et c'est à cet endroit que je l'ai quitté la première fois. Je n'ai pas choisi le nom de cette boîte à la légère quand j'ai dû trouver un code de sécurité. Maintenant, j'ai l'impression que c'est dangereux d'être ici, mais après plusieurs semaines à me languir d'Alexander, je crève d'envie de prendre ce risque.

La queue d'optimistes qui espèrent entrer fait tout le tour du bâtiment. De l'extérieur, ça paraît difficile de pénétrer dans le night-club le plus exclusif de tout Londres. Je passe mon bras sous celui de Belle et grille toute la queue, ce qui m'attire un sacré lot de regards torves dans la foule. Côté look et attitude, nous avons tout ce qu'il faut ce soir – moi dans la minuscule robe rouge et Belle dans sa petite robe argentée à bretelles – mais ce n'est pas ça qui nous fera entrer.

Belle suit la file des yeux.

– On devrait peut-être aller ailleurs.

– C'est ici que je veux aller.

Je regarde droit devant nous et rejette mes épaules en arrière lorsque nous approchons du videur.

– Tu ne disais pas ça il y a une heure, me rappelle-t-elle.

– C'était avant de boire trois whiskys bien tassés.

Là, j'ai l'impression que je pourrais tout affronter. Peut-être que ce soir, avec un peu de chance, je pourrais tomber sur Pepper Lockwood, l'amie d'enfance d'Alexander, celle qui aimerait être ma rivale. Rien que d'y penser, ma bouche se tord de travers.

– Exactement, rebondit Belle en m'éjectant de mon fantasme. Tu es bourrée.

– Et grâce à qui ?

– Je voulais juste que tu te lâches un peu, mais je ne suis pas sûre…

– Je le suis.

Je l'ai interrompue en arrivant en haut de la queue. Derrière nous, j'entends un mélange de grincement de dents et d'insultes.

– Mademoiselle ?

Le videur croise ses bras sur son torse, ce qui le fait tirer sur les coutures de son t-shirt déjà bien tendu. D'un mouvement de tête, il me montre le bout de la file d'attente. Belle tire sur mon bras tandis que des gens se mettent à siffler derrière nous.

Je dévisage le videur en haussant un sourcil interrogateur. Je suis certaine que c'est lui qui a ouvert la porte pour moi le jour où j'ai fui Alexander quand il s'est officiellement présenté à moi.

– Aujourd'hui, ce n'est pas mon jour de lessive, je suppose que c'est la raison pour laquelle vous ne me reconnaissez pas !

Je lisse ma robe suggestivement et me mords la lèvre inférieure pour faire bonne mesure. Il m'observe un instant avant de lentement me demander :

– Invitée par Monsieur X ?

– On peut dire ça.

Je papillonne des cils en attendant qu'il me remette.

Il écarquille les yeux en attrapant le bout de la corde recouverte de velours qui nous barrait l'entrée au club.

– Bien évidemment. Désolé. Tous les invités de Monsieur X…

– C'est bien ce que je me disais, dis-je en ronronnant.

J'avance d'un pas léger en ondulant des hanches, un effet de ma nouvelle confiance en moi, et m'arrête juste pour lui demander :

– Est-il ici ce soir ?

– Je ne pense pas, Mademoiselle…

Je le corrige :

– Clara. N'oubliez pas la prochaine fois.

– Je n'oublierai pas, promet-il.

Il m'examine une dernière fois avant de soupirer et de se retourner vers la file.

Belle m'attrape le bras et me fait tourner d'un quart de tour en me fixant comme si j'étais une extraterrestre.

– Nan, mais c'était quoi ce boxon, là ?

– Je suis déjà venue ici.

Piqûre de rappel. Mais elle continue de me dévisager, puis je vois un petit sourire apparaître sur ses lèvres.

– Tu n'as jamais joué cette carte avant.

– Quelle carte ?

– Ne me la refais pas à l'envers. La carte Alexander. Ou devrais-je plutôt dire, la carte X ?

Je hausse les épaules.

– Et pourquoi pas ? La moitié de ma vie a été déterrée et imprimée en couverture des magazines. Je peux bien en profiter comme coupe-file !

– Je ne sais pas trop quoi penser de cette nouvelle Clara Bishop, dit Belle lentement. D'où vient-elle ?

– Probablement d'une demi-bouteille de bourbon, je réponds avec honnêteté.

– Alors, allons lui payer un verre avant qu'elle ne disparaisse, propose Belle, hilare, en me tirant vers le bar. Je crois que je l'aime bien.

Moi aussi. Je ne m'étais pas sentie aussi confiante depuis un sacré bout de temps, mais ce soir, je sais que je suis sexy et puissante et je n'ai pas peur de le montrer. C'est peut-être le courage liquide et alcoolisé dans mes veines qui parle, mais cette vérité vient d'un endroit très reculé au fin fond de ma poitrine. J'ai passé les dix dernières semaines à croire que j'avais tort sur tout ce qui s'était passé entre Alexander et moi. Que c'était un énorme mensonge. Ce n'est pas la lecture de ses lettres qui a fait la différence. C'est de connaître la vérité. Il me veut. Ce qui s'est passé entre nous était réel, ça pourrait encore l'être. Je ne suis plus cette fille stupide tombée amoureuse d'un type comme Daniel qui n'en a jamais eu rien à foutre de moi. Mais bon, en revanche, je ne suis pas sûre d'avoir progressé dans mon choix d'amant.

Bien évidemment, les sentiments d'Alexander sont encore ambigus. Peut-être que c'est le bourbon qui parle ou les messages subliminaux contenus dans ses lettres, mais je ne doute pas un seul instant que je compte pour lui.

Ça ne veut pas dire que nous pouvons trouver une solution à notre problème. Ça veut juste dire que je ne suis pas folle. Du moins, je l'espère.

Belle me tend un verre d'alcool pur et je rigole en voyant que ses cheveux sont déjà moites de sueur sur son crâne et que son fard à paupières bave déjà un peu. Je ne dois pas franchement avoir meilleure allure.

– À la nouvelle Clara ! crie-t-elle par-dessus la musique.

Je hoche la tête et avale mon verre d'un trait.

Belle l'attrape et le plaque contre le bar avant de me tirer vers le dancefloor.

Le Brimstone tire son nom sulfureux de l'enfer où il règne la même chaleur qu'ici. La piste est encombrée d'une masse de corps en sueur qui se battent contre la musique, et toutes les trente secondes, quelqu'un me rentre dedans. Je m'en moque. Belle et moi dansons en formation rapprochée et nous attirons l'attention de plusieurs hommes autour de nous. Lorsqu'un beau blond se presse contre moi, frottant ses hanches contre mes fesses, j'accompagne le mouvement, trop prise par la musique. Mon sang est infecté et a pris le contrôle de mon corps. Belle reste à proximité et passe un bras protecteur autour de mon cou. Je sais qu'elle veut me montrer qu'elle est là si j'ai besoin d'une porte de sortie, mais c'est bien la dernière chose que j'ai en tête. Je ne veux que danser. Je veux m'évader dans la tempête de pulsations de la musique.

Je veux être libre.

Combien de temps cela va-t-il durer ? Je repousse cette idée, je refuse qu'elle nuise à mon humeur. Seul l'instant présent compte et il touche à la perfection.

Il ne me manque qu'une chose.

Je me détourne de Belle et regarde dans les yeux l'étranger avec qui je danse, puis je lui fais un petit au revoir et je me rapproche de Belle en la poussant pour que nous puissions disparaître dans la foule. Il lève les mains en m'adressant un regard suppliant, mais je secoue la tête. Il n'est pas mal, mais impossible de prétendre qu'un homme pourrait combler ce vide en moi. Soudain, une main tire le mec en arrière.

Les doigts de Belle serrent mon bras lorsqu'Alexander s'avance et repousse l'inconnu dans la foule. Avant qu'une bagarre n'éclate, un homme en costume apparaît et guide l'homme avec qui je dansais vers le bar. Il jette quelques mauvais regards par-dessus son épaule mais ne résiste pas.

Si je ne sentais pas les doigts de Belle s'enfoncer dans la chair de mon bras, je pourrais me croire en plein rêve. Je me dégage, mais sans avancer vers lui. Alexander et moi restons plantés là, séparés d'un souffle à peine, et nous nous dévisageons. Je suis transpercée par son regard qui enflamme mon corps déjà chauffé à blanc. Autour de nous, les gens continuent de danser et la musique de pulser, mais il n'y a que lui.

Je jette un coup d'œil derrière moi, rompant le contact visuel entre nous une précieuse seconde pour me permettre de mettre mes idées au clair. Belle hausse les sourcils et je lui adresse un sourire rassurant. Quand je me retourne, il est encore là. Ce n'est pas un rêve. Il est là, en chair et en os. En sang et en feu. Protecteur et persécuteur.

X, si beau et si faillible.

Je suis figée sur place. Il n'a qu'à me prendre dans ses bras et me jeter sur son épaule. Je ne lui résisterai pas.

Il est immobile. Puis il tend la main – c'est un petit geste, mais il est porteur de tant d'implications. Il me donne le choix. Je peux accepter sa main tendue et partir d'ici avec lui. Ou je peux m'en aller. Mais en plongeant mon regard dans le sien, puis sur sa main tendue vers moi, je vois la vérité en face.

Il n'y a jamais eu le moindre choix possible.

CHAPITRE QUATRE

Dès que je ferme la porte derrière nous, Alexander se jette sur moi. J'ai à peine le temps de reconnaître l'environnement familier qu'il a retroussé ma jupe et écrasé ses lèvres contre les miennes et que nous nous retrouvons enlacés. Je connais cette pièce, j'y ai déjà combattu mon attirance pour lui. J'y étais venue pour une explication et j'y ai découvert quelque chose de sombre qui rôdait derrière cette façade troublante et sensuelle. À l'époque, il m'avait fascinée. Il me fascine toujours, mais là, tout le bourbon et le changement soudain de circonstances me font tourner la tête.

Lui aussi. Oh, grands dieux, lui aussi me fait tourner la tête.

Lorsqu'il me plaque contre le mur, mes doigts se mêlent à ses cheveux et je ne résiste pas, même lorsqu'il arrache ma petite culotte. Mes chairs réagissent immédiatement, sous sa domination elles enflent, elles savent exactement ce qui va arriver. Chez Alexander, tout – son odeur, la rude caresse de sa barbe naissante, la fermeté de ses mains sur mes hanches – tout me fait mouiller, comme si mon corps était conditionné à se préparer pour recevoir sa queue.

Mais même lorsque mon corps réagit avec enthousiasme, la petite voix dans ma tête essaie de me contrôler, me rappelant quel risque je cours. Alexander est le feu, un feu ardent, incandescent. Ses caresses m'embrasent, elles incendient mon corps à un point tel que je ne peux plus contrôler mon excitation. Je le laisserais me prendre n'importe où. N'importe quand. Mais quand on joue avec le feu, on se brûle, et Alexander a déjà laissé des traces de brûlure sur moi. Il me sera impossible de repartir d'ici indemne.

Je n'ai pas les idées claires. Je *ne peux pas* penser clairement lorsqu'il est près de moi. Et pourtant, une question n'arrête pas de percer le brouillard de mon discernement : que faisait-il là ? Mais avec ses lèvres sur les miennes, qui descendent le long de mon cou puis dévorent mon épaule, je m'en moque. Je suis ici, avec lui et pour la première fois depuis plusieurs mois, je me sens complète.

Vivante.

Ma peau réagit même à la plus chaste de ses caresses. Le dos de sa main descend le long de mon bras et je sens une vague de désir se liquéfier entre mes cuisses. Je gémis lorsque ses lèvres effleurent ma joue. Nous nous accordons toujours aussi bien, mais notre connexion est si intense que nous frisons l'overdose. Nous ne nous sommes pas touchés depuis trop longtemps et aucun doute ni aucune peur ne sera capable de maîtriser mon corps. Un pur instinct primaire m'attire vers lui. De la lubricité à l'état pur. À cet instant, impossible de lui dire non.

Parce que je suis incapable de me dire non à moi-même.

– Tu te souviens de la dernière fois que nous sommes venus ici, mon chou ?

Sa voix rauque m'envoie une décharge d'impatience.

– Je voulais te plaquer contre ce mur et te baiser jusqu'à ce que tu me supplies d'arrêter.

Quand sa main se glisse entre mes jambes, je gémis. Je veux qu'il me baise immédiatement. Qu'il me baise avant que je me convainque de partir. Qu'il me baise jusqu'à ce que je ne me rappelle plus comment supplier. Qu'il me baise assez fort pour que j'oublie toutes mes objections.

Les doigts d'Alexander courent sur mon sexe, aussitôt mes muscles internes se contractent pour approfondir cette caresse.

– Dis-moi ce que tu veux, Clara. Est-ce que tu veux que je te baise avec mes doigts ? Ou ma bouche ? Ou ma bite ? (Sa bouche mordille mon oreille.) Dis-moi dans quel ordre tu veux tout ça, parce que je prévois de faire les trois.

Oui, avec plaisir.

– J'ai envie de te sentir en moi.

Mon murmure est à peine plus fort qu'un souffle, je lutte pour parler intelligiblement. Je ne peux penser qu'à une chose : qu'il me touche. Comment ai-je pu vivre sans ses caresses ?

Son souffle s'accélère et son regard plonge dans le mien. Il irradie d'une bestialité désinhibée, me perçant jusqu'au cœur. Lorsqu'il libère son membre, nous sommes tous les deux silencieux. Nous nous dévisageons, le regard chargé de passion et de questions. Mais quand son sexe si dur entre en contact avec mes chairs intimes déjà enflées, mes yeux se ferment involontairement pour savourer l'instant.

– Attends.

C'est une supplique sur mes lèvres. Ça fait trop longtemps que j'attends ce moment.

– Tu es tellement serrée. Personne ne s'est occupé de ta jolie petite chatte, murmure-t-il en effleurant l'entrée de mon intimité de son gland. Est-ce que tu t'es caressée ?

Je secoue la tête, ce qui ne fait que renforcer mon vertige, tout tourne plus vite. Je n'arrive pas à penser. J'ai fait ça ? Juste cet après-midi. Seulement quand j'ai lu ses lettres. Je m'arrête pour réfléchir, puis j'opine.

– Ton plaisir m'appartient, grogne-t-il.

Il s'écarte. Mon gémissement désespéré se transforme en petit cri quand sa main se plaque contre mon sexe et en prend possession.

– C'est à moi.

Je hoche encore la tête, mais des larmes de frustration me piquent les yeux. Je les ouvre en cherchant les siens. Si je lui appartiens, pourquoi n'est-il pas venu me chercher ? Pourquoi m'a-t-il envoyé toutes ces lettres ? Ces lettres qui m'ont excitée. Ses mots qui m'ont vrillé la tête. Ses mots qui m'ont vaincue, qui ont vaincu mes résistances.

– Dis-le, exige-t-il. Dis que tu m'appartiens.

Il n'a pas besoin de l'entendre. Il connaît déjà la vérité. Peu importe ce qu'il a fait. Peu importent ces sentiments de douleur et de manque, je serai toujours sienne. Il m'a envahie, *infectée*, à l'instant même où nous nous sommes rencontrés et je ne peux pas le sortir de mes veines.

– J'ai toujours été à toi.

Alexander pose son front contre le mien, étrangement silencieux. D'ordinaire, il veut que j'en dise plus. D'ordinaire, il m'ordonne de dire son nom et de répéter ses promesses possessives, il a besoin de tout contrôler. Il a eu si peu de prise sur sa propre existence. Il était très jeune quand sa mère est décédée et il était présent lorsque sa sœur est morte. Il n'a pas pu empêcher ces deux tragédies. Pas plus qu'il n'a le pouvoir de changer qui il est et le rôle de roi d'Angleterre qu'il devra assumer un jour. Son désir de dominer est né de son besoin de contrôler son existence. De me contrôler moi. De contrôler notre relation. De contrôler ses sentiments.

C'est à moi de lui montrer qu'il ne peut pas contrôler l'amour. Mon corps se soumet volontiers à son désir, mais je ne suis pas prête à lui permettre de totalement me dominer. Je repousse sa main de mon sexe, le repoussant en même temps. Il penche la tête sur le côté et me regarde l'air circonspect. C'est lui le prédateur et je suis sa proie.

Mais sa proie n'a pas du tout l'intention de se laisser faire sans agir.

Je glisse ma main le long de mon ventre dans un geste lent et délibéré avant de plonger mon index entre mes cuisses. Je trouve mon clitoris et commence à faire de petits cercles sur le paquet de nerfs à vif. Alexander m'observe les yeux mi-clos et je laisse un gémissement s'enfuir de mes lèvres, tout aussi excitée par ce contact qu'à l'idée de lui faire cette petite démonstration. Une sensation de plaisir frustré s'accumule en moi. J'ai envie de jouir. J'ai envie de lui montrer que je peux y arriver sans lui. Je veux lui montrer que je contrôle encore la situation. Peut-être ai-je besoin de me prouver à moi-même que je me contrôle.

Mais alors même que mes membres commencent à se raidir, j'ai encore plus envie de lui. Mes chairs intimes ont besoin de se sentir étirées par son membre imposant, c'en est quasi douloureux.

– J'adore te regarder te toucher, mon chou.

Sa voix sourde me donne des frissons dans le dos. De sa main, il empoigne sa grosse queue et son sourire se fait canaille, ce qui me rend complètement folle. Il continue :

– Moi aussi je peux jouer à ce petit jeu.

Il caresse son membre violemment, faisant perler du liquide blanc au bout de son magnifique gland. Je grogne à ce spectacle, mon désir atteint son paroxysme et éclate en moi. Mes jambes tremblent et mes genoux cèdent involontairement alors que je me donne du plaisir pour lui. Sentir son regard sur moi lorsque je jouis devant lui me donne la délicieuse impression d'être dévergondée.

Sans qu'il me touche, il m'a prise – avec son regard, sa brutale sensualité, sa seule présence. J'ai encore plus envie de lui. Malgré mon orgasme, mon sexe palpite de se sentir si vide.

– Ce n'est pas suffisant, ajoute-t-il en s'approchant tout près de moi.

Il écarte mes jambes d'un mouvement et glisse un doigt le long de mes grandes lèvres. Sur la défensive, mon corps réagit immédiatement. Mes cuisses se serrent et emprisonnent sa main.

– Tu es toute mouillée de m'exciter comme ça. Tu es prête. Tu en veux plus ?

J'en ai perdu mes mots, tout comme j'ai perdu ma capacité de résister. Ses doigts me pénètrent. Un. Deux. Trois. Il me baise doucement, il entre et sort alors que son pouce s'attarde sur mon clitoris sensibilisé. C'est trop. C'est toujours trop avec lui.

– Tu en veux plus ? répète-t-il d'une voix douce mais mesurée.

Il a repris le contrôle et lorsque mon regard croise le sien, je vois que son côté sombre est de retour. Et ça m'excite autant que ça me terrifie. Mon désir de contrôler la situation, de lui prouver quelque chose, ce désir s'est évaporé, il s'est perdu dans les ténèbres de ses yeux si bleus.

– C'est mieux, non ? De te perdre en moi ?

Je hoche la tête, j'ai la bouche sèche. Tout est bien plus logique quand c'est lui qui prend les choses en main. Je me sens vivante, désirée et plus que tout, en sécurité. C'est le reste du temps, lorsque nous devons être habillés, que je doute de notre relation.

Non pas que nous ayons une relation. C'est terminé.

– J'ai envie de déchirer cette excuse pathétique qui te sert de robe, dit-il en me faisant revenir sur terre.

Ses doigts me caressent, me vrillent, me pénètrent plus profondément que je ne l'aurais cru possible.

– Et je mettrai quoi sur mon dos quand je sortirai ? Ça va être la fête pour les paparazzis.

Malgré ma réponse essoufflée, je sais que je ne l'arrêterais pas s'il essayait. Mes muscles se contractent, je suis tendue comme un arc alors qu'il introduit ses doigts en moi nonchalamment. Puis d'un seul coup, il retire sa main et j'ouvre brusquement les yeux, en proie à la panique.

– *Làààà*, mon chou.

Il repousse une mèche de cheveux de mes yeux pendant que son autre main guide sa verge à l'entrée de mon sexe humide. Je me contracte alors que son gland est à peine entré en moi, mais il n'avance pas plus.

– Quelle chatte vorace ! Je sens qu'elle essaie de m'attirer en elle. Elle a envie d'être baisée, hein ? Dis-moi à quel point tu as besoin d'être baisée.

Incapable de parler, je secoue la tête. Je plante mes dents dans ma lèvre inférieure, le suppliant du regard.

– Tu *veux* être baisée ?

– Oui, dis-je en gémissant.

– Ce n'était pas si dur. Tu n'as qu'à demander, Clara, et je te donnerai ce que tu veux. Je vais te baiser, puis je regarderai mon sperme couler le long de tes cuisses en te ramenant à la maison. (Les lèvres d'Alexander m'effleurent la peau derrière l'oreille et il poursuit en murmurant.) Et quand nous serons à la maison, je vais te déshabiller et mettre ma bite entre tes seins, puis dans ta bouche. Ton corps sera recouvert de ma semence.

Ses mots pénètrent le brouillard de mon cerveau, comme drogué. Je ne peux pas rentrer à la maison avec lui. Pas tant que nous n'aurons pas parlé. Pas tant que je ne saurai pas si les choses ont changé. Je me force à prendre la parole :

– Il faut qu'on parle, X. Je ne peux pas rentrer à la maison avec toi tant que nous n'aurons pas discuté.

Il s'immobilise.

– Mais tu veux que je te baise maintenant ?

– Oui, je réponds trop vite.

Alexander baisse la tête et rompt notre contact visuel, mais sa verge me pénètre un peu plus.

– Tu veux ?

– Oui.

– Je dois savoir que tu es à moi, Clara, exige-t-il.

Le désir qui s'est accumulé en moi est complètement déchaîné. Mon corps est prêt à faire tout ce qu'il demande. Mes lèvres sont prêtes à dire tout ce qu'il a besoin d'entendre. Mais je m'agrippe à ma détermination. Ça ne peut pas être aussi simple. Quand je serai dans son lit, il sera impossible de revenir en arrière.

– Tu m'as fait mal.

– Et tu m'as quitté, me rappelle-t-il durement.

Avec le peu de self-control qui me reste, je le repousse gentiment. Les mains d'Alexander se saisissent de mes poignets en un geste fluide et les plaquent au mur derrière moi. Ma détermination s'amenuise lorsqu'il me domine, mais je lutte contre mon désir ardent de me soumettre.

D'une voix douce, je lui réponds :

– Je ne peux toujours pas être son secret.

– Tu n'es pas mon secret, Clara. Tu es mon trésor. La seule magnifique lumière de bienveillance que j'aie jamais eue dans ma vie.

– Et tu veux me cacher ?

– Je veux te protéger.

J'ai deviné, mais il se presse contre moi, mettant en contact son torse dur comme la pierre et mon corps sur-excité. L'effet est électrique. Ma peau se hérisse et crépite lorsqu'elle est en contact avec la sienne. Mes tétons sont deux pointes hypersensibles alors que tout le reste de mon corps s'est adouci pour se mouler à sa silhouette athlétique. Son gland revient légèrement en moi, mais pas assez pour satisfaire le feu qui me consume.

– Reviens à la maison.

– Nous n'avons pas de maison.

Une douleur me traverse la poitrine en disant ça. N'ai-je pas envie d'être avec lui ? J'ai passé les deux derniers mois à mourir un peu plus chaque jour. Et là, je le repousse encore.

Parce que tu n'as pas le choix.

– On pourrait, et je ne peux pas te baiser tant que tu n'auras pas accepté de revenir à la maison.

Malgré sa proposition, il ne se retire pas. Il laisse sa queue à peine enfoncée dans mon sexe palpitant, il me torture.

– Pour combien de temps, X ? Jusqu'à ce que ta famille décide de te marier ?

Alexander se fige sur place. Puis il pousse un soupir haché et relâche mes poignets.

Je suis toujours plaquée contre le mur. Mon corps et mon esprit sont entrés en guerre l'un contre l'autre. Tous les deux certains que l'autre a tort.

– C'était une erreur, je n'aurais pas dû venir ici.

Pourquoi suis-je venue ? Parce que j'ai trop bu ou parce que j'avais désespérément envie de le voir. Maintenant, je sais comment ça va se terminer. Là, je n'ai qu'une envie : rentrer dans mon appartement et pleurer tout mon saoul de l'avoir perdu encore une fois.

– C'est à peine si tu es sortie de chez toi depuis des semaines, dit-il en effleurant mon cou de ses lèvres.

Il explore ma peau si fine à cet endroit en m'envoyant des décharges de désir qui terminent toutes dans mon ventre, annihilant toute résistance. Il continue :

– Tu ne peux pas te débarrasser de ça en travaillant ou en oubliant de vivre. Tu ne peux pas te débarrasser de nous comme ça.

J'en reste bouche bée. Je n'ai pas vu Alexander depuis des mois, sauf quand il a fait grâce de sa présence en couverture d'un magazine ou lors d'une apparition sur un ragot-blog. Mais lui m'a vue. Souvent ? Je l'accuse :

– Tu m'as suivie ?

– J'ai affecté Norris à ta protection, corrige-t-il.

Ça ne rend pas sa confession plus facile à accepter pour autant. Il recule alors de quelques pas, me laissant vide et insatisfaite, et il range son érection dans son pantalon.

Il me manque immédiatement, un désir inassouvi me dévore. Alexander est une drogue à laquelle je suis accro et je suis incapable d'arrêter, même si notre relation est complètement malsaine.

– Je n'ai pas besoin d'être protégée. Je n'ai pas besoin d'être suivie.

– De quoi as-tu besoin alors, Clara ? rugit-il.

Sa soudaine colère m'effraie et je trébuche vers la porte.

– J'ai besoin de toi.

– Et tu m'as. (Il s'avance d'un pas, mais s'immobilise volontairement.) Alors n'ai-je pas le droit d'avoir besoin de toi ? Pourquoi ne me laisses-tu pas avoir besoin de toi ?

– Parce que tu ne le peux pas, je lui lance sur un ton catégorique.

Nous pourrions prétendre vivre dans un monde où les titres de noblesse, l'argent et la politique ne comptent pas. Peut-être que c'est le cas pour la plupart des gens. Mais Alexander n'est pas comme la plupart des gens. C'est en partie pour ça qu'il est si extraordinaire, mais c'est aussi ce qui le rend intouchable.

Je lisse ma robe et ouvre la porte derrière moi. Avec un petit sourire à Alexander, je sors. Je suis incapable de lui dire adieu, encore. La dernière fois, j'ai eu l'impression d'être déchiquetée. Ce coup-ci, je pourrais bien en mourir.

Mais il me suit et s'arrête sur le pas de la porte.

– Qu'est-ce qu'il te faudrait, Clara ?

– Un autre monde, dis-je dans un murmure.

Puis j'ajoute :

– Au revoir, X.

Il faut que j'arrête de me voiler la face. Je ne survivrai pas à ça de toute façon.

CHAPITRE

CINQ

C'est la curiosité qui l'emporte. Peut-être à cause de ma rencontre fortuite avec Alexander. Peut-être parce que j'ai besoin d'empathie. Ou peut-être parce que je n'arrive pas à décider si quasiment coucher avec lui était une erreur ou un pas dans la bonne direction. Mais je me dis qu'il n'y a qu'une personne qui pourrait me montrer un peu d'empathie. Le petit frère d'Alexander. Il a été mon ami lorsque j'en ai eu le plus besoin et j'ai passé ces dernières semaines à l'éviter. En plus, je suis curieuse et j'ai envie d'avoir de ses nouvelles. Edward n'a toujours pas révélé son homosexualité et sa relation secrète avec David s'est achevée juste après ce désastreux week-end à la campagne qui a aussi mis un point final à ma relation avec Alexander.

La curiosité est toujours un vilain défaut. Je m'auto-réprimande. C'est la curiosité qui m'a amenée à ouvrir ces satanées enveloppes. C'est la curiosité qui a offert à Alexander une opportunité pour revenir dans ma vie. C'est la curiosité qui finira par me tuer.

Et voilà, je me retrouve, assise à une table tranquille dans un coin, à attendre le plus stable émotionnellement des héritiers de la couronne d'Angleterre. Nous avons prévu de nous retrouver dans un pub sur Kensington High Street en fin d'après-midi – bien après le déjeuner et l'heure du thé aussi. Lorsque j'ai quitté le bureau dans l'après-midi, personne n'a rien dit. J'imagine que Bennett s'est secrètement réjoui de me voir sortir, même s'il a simplement fait une blague comme quoi il me devait bien un après-midi puisque je vais passer la soirée à garder ses jumelles.

Comme je m'en doutais, l'endroit est désert, il n'y a que quelques habitués au bar. Edward entre en coup de vent, empreint d'une autorité à la hauteur de son droit de naissance. Lorsqu'il avance sur le plancher éculé et qu'il prend place sur la chaise branlante en face de moi, il n'a même pas l'air snob, il ne détonne même pas dans l'ambiance. C'est son pays après tout et il s'inscrit naturellement dans le paysage comme un seigneur bienveillant qui vient rendre visite à ses sujets. Son attitude me rappelle Alexander. Le fait qu'il ait les mêmes extraordinaires yeux bleus et cette épaisse chevelure n'aide pas franchement. Mais les cheveux d'Edward sont bouclés et sa silhouette est plus élancée. Avec ses lunettes en écailles de tortue très stylées, perchées sur le bout de son nez, il fait jeune par rapport à son frère. C'est peut-être pour ça que je me suis tout de suite sentie très à l'aise avec lui quand je l'ai rencontré. Malgré son air résolument régalien, il ne m'intimide pas, lui, pas comme le reste de sa famille, pas comme Alexander. Un sourire nonchalant s'affiche sur son visage.

– Clara. C'est bon d'avoir réuni notre petit groupe.

J'arque un sourcil interrogateur.

– Le club des cœurs solitaires, chère Sergent Pepper, dit-il avec malice en étudiant le menu.

– « All You Need Is Love », c'est ça ?

C'est bien ce que je me disais, mais je ne peux pas nier que j'espérais secrètement qu'Edward et David aient réussi à se remettre ensemble. Si eux y étaient arrivés… mais c'est stupide ne serait-ce que d'envisager cette idée. Avoir une relation avec un membre de la famille royale s'accompagne d'un degré d'exigence inouï qui n'est pas à la portée des simples mortels.

– Alors, « Let It Be », très chère.

Le serveur nous délivre de notre joute lyrique et nous commandons des pintes de bière et un Fish & Chips maison.

– On ne fait pas plus britannique comme choix. (Edward s'adosse à sa chaise et croise ses mains derrière la tête.) Tu es sûre que tu ne veux pas manger quelque chose de plus américain ?

Je pousse un gros soupir théâtral avant de boire une petite gorgée de bière. Ma double nationalité est un sujet de controverse dans les tabloïds et dans l'intimité du palais royal aussi, visiblement. Non pas que ça ait une quelconque importance, puisqu'Alexander et moi avons rompu. Vraiment ? Notre relation est tout aussi perturbée que ne l'est le débat sur ma citoyenneté.

– Tu n'es pas au courant ? Je complote pour devenir la prochaine reine d'Angleterre.

– Et dire que je m'entraîne pour endosser ce rôle depuis des années.

Il pose ses mains sur son cœur dans un geste mélodramatique de douleur.

– Je crois que tu as autant de chance de l'avoir que moi. Non pas que ça empêche les journalistes de disséquer la moindre probabilité que je l'aie.

Les journaux à scandale me pistent un peu moins, mais je suis toujours un sujet d'actualité. Est-ce qu'Alexander me cache ? Avons-nous rompu ? Voit-il quelqu'un d'autre ? Mon côté irrationnel déteste cette rumeur plus que tout. Je divague et me remets à penser à notre parenthèse volée dans la boîte de nuit. Je suis parano. J'ai lu ses lettres et je l'ai senti me toucher. Il n'y a personne d'autre.

Enfin pas encore.

– Si tu pars en expédition dans ta tête, je peux revenir une prochaine fois ? demande Edward, m'éjectant de ma rêverie. De préférence quelque part où il fait soleil.

– Il fait beau en Angleterre au mois d'août.

– Ok, n'importe où *sauf* en Angleterre.

Si seulement c'était vraiment possible pour l'un d'entre nous. Alexander n'est pas le seul membre de la famille royale à avoir un secret. L'orientation sexuelle d'Edward en est un tout aussi bien gardé par le Palais. Pas étonnant qu'ils soient tous aussi dérangés.

– En fait, ajoute-t-il l'air songeur, ça améliorerait certainement notre image à tous les deux d'être vus ensemble. Je vois déjà les gros titres : *Trahi par son frère.*

Je ris, sans humour.

– Ton père adorerait. Ses deux fils impliqués dans une relation avec une terrible Américaine.

– Père aime tous les articles qui insinuent que je suis hétérosexuel.

Notre conversation se tarit le temps qu'on nous serve notre plat. Aucun d'entre nous n'a envie que notre conversation soit épiée, nous avons trop peur que notre échange se retrouve réellement dans les pages d'un journal à scandale. C'est une chose de blaguer là-dessus, c'en serait une autre de démentir des rumeurs disant que je passe d'une couche royale à l'autre. Dès que nous nous retrouvons seuls, je baisse la voix et retourne à un sujet plus sérieux :

– Quand as-tu parlé à David pour la dernière fois ?

– Quand lui ai-je parlé pour la dernière fois ? reprend-il en s'essuyant les coins de la bouche de sa serviette. Ou quand ai-je essayé pour la dernière fois ?

– Au moins tu essaies.

Je murmure en regardant mon poisson dans mon assiette, secouée par une vague d'empathie. Je sais ce que ça fait de se faire choper, d'être passée au grill puis jetée en pâture aux médias. D'un seul coup, j'ai perdu l'appétit.

– Alexander n'a rien tenté pour vous réconcilier ?

J'hésite. Je ne sais pas trop comment répondre. Il est impossible d'expliquer le comportement d'Alexander. Et je ne suis au courant pour les lettres que depuis quelques jours. Si je venais juste de les lire, je pourrais peut-être, éventuellement, croire qu'Alexander veut qu'on se remette ensemble. Mais son comportement au Brimstone m'a perturbée. Alexander ne veut pas que je revienne dans sa vie, il me veut sous son contrôle.

– J'imagine que si.

– Laisse-moi deviner ce qu'il a fait, propose Edward en se rencognant dans sa chaise avant de me détailler du regard. Il a promis que tout irait mieux, mais tu ne l'as pas cru.

– On dirait que tu connais bien ce type de situation.

À présent, j'ai complètement renoncé à toute idée de déjeuner.

– Effectivement. Sauf que je suis dans l'autre camp, dans le camp de celui qui fait toutes les promesses sachant que je n'ai pas l'ombre d'une chance de pouvoir les tenir.

– Pourquoi les faire alors ?

La question a jailli de ma bouche, ce qui me vaut un regard critique de la part de mon compagnon de table.

– Parce que nous voulons croire aux contes de fées, Clara, dit-il calmement. Que nous aussi, nous avons le droit de trouver le grand amour et d'avoir un dénouement heureux à la fin de l'histoire.

– Alors, laisse-moi parler pour David deux minutes. Nous ne nous attendons pas à de la magie ni à des souliers de vair, encore moins à des bonnes fées. Nous voulons juste vous aimer.

– Clara, Alexander et moi avons passé toute notre existence sous le regard du public. Demander à quelqu'un de nous aimer, de supporter les paparazzis et les attaques régulières des journaux à scandale est la dernière chose que chacun de nous voudrait tenter.

J'inspire lentement pour me calmer. J'ai déjà eu mon lot de gros titres en une des tabloïds. Ce n'est pas quelques couvertures de magazines de plus qui y changeront grand-chose.

– Essaie encore.

– Je suppose… (Il marque un temps d'arrêt en posant ses mains sur la table.)… Je pense que nous avons peur. Peur d'être incapables de vous protéger. De vous faire du mal. Que vous voyiez à quel point nous sommes bousillés.

– Vous ne l'êtes pas, lui dis-je doucement.

Il me répond d'un rire creux.

– Je vis dans le mensonge. Et Alexander, pour sa part, titube entre des journées à boire seul à la maison et des nuits à boire dans les salons privés du Brimstone.

Ça, c'est nouveau. J'ai vu Alexander au Brimstone, bien sûr, mais apprendre qu'il s'est mis à boire seul dans son coin me surprend plus que ça ne le devrait.

– Pour ce que ça compte, poursuit Edward, il est évident qu'Alexander t'aime.

– Alors pourquoi me repousse-t-il ?

J'ai à peine murmuré cette question. C'est impossible qu'Edward l'ait entendu, mais il y répond quand même. Peut-être se demande-t-il la même chose.

– Parce que ça prouve combien il t'aime. Suffisamment pour renoncer à toi et te laisser partir.

– Comme toi, tu aimes David ?

– Je ne suis pas aussi fort qu'Alexander.

Edward repousse son verre et se masse les tempes. Lorsqu'il relève les yeux, son sourire est ténu.

– Je n'ai pas renoncé à David. Il m'a quitté, tu t'en souviens ? J'ai bien peur d'être trop égoïste et David ne décroche même pas quand j'appelle.

Ça me rappelle ce vieux dicton qu'on me répétait quand j'étais petite.

– Les actes comptent plus que les paroles. Trouve-le et prouve-le lui. Ne lui donne pas l'opportunité de t'échapper.

Edward penche la tête de côté en réfléchissant à mon conseil.

– Tu as peut-être raison. Il est peut-être temps de passer à l'acte.

Je l'encourage d'un sourire en essayant d'éviter la pointe de jalousie qui me tenaille. Je suis optimiste pour David et Edward, mais je ne peux pas m'empêcher de regretter qu'Alexander ne se batte pas pour moi. Il m'a fait plein de promesses, écrites dans ses lettres, prononcées dans ses discours mielleux, mais sans acte, ses promesses restent vaines.

***

– Je les laisse boire un peu d'eau avant d'aller se coucher, mais prépare-toi au pire des cataclysmes si tu leur donnes un bonbon.

Bennett dépose dans mes mains une feuille remplie de numéros de téléphone à contacter en cas d'urgence ; j'essaie de ne pas glousser devant l'image de mon chef, d'ordinaire si calme et maître de lui, qui se comporte en père ultra-stressé. Il gère sans problème des présentations pour des stars de cinéma et des politiciens, mais il est dans tous ses états dès qu'il s'agit de ses filles.

– C'est bon, dis-je d'un ton apaisant. Vous avez déjà gâché une demi-heure à vérifier que je sache comment appeler la police, les pompiers et le SAMU. J'ai votre numéro de portable. Partez d'ici, sinon vous allez rater le lever de rideau.

Ça me fait du bien de sortir de ma stricte routine et de faire quelque chose pour quelqu'un d'autre. En plus, je sais que les filles vont bien m'occuper et que je n'aurai pas le temps de penser à Alexander. C'est tout gagnant.

Bennett vérifie que son portefeuille est bien dans sa poche arrière, rajuste sa chemise, mais il est encore nerveux. Je n'ai pas le courage de lui demander si c'est la première fois qu'il sort depuis que sa femme est morte, mais je pense que oui.

– Ok. Je serai de retour vers dix heures.

– Prenez votre temps.

Je l'encourage à profiter de sa soirée. Ce n'est pas comme si j'avais quoi que ce soit de prévu.

– Je crois que c'est mieux de retourner graduellement dans le monde des vivants.

Son subtil commentaire ne passe pas inaperçu, mais il vaut mieux que je n'y réponde pas. Le temps que je verrouille derrière lui, il a réussi à me donner deux numéros de téléphone supplémentaires à appeler en cas de besoin.

Abby et Amy débordent d'énergie. Elles ont les cheveux bouclés de leur père, mais elles ont de grands yeux curieux frangés de cils épais. J'imagine qu'elles ont les yeux de leur mère. Nous jouons à la dînette par terre et je suis leur invitée. Nous faisons tant de manières en prenant le thé que j'ai l'impression que c'est la réception la plus civilisée à laquelle j'ai assisté depuis plusieurs mois, y compris celles avec la reine mère.

J'ai aussi l'impression que leur énergie est inépuisable. Quand je m'écroule enfin sur le canapé, je suis quasiment sûre que je vais m'endormir. Il m'a fallu plus d'une heure pour les calmer et les mettre au lit. Maintenant que l'appartement est silencieux pour la première fois depuis un bout de temps, je me délecte du calme qui y règne.

La sonnerie stridente de mon portable met fin à ce moment de paix. Je jette un coup d'œil à l'écran, soupire et accepte de répondre.

– Bonsoir, Maman.

– Clara, tu as décroché !

Je dénote une certaine incrédulité dans le ton de sa voix. Je dois l'admettre, j'ai bel et bien évité ses appels ces dernières semaines. Sans y réussir complètement, je me suis débrouillée pour la voir et lui parler uniquement lors de sorties en public où j'étais certaine qu'elle ne pourrait pas me poser de questions sur ma relation avec Alexander.

Le problème, c'est que je ne vais pas pouvoir faire ça éternellement.

– J'ai un peu de temps libre.

Ce faisant, je regarde vite fait vers la porte de la chambre des jumelles et baisse le ton avant de poursuivre :

– Ça va ?

– Tu es bien calme, m'accuse-t-elle. Où es-tu ?

Aucun doute, elle s'attend à une réponse scandaleusement savoureuse.

– En fait, je fais du baby-sitting.

– Du baby-sitting ?

– Pour mon chef. Sa femme est décédée l'an der…

– Bon, je suppose qu'Alexander est à tes côtés.

Elle me tend un piège, j'en suis tout à fait consciente. Si je dis non, elle va se lancer dans un interrogatoire en bonne et due forme. Ça fait plusieurs semaines qu'elle a les gros titres des journaux à scandale sous les yeux – ceux qui spéculent sur l'état de notre relation – même si son point de vue est plus évolué que le lecteur de base de ces torchons. Elle connaît Alexander. Elle nous a vus ensemble.

Elle sait que je l'aime.

Mais ma mère et moi n'avons jamais entretenu de relation franche et ouverte.

Nous ne parlons de rien et je ne me confie pas à elle. Nous nous sommes confrontées ensemble à ma maladie autrefois, mais ça ne nous a pas rapprochées. Parfois, je le regrette, parce que là, j'aurais bien besoin d'un amour inconditionnel.

Je décide de répondre simplement, espérant éviter de nouvelles questions.

– En fait, non.

– Je ne sais pas ce qui se passe entre vous, mais tu sembles mener ta vie sans lui, Clara.

Elle s'arrête, mais je ne réponds pas tout de suite.

Elle a raison. J'ai une vie en dehors de ma relation avec Alexander, c'est juste que je l'ai soigneusement évitée. Mais le voir au Brimstone a changé quelque chose. Peut-être que ce n'était que quelques instants volés, mais ils m'ont insufflé une sorte de souffle vital.

– Je sais. J'ai eu un travail de dingue. Je me suis occupée d'une énorme campagne.

– Nous devrions déjeuner ensemble un de ces jours.

Je ne vais pas pouvoir continuer à l'éviter comme ça plus longtemps, nous le savons très bien toutes les deux.

– Quelle bonne idée !

– *Rapidement*. Je dois te parler de quelque chose.

Le ton de sa voix est bizarre et me fait frissonner.

– Tout va bien ?

– Très bien.

Je connais assez bien ma mère pour savoir que ce *très bien* est un code pour *gros problème*. Il y a de bonnes chances pour que ce problème soit lié aux soirées tardives de mon père au bureau et à l'état émotionnel fragile de ma mère. Elle ne comprend pas pourquoi il éprouve le besoin de trouver de nouveaux projets, mais moi si. C'est un véritable exploit de réussir à rendre heureuse Madeline Bishop au quotidien. Dans ses meilleurs jours, elle respire l'anxiété.

– Clara, tu me le dirais si quelque chose n'allait pas. Tu n'as pas replongé ?

J'ai une grosse boule dans la gorge que je dois déglutir.

– Bien sûr que non.

– Parce que j'ai vu sur le site de TMI que…

– Ne crois pas ce que tu vois sur TMI.

Je lui ai coupé la parole. J'essaie d'éviter de lire ce qu'ils écrivent sur moi, mais je suis humaine. Peu importe le nombre de fois où ils ont spéculé sur mon poids, sur ma non-relation avec Alexander ou sur ses activités nocturnes, je n'ai jamais pu m'empêcher de regarder leurs soi-disant reportages. Mais je sais qu'ils disent n'importe quoi.

– Clara…

Elle a repris sa voix stridente de *mère qui sait ce qu'il y a de mieux pour toi*, mais un bip l'interrompt.

– Ça sonne sur l'autre ligne. Je dois prendre l'appel. C'est peut-être mon chef.

– Bien entendu. Je te rappelle dans la semaine.

J'entends qu'elle n'est pas contente, mais je lui dis rapidement au revoir et réponds à l'autre appel.

– Tu me sauves, ma Belle.

Une fois encore, ma meilleure amie a eu un parfait timing, quasi surnaturel. C'est comme si elle sentait que j'avais besoin d'être sauvée des griffes de ma mère.

– Les enfants sont couchés ?

– Oui. *Enfin*. J'ai bien cru que je n'allais pas arriver à les calmer.

– Bien.

Elle parle calmement. Trop.

– Tu devrais allumer la télé et mettre *Entertainment Today*.

Mon estomac fait une chute d'un mètre et sans trouver de réponse, je triture la télécommande.

– Tu es bien assise ?

La peur et la frustration l'emportent.

– Putain, Belle, qu'est-ce qui se passe ?

– Alexander vient de donner une interview plutôt intéressante au gala de charité de ce soir.

Est-ce qu'il l'a fait au bras d'une magnifique connasse blonde ? C'est ça qu'elle veut me dire ?

La preuve qu'il est le bon à rien qu'elle pense qu'il est. Cette fois-ci, mon estomac se retourne et je réprime mon envie d'aller vomir. C'était sûr, je savais que ça allait arriver tôt ou tard, mais je me suis stupidement laissée aller à croire l'autre soir au Brimstone que je comptais pour lui. Je marmonne un truc dans mon portable.

– Il ne pouvait pas passer toute sa vie à m'attendre.

Le silence à l'autre bout du fil dure si longtemps que je vérifie sur l'écran que ça n'a pas coupé.

– Regarde. Ils ont passé une bande-annonce il y a quelques minutes, ça devrait arriver d'une minute à l'autre.

– Tu ne m'aides pas à me sentir mieux.

– Ça pourrait, si. Ça y est ! Ça commence.

Je trouve la chaîne à l'instant où le beau visage d'Alexander envahit l'écran. Ses yeux encore plus bleus à l'écran me donnent un coup au cœur.

– Trouvé.

Nous nous taisons pour laisser le présentateur de l'émission introduire le sujet en spéculant sur le fait qu'Alexander n'était pas accompagné. Je me sens soulagée, mais ça ne dure pas longtemps. J'enroule une mèche de cheveux autour de mon doigt et essaie de garder mon calme lorsqu'ils diffusent l'interview. Il est si beau dans son smoking noir, taillé sur mesure pour mettre en valeur son corps musclé. Je ne suis pas sûre que ce soit le même qu'il avait sur le dos lors du gala auquel je l'ai accompagné, mais quoi qu'il en soit, mon corps réagit immédiatement en le voyant, comme s'il se souvenait des choses qu'il lui avait faites lorsqu'il le portait.

Une journaliste rousse à forte poitrine s'avance d'un pas nonchalant vers lui, le micro à la main. Rien que de la voir à ses côtés, je la déteste déjà.

– Alexander, vous n'êtes pas accompagné ce soir ?

Elle est américaine. Son accent et sa question si directe qu'elle en est impolie la trahissent, mais Alexander lui répond simplement d'un sourire dévastateur :

– Clara est à la maison ce soir.

Sans hésitation. Rien sur son visage ne trahit la vérité – il ne sait absolument pas où je suis ce soir et ça fait plusieurs semaines que c'est le cas.

– On l'a vue entrer et sortir de chez elle ces derniers temps, mais jamais en votre compagnie. Ça fait quelque temps que vous ne vous voyez plus tous les deux.

– Ma petite amie a une carrière, lui rappelle-t-il en faisant bondir mon cœur. Elle est fatiguée et je lui ai dit que je la verrai à la maison ce soir. Je suis sûr que vous le savez, nous avons emménagé ensemble.

J'en reste bouche bée. Comme la journaliste. Elle ne le savait pas. Personne ne le sait. Parce que c'est un mensonge.

La reporter se reprend et lui adresse un regard de quasi-sympathie.

– Nous espérons qu'elle se sentira mieux rapidement.

– Je ne manquerai pas de le lui dire, ce soir.

Il regarde la caméra en face. Comment peut-il savoir que je regarde ?

– Alors… laisse planer Belle lorsque la page de publicité commence.

J'éteins la télévision et essaie de trouver mes mots. Plusieurs me viennent à l'esprit en même temps. Je pousse un énorme juron et je retombe sur le canapé en accompagnant mon geste d'un gros soupir exaspéré.

– Tu dois lui parler.

– Tu crois ?

Je lui réponds vertement, avant de fermer les yeux et d'essayer de me reprendre. Elle a raison et je ne suis pas sympa, alors je corrige :

– Je sais.

– Je ne t'attendrai pas ce soir. Mais essaie de me téléphoner pendant le week-end.

– Je ne vais pas disparaître comme ça. Tout est terminé entre nous.

– Pourquoi ?

Sa question si simple me déchire. Probablement parce que je me pose la même, et je lui réponds dans un murmure :

– Parce que je n'ai pas le choix.

Elle ne répond rien. Nous savons toutes les deux que je me mens à moi-même, mais ce qu'il y a de génial avec les meilleures copines, c'est qu'elles savent quand pousser et quand arrêter.

– Appelle-moi.

– je ne te promets rien.

Je lui lance ce dernier avertissement avant de mettre fin à l'appel. Parler à Alexander implique d'avoir à me jeter dans la tanière du lion. Qui sait ce qui se passera quand je serai dedans ?

L'appartement est silencieux. Il y a vingt minutes, j'aspirais à ce calme. Maintenant, je pourrais quasiment jurer entendre chaque seconde avancer vers l'inévitable.

CHAPITRE SIX

J'ai les mains qui tremblent en poussant la grille du jardin. Je ne suis venue ici qu'une seule fois et je croyais ne jamais y revenir. Mais, ce soir, je sais que lui y est retourné. Ça m'a tuée d'attendre que Bennett rentre chez lui, mais voilà, je suis de retour là où je voulais ne jamais revenir. Sous mes pieds, j'ai l'impression que les pavés de l'allée sont inégaux et qu'ils pourraient se desceller et renverser toute mon existence. Mais bon, ça, c'est déjà arrivé.

J'aurais dû être surprise qu'il m'interpelle comme ça, de façon aussi publique, ou du moins choquée par son audace, mais en fait, non. Ai-je été assez stupide pour croire qu'Alexander allait accepter que je lui dise non ? Mais s'il pense pouvoir mentir et prétendre que tout va bien entre nous, il se fourre le doigt dans l'œil. Je l'ai quitté pour une bonne raison. La même raison qui m'a poussée à l'éviter pendant plus de deux mois.

Notre relation a une durée déterminée, c'est une bombe à retardement que ni le désir ni même l'amour ne pourront désamorcer. Sa famille a de grandes attentes matrimoniales pour lui et moi j'ai grandi au XXIe siècle. Et pas question que je sois sa maîtresse.

La porte s'ouvre avant même que j'aie atteint la dernière marche de l'escalier et il est là, encore vêtu de son smoking. Son nœud papillon est détaché, ainsi que le premier bouton de sa chemise, révélant le cou sur lequel j'aimerais faire glisser mes lèvres. Je repousse cette idée dans le coin le plus reculé de mon cerveau tout en me forçant à me contrôler. Je ne répéterai pas la soirée au Brimstone. Impossible – pas après tout ce qu'il a dit et fait.

– Tu m'attendais ?

Ma question est sèche et accompagnée d'un croisement de bras sur ma poitrine, en faisant de mon mieux pour ignorer que mes tétons ont durci. Mon corps est un traître, sur son terrain il réagit toujours, il réagit à sa présence.

Il est toujours prêt pour lui.

Alexander s'efface pour me laisser entrer, mais je reste figée sur le perron lorsqu'il me déshabille du regard. Ce long regard appuyé me donne l'impression qu'il prépare son prochain mouvement pour me dévorer. Ce regard m'embrase jusqu'à ce que des flammes de désir me lèchent le corps. Je connais ce regard et je sais qu'à la seconde où je franchirai le pas de la porte, je serai à sa merci.

Et Alexander n'est pas du genre à faire preuve de clémence.

– J'espérais ta venue.

Il retire son veston pour me le poser sur les épaules, mais je recule, vacillant lorsque mon talon s'approche de trop près du nez de la marche. C'est ça son plan ? M'assassiner de gentillesse ? M'envelopper dans sa veste tiède, m'assaillir de sa chaleur et de son odeur entêtante jusqu'à ce que je retombe dans ses bras ? Parce que je sais que ça va marcher si je le laisse faire. Alexander est un loup dans la peau d'un gentleman mais je ne suis pas une brebis égarée. Cette fois-ci, je ne serai pas une proie aussi facile.

– On a dû te mettre au courant. Tu savais que je venais, je n'ai même pas eu à frapper, dis-je sur un ton de plus en plus tranchant. Tu m'as fait suivre ?

– Clara.

Il parle comme s'il lançait un avertissement, mais je hausse les sourcils, le forçant à continuer :

– Je fais ça pour te protéger.

– Ça ressemble plus à un appel au secours de ta part ! On ne t'a jamais dit que tu avais un problème avec le concept de domination ?

Ses lèvres esquissent un sourire, mais il le réprime.

– Oui, souvent. Mais nous avons déjà eu cette conversation. Dis-moi ce qui te met en colère à présent.

– Ce n'est pas parce que tu dis quelque chose face caméra que c'est la vérité. Je n'habite pas ici.

Mais bon, même en le disant, mon cœur se comprime. Je *pourrais* vivre ici, avec lui. Je secoue la tête, essayant de garder les idées claires malgré sa présence enivrante.

– Tu avais besoin que je fasse preuve d'engagement, me rappelle-t-il d'une voix basse chargée de sensualité. Et je veux te donner ce dont tu as besoin.

– Bon Dieu, X !

Je lève les bras en l'air et entre à grands pas dans la maison en me disant que je n'irai pas plus loin que l'entrée.

– J'avais besoin que tu sois honnête avec moi. Depuis le début, c'est tout ce que je t'ai demandé, mais les mensonges se sont succédé les uns aux autres.

– Les secrets ne sont pas des mensonges.

Avec un regard lourd de sens, il se tourne et ferme la porte derrière lui. Mon cœur fait un bond lorsque je l'entends se fermer. J'ai dépassé le pas de la porte, maintenant je suis chez lui, il m'a emprisonnée.

– Et c'était quoi ce soir, alors ? Pourquoi es-tu allé dire à ces sangsues que j'habitais ici ?

– Tu voulais un engagement, répète-t-il, alors je te l'ai donné.

– Putain, est-ce que tu pourrais éviter d'être aussi politique pendant deux minutes ? Je sais que c'est ce qu'on a fait de toi depuis l'enfance, mais j'en ai marre, Votre Majesté. Tu ne peux pas me faire croire que tu me fais une faveur en mentant.

Alexander me fait virevolter, attrape mes poignets et les coince dans mon dos. Il presse son corps contre le mien, libérant un torrent de désir qui m'assaille de toutes parts.

– Il n'est pas question de qui je suis ni de ce que je vais devenir. Là, c'est toi et moi. Ici. Maintenant.

Un gémissement s'échappe de mes lèvres lorsque son érection s'enfonce dans mon ventre. Je la sens malgré l'épaisseur de nos vêtements.

– Toi et moi. Clara et Alexander. Qu'est-ce qu'on en a à foutre de ce que pensent les autres ?

– Ça compte pour toi.

Il relâche sa prise et recule comme si je l'avais giflé. Je me répète avec plus de fermeté :

– Ça compte.

Maintenant qu'il ne me touche plus, je peux presque penser normalement. *Presque.*

– C'est ce que tu penses *toi* qui m'importe, dit-il sèchement, comme s'il me défiait de le contredire.

– Si mon opinion t'importait, nous n'en serions pas là.

Mais où serions-nous ? Serais-je ici à ses côtés ce soir ? Dans son lit en vivant dans le mensonge ? Ou serions-nous allés plus loin tous les deux ? Peut-être que c'est naïf de croire que les choses pourraient être différentes, mais je ne peux m'empêcher de penser que s'il s'en souciait, soit nous nagerions dans le bonheur, soit notre histoire serait terminée depuis bien longtemps.

Alexander s'approche et je recule jusqu'à me retrouver dos au mur. S'il a remarqué qu'il m'a acculée dans un coin, il ne le montre pas. Ses yeux bleus sont aussi brûlants que le dernier cercle de l'enfer et si je le laisse encore s'approcher, je vais me retrouver consumée par le feu qui l'anime.

– Je t'avais prévenue. Je t'avais dit qu'il fallait me craindre.

– Et tu m'as tout de même séduite.

Mon accusation frôle le pitoyable, voire pire. Il m'avait prévenue et j'ai choisi de prendre ce risque.

J'ai plongé tête la première et les yeux grands ouverts dans cette relation. S'il n'y a qu'une seule personne à blâmer, c'est moi.

– J'ai pris ce que tu as donné, mon chou.

Son pouce s'attarde sur ma lèvre inférieure, passe la barrière de mes dents, puis s'engouffre dans ma bouche ouverte.

– Tu m'as donné cette bouche. Tu t'en souviens ?

Par instinct – de protection –, je déglutis et ma bouche se ferme un instant sur son doigt. Il en profite pour caresser ma langue de son pouce comme s'il m'incitait à le sucer. Et de sentir son goût si familier, j'en ai le souffle littéralement coupé.

– Tu m'as donné cette jolie petite bouche pour que je la baise, dit-il en retirant son pouce. Ta bouche s'en souvient. Elle se souvient d'avoir sucé ma bite.

J'ai envie de lui dire qu'il a tort, mais il en a vu la preuve. Je n'ai pas été capable de contrôler ma réponse – mon désir. S'il m'avait mise à genoux et qu'il avait enfoncé son membre entre mes lèvres, je l'aurais pris en bouche et je l'aurais sucé. C'est instinctif – incontrôlable, animal même. Mais même si Alexander est un loup, il n'est pas du genre à en profiter éhontément. Nous jouons à un jeu dangereux. Il parie qu'il peut me persuader de revenir dans son lit et je parie le contraire. L'un d'entre nous en sortira perdant.

Alexander se rapproche, glisse sa main sous mon top mais sans aller plus haut que mon nombril.

– Sens comme ton corps réagit à mes caresses et, ensuite, regarde-moi en face et dis-moi que tu ne veux pas monter pour que je te baise dans la chambre.

Je serre les dents et lève mes yeux vers les siens, puis je me force à répondre :

– Je ne veux pas que tu me baises.

– Tu es une très mauvaise menteuse, Clara.

Il rit en laissant descendre sa main sous ma ceinture. Ses doigts s'attardent sur la dentelle de ma culotte.

– Tu mouilles tellement pour moi. Tu es trempée. Tu mouilles toujours autant quand tu n'as pas envie de baiser ?

Il connaît la réponse à cette question, parce qu'il connaît bien mon corps. Trop bien. Il sait qu'il n'a qu'à me caresser d'un doigt pour que je réagisse. Alexander retire sa main et passe son doigt humide sur ma gorge nue.

– C'est *ça* que tu veux. Alors maintenant, dis-moi. Lequel de nous deux est un menteur ?

– Tu as peut-être raison, dis-je en gémissant. Peut-être que j'ai envie que tu me baises, mais je n'en ai pas *besoin*.

Il ferme les yeux et baisse son front contre le mien. La lutte acharnée dans laquelle nous nous sommes engagés nous fait transpirer, et de son corps si près de moi je sens l'odeur, je me perds dans sa pure et brutale sexualité.

– Tu n'as pas besoin de me baiser. Tu n'en as jamais eu besoin, murmure-t-il en me donnant la chair de poule. Mais moi, j'ai besoin de te baiser. J'ai besoin d'être en toi. Je ne sais pas comment te le montrer autrement. Je ne sais pas comment te montrer autrement que j'ai besoin de toi.

Mes lèvres s'écrasent sur les siennes, j'ai perdu tout contrôle en entendant sa confession. J'ai passé des mois à me dire non, à essayer de suivre cette voie, mais je n'y arrive pas. Peut-être que je n'ai pas besoin d'Alexander, mais je ne peux pas nier que j'ai envie de lui. De son corps. De ses mots. De son cœur. Je me suis trompée à croire que s'il ne pouvait pas le dire, il ne le ressentait pas. Est-ce qu'il ne me l'a pas montré depuis le début ?

Alexander fait glisser mon pantalon sur mes chevilles et me soulève pour le retirer complètement avant même que je me rende compte que nous nous embrassons vraiment. J'interromps notre étreinte haletante en secouant la tête.

– Ça ne change rien au fait que je n'habite pas ici.

– Je pense pouvoir t'en persuader. Tu verras.

Il colle ses lèvres aux miennes avant que je recommence à protester. Puis il me repose sur mes pieds et recule. Je l'observe, fascinée, alors qu'il déboutonne son pantalon et le laisse tomber par terre. Il caresse du bout des doigts le décolleté de mon top et s'arrête sciemment, puis il l'empoigne fermement et déchire le fin tissu pour révéler mon soutien-gorge. Sans hésiter, ses pouces passent sous mes seins et les libèrent de la dentelle qui les contenait. La pulpe rugueuse de ses doigts effleure mes mamelons déjà sensibilisés. Sous sa caresse, mes tétons durcissent et éveillent une douleur qui comprime ma poitrine.

– Est-ce qu'on t'a déjà touchée comme ça ?

Son souffle brûlant dans mon cou, il attrape le lobe de mon oreille entre ses dents. Il le mordille, puis le suce tout en continuant à caresser mes seins. Autour de moi, le monde se met à tanguer, ce qui rend toute réflexion impossible, mais je connais tout de même la réponse à sa question.

– Non.

Personne de m'a touchée comme ça depuis que j'ai quitté cette maison. Personne ne m'a jamais touchée comme ça.

– Parce que tu es mienne, grogne-t-il en attrapant mes hanches pour me soulever contre le mur. Et moi aussi, je t'appartiens.

Il me pénètre d'une seule poussée, sans avertissement, et même si mon sexe était prêt à l'accueillir, ce brusque mouvement me donne l'impression d'avoir été fendue en deux. J'ai le souffle coupé et je m'agrippe à lui, lui permettant de s'enfoncer jusqu'au bout.

– Tu sais ce qu'il faut dire pour que j'arrête.

Il ondule des hanches en me donnant une chance de dire mon code de sécurité si nécessaire. Mais je ne veux pas qu'il s'arrête et il le sait très bien. Alexander entame son mouvement de va-et-vient, son membre profondément niché en moi. Ses mouvements sont tout d'abord lents. Chaque poussée est prudente et puissante à la fois. Il attend encore que je lui réponde.

Je l'accueille en murmurant son nom et en retour, il accélère le rythme, me laissant pantelante de désir, à bout de souffle, oscillant entre la raison et l'extase.

– Tu es tellement étroite, grogne-t-il entre ses dents serrées alors qu'il me maintient contre le mur et me pénètre avec une impitoyable désinvolture.

Putain, tu mouilles tellement et tu es tellement étroite, comme si tu m'attendais.

– Oh bon Dieu !

Le cri m'échappe lorsqu'il s'enfonce profondément. Je l'ai attendu. Incapable d'avancer et refusant désespérément de regarder en arrière. Je me suis cachée de lui – de ça – parce que j'étais effrayée et, alors que le plaisir déchire mon corps, explose dans mes membres, cette intensité se mêle à la peur. J'enfonce mes ongles dans son dos, m'accrochant à lui de peur qu'il disparaisse d'une seconde à l'autre. Mon corps part en vrille dans un élan de plaisir terrifiant, il se perd dans un abîme de délire irréfléchi. Il n'y a aucun espoir. Je me noie et Alexander m'attire dans ses profondeurs, dans les profondeurs inéluctables des ténèbres de notre passion.

Alors que je lutte pour reprendre mon souffle, il m'ordonne de parler :

– Dis-le.

– Je t'aime.

Les mots sont ténus, pratiquement perdus dans notre frénésie amoureuse, mais Alexander baisse sa tête sur mon épaule à peine les a-t-il entendus. Il pousse un grognement alors que de violentes giclées s'échappent de son membre pour se nicher dans mon intimité et en absorbant sa semence, toute capacité de résistance m'échappe.

CHAPITRE SEPT

Alexander me repose par terre en conservant une main dans mon dos pour me permettre de garder l'équilibre. Ce n'est pas plus mal, parce qu'après un tel orgasme, mes jambes tremblent comme celles d'un poulain qui vient de naître. Il presse son front contre le mien, m'embrasse rapidement les lèvres et je sens autant de peur que de soulagement dans sa caresse. Ses sentiments font écho aux miens. Comment se fait-il que je ne puisse pas vivre sans lui, alors que notre relation tout entière est infectée de malhonnêteté et de refoulement ?

– Arrête de réfléchir, Clara, m'ordonne-t-il d'une voix devenue sourde.

Il baisse sa main et se saisit de mes fesses pour me porter. Je passe volontiers mes jambes autour de sa taille. Avec désespoir. C'est de cette manière qu'Alexander et moi communiquons le mieux, avec des caresses, de la sueur et des gémissements. J'ai besoin de le sentir pour être rassurée.

Il me porte jusqu'à l'escalier avant de perdre patience.

– J’ai besoin de sentir ton goût sur ma langue.

Il me pose délicatement sur une marche, mais c’est sans ménagement qu’il écarte mes jambes. Ses lèvres s’attardent à l’intérieur de mes cuisses, me taquinant de petits baisers d’une délicieuse lenteur. Ma tête part en arrière, sa langue efface toute conscience du monde. Plus rien n’existe, seulement ça. Seulement lui. Seulement sa bouche qui se pose sur mon clitoris, sa langue qui l’encercle avec une précision érotique. Je me perds en lui. Je pensais pouvoir maîtriser mes sentiments pour lui, mais c’est lui qui m’a conquise.

Mes muscles se contractent, mais mon corps est douloureux. Alors même que sa bouche se ferme sur mon intimité, je me sens vide et insatisfaite. Peu importe qu’il ait été en moi il y a quelques secondes à peine, j’ai désespérément envie qu’il me baise. J’ai désespérément envie qu’il réaffirme la preuve de notre lien – la seule preuve que j’aie jamais eue. J’essaie de le repousser pour l’arrêter, mais il m’ignore. Un gémissement m’échappe alors que je lutte contre le plaisir. Je ne veux pas jouir comme ça.

– Arrête.

Ma supplique se perd presque dans un autre gémissement alors qu’il dévore mon clitoris.

– J’ai envie de toi… J’ai envie de te sentir en moi.

Alexander s’arrête et son visage surgit, proche du mien. Ses yeux lancent des éclairs lorsqu’il me répond :

– C’est moi qui décide. Tu jouiras comme je l’ai décidé, mon chou.

Il retourne entre mes cuisses et ses mains s'enroulent autour de mes jambes, comme pour les posséder.

J'ai envie de jouir et je n'aurai bientôt plus le choix, car je sens déjà une autre vague de plaisir enfler. Il n'y a qu'un seul moyen de lui montrer que je suis sérieuse – de lui montrer que j'ai besoin de plus que ça. Que j'ai besoin de lui.

– Brimstone.

Il réagit immédiatement. Alexander recule et s'assied sur ses talons. Son regard est empreint de douleur. S'il est en colère contre moi d'avoir utilisé mon code de sécurité, il ne le montre pas. En fait, il a l'air prudent, mais sous le vernis du self-control, je perçois le côté sauvage de son regard. Alexander est un animal – une masse de sensualité brute – et je l'ai mis en cage.

Et pourtant, il s'est arrêté quand je le lui ai demandé. Si l'on pense à l'équilibre délicat de notre confiance l'un envers l'autre, c'est réconfortant de constater qu'il a accepté avec le plus grand sérieux le cadeau que je lui ai fait en me soumettant à lui. *Pas à pas.*

Aucun mot n'est échangé, mais je lis la question muette dans son regard : Pourquoi lui ai-je demandé de s'arrêter ?

A-t-il franchi la ligne rouge ?

Lorsque je le vois si angoissé, mon cœur se brise. Alexander a peur d'aimer. Il a peur de me détruire et voilà que j'utilise ce qui est censé être mon dernier recours : mon code de sécurité. Mais j'ai besoin de bien plus qu'un petit coup rapide dans les escaliers – tous les deux en fait, nous avons besoin de bien plus que ça. Je me lève, les genoux tremblants de notre passion débridée, et je lui tends la main. Je sais qu'il va la prendre. Tout comme j'ai pris la sienne l'autre soir au Brimstone. Face à l'autre, nous n'avons aucun pouvoir. Les termes « contrôle » et « domination » sont de simples ruses pour couvrir nos sentiments l'un pour l'autre. Aucun d'entre nous ne peut être certain de ce qui se passerait si nous laissions la situation nous échapper. J'ai aperçu l'homme derrière le masque dans le passé. C'est un écorché vif, brisé et dans des moments comme celui-ci, il me ravage totalement.

Le regard d'Alexander croise le mien lorsqu'il prend ma main avec douceur.

– Tout va bien.

Je le rassure d'un murmure, je sens qu'il en a besoin, peut-être tout autant que moi.

Il y a quelques semaines, j'ai passé une nuit dans cette maison, mais ce souvenir est gravé dans ma mémoire. Durant mes longues nuits solitaires, je me suis repassé le film des heures passées ici, jusqu'à ce que je sois trop épuisée pour pleurer encore. Je sais exactement où est la chambre et l'y conduis en silence. Mon cœur cogne dans ma poitrine, mon sang martèle mes tempes. Cet endroit – cette maison – a été mon cauchemar pendant si longtemps, mais elle a aussi été mon fantasme. Maintenant que j'y suis avec lui, je ne sais pas ce que je ressens. L'amour et la peur se mêlent dans mes veines. Je dois faire confiance à mon cœur. J'ai passé ces derniers mois à essayer de l'ignorer.

Alexander retire sa main de la mienne et, d'un geste fluide, il me prend dans ses bras pour me porter dans la chambre. Je lutte pour dire quelque chose, pour exprimer mes sentiments.

– J'ai besoin de ça… J'ai besoin de nous…

– Je sais ce dont tu as besoin, Clara.

Il dépose un léger baiser sur mon front avant de m'allonger sur le lit. Il retire ce qui reste de mon top en le passant par-dessus mes épaules, puis s'attaque à mon soutien-gorge. Je suis à sa merci, nue et vulnérable. Sentant mon état, il se lève et déboutonne lentement sa chemise avant de la retirer. À présent, nous sommes nus tous les deux. Alexander se baisse avec précaution vers moi et je tends la main pour caresser les méchantes cicatrices qui profanent son magnifique torse. Il a tout d'un dieu, sculpté et ciselé dans une perfection inhumaine, mais les traces de son passé sont les preuves tangibles de son humanité. Il est un mortel. Alexander porte en lui ses cicatrices les plus profondes, celles de l'accident qui a emporté sa sœur, mais ces marques sur sa peau me rappellent que lui aussi a failli mourir cette nuit-là. Des larmes roulent sur mes joues et je cligne des yeux, surprise.

– Tout va bien, mon chou, murmure Alexander.

Ses lèvres se posent dans le creux entre mes seins, puis sur ma poitrine jusqu'à ce que sa langue s'empare de mon téton gauche. Il le prend tendrement dans sa bouche et le taquine en enroulant sa langue autour. Le plaisir se mêle aux émotions qui me parcourent et je me mets à pleurer. En un éclair Alexander a bougé, il me prend dans ses bras pour me bercer contre son torse.

Je presse ma main contre ses cicatrices, regrettant presque de ne pas pouvoir les faire disparaître.

– Je t'ai presque perdu.

– Tu ne m'as jamais perdu, murmure-t-il en resserrant son étreinte dans un geste protecteur.

– Non, dis-je entre deux sanglots. Avant. Cette nuit-là. Je ne t'aurais jamais connu…

– *Chuuuut,* ne parlons pas de nos erreurs passées.

Il y en a eu tellement et, trop souvent, j'ai l'impression qu'elles ont été empilées les unes sur les autres, érigeant comme une barrière géante entre nous. Je sais ce que ça fait de le perdre. L'idée d'avoir failli ne jamais le connaître m'est insupportable.

– Montre-moi.

J'ai fait ma demande à voix basse.

Alexander ne peut pas m'avouer son amour, pas après la nuit qui lui a causé ces cicatrices. Il me montre ses sentiments physiquement, en utilisant son quasi obsessif et inépuisable appétit pour mon corps. C'est une faim que nous partageons tous les deux.

Sa bouche se ferme sur la mienne, une main effleure la courbe de ma hanche et m'incite à écarter les cuisses. En approfondissant son baiser, il me caresse le sexe d'un doigt avant de stimuler son ouverture. Sa langue passe la barrière de mes dents alors que son pouce se pose sur mon clitoris pour le masser en petits cercles délicats. Ne voulant pas interrompre notre baiser, il absorbe mes gémissements.

J'ondule des hanches sous sa caresse, écartant un peu plus mes jambes, j'ai désespérément envie qu'il me comble. Lorsqu'il bouge enfin, nos respirations sont lourdes. Son regard brille d'un éclat sauvage, mais il maintient son contrôle. D'habitude, il se sert de cette retenue délibérée sur moi, dominant chaque moment de mon plaisir. Alexander décide quand je jouis et quand je dois faire durer le plaisir. Mais là, c'est lui-même qu'il retient.

À genoux, il continue de solliciter mon petit paquet de nerfs surexcités. Mes mains agrippent les draps blancs pour m'aider à me maintenir au bord du précipice, je ne veux pas plonger sans lui. Quand j'arrive vraiment au bord, Alexander se positionne devant moi et frotte son membre à l'entrée de mon intimité de haut en bas et je m'en tortille d'impatience.

– Clara, je…

Il ne termine pas sa phrase, son regard se fait triste.

J'arrête de respirer, comme si j'avais peur de l'effrayer s'il m'entendait soupirer.

– Je…

Mais il secoue la tête puis reprend :

– Il n'y a que toi. Il n'y aura jamais personne d'autre que toi. Tu es à moi, mais ne l'oublie pas, je suis à toi – tout ce que je peux te donner de moi t'appartient.

Ses mots me font basculer. Je me laisse glisser dans ma chute et je pousse un cri lorsqu'il entre en moi, me procurant un deuxième orgasme qui se propage dans tout mon corps. Son membre va et vient doucement dans mon sexe, prolongeant mon plaisir jusqu'à ce que je me retrouve à trembler dans le lit, mais il ne s'arrête pas là. Ses mains agrippent mes hanches et me propulsent vers une autre extase. C'est trop. J'ai des frissons partout, mais je ne lui demande pas de s'arrêter. Je veux qu'il reste toujours là où il est. En moi. À me compléter. Même si je n'arrive pas à réprimer mon prochain gémissement.

– *Chuuut*, mon chou, dit-il pour me tranquilliser en passant son pouce sur mes lèvres. J'aurai toujours plus envie de toi.

C'est pour ça que je ne peux pas rester loin de lui. C'était futile d'essayer de le quitter. Notre relation est primale, instinctive, dévorante et elle m'est aussi nécessaire que l'oxygène. Je suis incapable de survivre sans elle – sans lui.

***

Le truc quand on a une relation avec un dieu du sexe du XXIe siècle, c'est qu'on a toujours faim au réveil. Ce matin ne fait pas exception. Je me glisse hors du lit en espérant ne pas réveiller Alexander. En fouillant dans le placard, je trouve un peignoir en soie qui, je le soupçonne, a l'air d'avoir été acheté pour moi avec bon nombre d'autres vêtements. Visiblement, il semble avoir cru dur comme fer que j'allais rester. Soit c'est facile de me convaincre, soit il est plutôt sûr de sa capacité à résoudre ce problème.

J'ai des courbatures partout, mon intimité est endolorie et je gargouille. Ça m'apprendra à me lancer dans une partie de jambes en l'air sans avoir mangé.

Mais bon, quand je suis venue hier soir, je n'avais aucune intention de coucher avec lui. Heureusement, les courses ont été faites et je repère une quantité de nourriture bio, des fruits frais, des œufs et du pain. Je trouve du lait dans le réfrigérateur que je referme d'un coup de hanche et je manque le faire tomber lorsque je surprends Alexander en train de m'observer depuis le pas de la porte, seulement vêtu d'un bas de pyjama de soie noire qui lui tombe bas sur les hanches, ce qui ne fait qu'accentuer son magnifique torse sculpté en V que j'aime tant. J'aime aussi qu'il soit beaucoup plus à l'aise maintenant pour me montrer son corps.

Il ébouriffe ses cheveux en passant la main dedans, puis secoue la tête comme pour se débarrasser d'un mauvais rêve. Malheureusement, il en a plein.

– Tout va bien ? je lui demande en abandonnant ma quête d'une poêle à frire. Tu as fait un cauchemar ?

Alexander n'aime pas parler des rêves qui le terrorisent ou des souvenirs que son subconscient fait vicieusement remonter à la surface la nuit, mais je sais que les ignorer tous les matins n'aide pas à faire avancer le schmilblick.

– Tu n'étais plus là, dit-il, grognon.

Oh. Sans faire exprès, je l'ai forcé à revivre un autre mauvais souvenir. Un souvenir douloureux pour nous deux : le matin où je l'ai quitté.

– Désolée X, j'avais faim.

Un sourire s'empare de ses lèvres pendant qu'il avance vers moi tel un prédateur. Tant pis pour le petit déjeuner, c'est le moment de nos retrouvailles.

– Alors je suis redevenu X… ou c'est X pour ex ?

– Juste X, je réponds en me haussant sur la pointe des pieds pour lui déposer un baiser sur les lèvres.

– C'était… chaste.

Alexander arque un sourcil.

– Je ne veux pas te donner de pensées impures. J'ai faim.

Je démontre la véracité de mes propos en croquant dans un grain de raisin.

– Alors tu ne devrais pas te promener avec ça sur le dos.

Il effleure du bout des doigts le délicat tissu de mon peignoir.

– Si tu ne voulais pas que je le porte, tu n'aurais pas dû me l'acheter.

Alexander retire le bouchon de la bouteille de lait en verre et en boit une gorgée avant de me la tendre.

– Je ne l'ai pas achetée, c'est Norris qui s'est occupé de ta garde-robe.

Je m'étouffe dans mon lait. Alexander explose de rire et essuie la coulure de lait qui goutte de mon menton.

– Là, tu commences à me donner des idées.

Incrédule, je demande :

– Norris a fait du shopping pour moi ?

– C'est ce que je lui ai demandé. Edward lui a donné un coup de main.

Il hausse les épaules comme si ce n'était rien.

– Bien entendu. Est-ce que tu fais des trucs tout seul parfois ?

Il me prend la bouteille de lait des mains et la pose sur le plan de travail. Puis il se tourne, passe devant moi et me pousse jusqu'à ce que j'aie le cul sur le granit.

– Je fais beaucoup de choses tout seul et j'en fais beaucoup pour toi. Tu le sais très bien, mon chou.

– Oh, oh, Votre Majesté, dis-je en agitant mon index sous son nez. Si vous voulez faire ce que vous voulez de mon corps toute la journée, il va falloir commencer par me nourrir.

– En fait, nous sommes samedi. Je pensais que nous pourrions aller nous promener sur Portobello Road ce matin. (Il ouvre le placard derrière ma tête et en extrait une poêle.) Je peux même te préparer un petit déjeuner.

Je plisse les yeux.

– Genre un rendez-vous ?

– Les petits amis ne sont pas censés faire ça ? demande-t-il en sortant un œuf de sa boîte.

– Tu n'es pas franchement le petit ami lambda, je lui fais remarquer. Et tu vas vraiment me préparer un petit déjeuner ?

D'ailleurs, ce ne serait pas aussi choquant de le voir allumer le gaz sur le piano de cuisson s'il était un mec normal : CQFD.

– C'est comme ça que je pourrai arriver à mes fins avec toi, me rappelle-t-il en agitant les sourcils de façon suggestive.

– Je croyais qu'on allait se promener.

– Petit déjeuner. *Galipette sur le plan de travail.* Douche. Promenade.

– Tout un programme, dis-je sans prendre la peine de cacher mon amusement. Alors, je ne peux pas prendre de douche maintenant ?

– Ce n'est pas recommandable, précise-t-il en ajoutant un œuf dans la poêle. Il va te falloir des forces aujourd'hui et ne crois pas un seul instant que je n'ai pas remarqué que tu as encore perdu du poids. Ce sera trois œufs pour toi.

Il parle d'un air détendu, mais je sens qu'il y a quelque chose dans le ton de sa voix qui ne cadre pas avec la légèreté de cette matinée. Là, j'ai envie d'être heureuse.

– J'ai fait plus de sport, j'ai couru.

– Je sais, commente-t-il calmement.

Je décide de laisser couler. Rien de nouveau. Je sais qu'il a mis en place une équipe de sécurité qui m'a suivie et même si je n'aime pas ça – et c'est le cas – aujourd'hui, j'ai envie qu'on se consacre à nous, sans tout ce drame. Je lui claque les fesses en passant nonchalamment derrière lui.

– Je pourrais réorganiser le programme de la journée si tu continues comme ça, m'avertit-il.

Je me hisse sur un tabouret de bar derrière l'îlot central de la cuisine en feignant de m'évanouir.

– Mais je pourrais mourir de faim !

– C'est parti pour le petit déj, grogne-t-il. Tu vas tellement bien t'intégrer dans la famille royale. Tu as définitivement tous les instincts dramatiques nécessaires.

Je fais de mon mieux pour ignorer le bond que fait mon cœur dans ma poitrine en entendant ça.

Ça ne veut rien dire. Mais bon, je ne suis pas trop sûre de ce que j'ai envie d'entendre non plus.

Je ne relève pas et nous prenons le rythme du rire et des taquineries alors qu'il cuisine et que je lui prodigue des conseils. Mais même lorsque nous partageons notre petit déjeuner, une anxieuse excitation enfle dans ma poitrine. J'ai l'impression que c'est tellement normal. Tellement joyeux. Tellement *tout* ce qu'Alexander et moi n'avons jamais partagé. C'est trop bon pour être vrai.

Mais bon, peut-être avons-nous subi assez de mensonges comme ça.

CHAPITRE HUIT

Je caresse le dos de la couverture d'un exemplaire un peu usé mais encore en assez bon état d'*Orgueil et préjugés,* tout en me remémorant chaque pièce de la maison. Est-ce que nous avons une bibliothèque ? En extrayant le livre ancien de sa caisse, je me dis que nous pourrions toujours nous en acheter une. Je feuillette le livre et me fige sur place. *Nous*. Je n'ai jamais officiellement accepté d'emménager avec Alexander, mais me voilà en train de réfléchir à ce que nous pourrions faire dans la maison !

Le commerçant, sentant qu'il va pouvoir conclure une vente, s'approche de moi.

– Très belle édition. Fin XIXe. À deux cents livres, c'est une affaire, Madame.

Je rougis en le reposant sur la table et je secoue la tête.

– Je ne faisais que l'admirer.

Il hoche vigoureusement la tête et me sort d'autres livres qui pourraient m'intéresser. Il va m'être difficile de partir d'ici sans acheter quelque chose. Lorsqu'il me pose un autre livre dans les mains, j'essaie toujours de me débarrasser de l'étrange mélange d'émotions qui me ronge l'estomac. Instinctivement, mon regard trouve Alexander alors que je murmure quelques *mercis* un peu absents au bouquiniste. Il me tourne un peu le dos et lui aussi a le nez plongé dans un livre. Il porte un t-shirt moulant et un jean qui mettent en valeur sa silhouette athlétique, rendant son identification difficile pour les passants. Même s'il est impossible de l'ignorer. Ses cheveux noirs ont séché n'importe comment après notre douche. Il n'a pas pris la peine de se raser, laissant une légère barbe apparaître sur ses joues. Rien que de penser à la sensation qu'elle va procurer sur la peau de l'intérieur de mes cuisses, je suis parcourue de frissons un peu partout. Mais c'est sa posture étudiée qui me rappelle sa nature possessive. Je me retrouverais dans son champ de vision en un clin d'œil et en quelques pas il serait à mes côtés. Je dois lui accorder au moins le mérite de m'avoir donné un peu d'espace, parce que, de manière évidente, son langage corporel me dit qu'il est en état de vigilance accrue. Nous avons passé très peu de temps ensemble en public. En fait, Alexander fait très peu de sorties publiques tout court. Même les clubs qu'il fréquente la nuit lui donnent tous accès à des salons privés.

Il jette un coup d'œil vers moi et un lent sourire naît sur son visage quand il s'aperçoit que je l'observe. Mon rythme cardiaque s'accélère, il fait battre mon sang à toute vitesse dans mes tempes et le monde s'évanouit autour de nous, nous sommes seuls au monde. Alexander m'étourdit complètement.

Je sais qu'il est impossible que nous nous séparions. Du moins de mon côté. J'ai essayé et j'ai échoué. Impossible de le quitter. Chaque nuit que j'ai passée loin de lui, je suis morte un peu plus, pour renaître chaque matin et me remettre à souffrir.

Alexander s'avance vers moi et passe ses bras autour de ma taille. Il pose son menton sur mon épaule en regardant le livre entre mes mains.

– Tu devrais l'acheter. Notre bibliothèque est encore tristement vide.

– On a une bibliothèque ?

La question m'échappe, je suis à la fois surprise de découvrir que nous avons une bibliothèque mais aussi bouleversée de l'entendre parler de *notre* maison.

– Rappelle-moi de te faire correctement visiter notre maison ce soir.

Aucun doute, dans son ton suggestif je devine quelque chose d'autre derrière sa proposition.

– J'ai l'impression que je vais apprécier cette visite.

– Sans aucun doute, mon chou.

Il me fait un petit baiser sous l'oreille qui m'envoie une nuée de frissons dans la nuque.

Alexander ne blaguait pas quand il parlait d'acheter des livres pour la bibliothèque. Nous quittons le bouquiniste vingt minutes plus tard après lui avoir acheté ses éditions les plus anciennes et les plus rares.

Nous nous promenons ensuite dans les rues grouillantes en nous arrêtant de temps en temps pour inspecter des articles relativement étranges, et je remarque :

– Tu es d'humeur généreuse.

– Effectivement.

Il me serre la main un peu plus fort lorsque nous traversons un groupe de badauds. Nombreux sont ceux qui nous dévisagent, mais soit ils ne sont pas très sûrs de savoir qui nous sommes, soit ils souhaitent respecter notre intimité car, pour le moment, personne n'a encore pris de photo.

C'est un sentiment de liberté. Grâce au mensonge d'Alexander hier soir, le monde entier croit que nous habitons ensemble et je commence à le croire moi-même. Il y a vingt-quatre heures encore, j'étais certaine qu'il était incapable de faire preuve d'engagement. À présent, je ne doute plus vraiment de notre investissement mutuel dans cette relation. Il y a toujours cette petite voix tapie aux tréfonds de moi qui me lance des avertissements pour me dire de me protéger. Le problème, c'est que maintenant, j'ai Alexander pour me protéger et plus que jamais, j'ai envie de totalement me donner à lui – corps et âme.

En nous arrêtant dans une petite boutique d'antiquités et de raretés, je lui montre une jolie copie de lampe Tiffany.

– Tu en penses quoi pour chez nous ?

Son sourire lorsqu'il me répond m'aveugle pratiquement.

– Tout ce que tu veux, mon chou.

– Non, dis-je en secouant la tête. C'est notre maison.

– Je n'arrive pas à décrire ce que ça me fait quand je t'entends dire ça, admet-il.

Il attrape la lampe et se dirige vers la caisse.

– Ça te donne l'impression d'avoir gagné, dis-je, pince-sans-rire.

Il rit doucement en passant la lampe à la vendeuse.

– Elle coûte quinze mille livres, l'informe-t-elle.

Je la regarde bouche bée. Je me reprends, puis lui demande faiblement :

– Ce n'est pas une reproduction ?

– Non, c'est une authentique lampe de bureau Tiffany. (Elle la tourne pour me montrer le certificat d'authenticité.) Elle date de 1896. C'est une pièce assez rare.

Ça, je m'en doutais. Alexander lui tend une fine carte de crédit noire sans avoir l'air impressionné par le prix de l'objet. Alors à mi-voix, je lui suggère :

– Allons chercher autre chose.

– Pourquoi non ? Tu l'aimes, cette lampe.

Il écarte ma proposition d'un geste. Il a raison d'ailleurs, j'aime cette lampe, mais payer quinze mille livres pour un objet que je vais avoir peur de toucher me semble un chouïa *too much*. J'observe la vendeuse nous l'emballer et j'imagine ce qui se passerait si je la faisais tomber par accident. En observant l'attitude nonchalante d'Alexander devant cette lampe, je sais que je serai la seule à m'en soucier. Lorsqu'il me tend le paquet emballé avec soin, je le lui rends immédiatement.

Même si j'ai grandi dans une famille financièrement à l'aise, je n'ai jamais vraiment dépensé beaucoup d'argent. Au cours des dernières années, c'est ma mère qui s'est occupée de garnir ma garderobe et de décorer les nombreuses maisons dans lesquelles nous avons habité. Mes frais de scolarité ont été payés à l'université directement et j'ai toujours disposé d'un compte en banque fourni pour payer mes courses, mes livres et toutes les menues dépenses. Maintenant, j'ai accès à ma fortune, mais j'ai eu très peu d'occasions de m'en servir jusqu'à présent, sauf pour payer mon loyer et m'acheter des vêtements pour travailler. Je possède déjà quelques meubles et tout ce qu'il faut pour gérer le quotidien, mais je n'ai jamais eu de maison comme une adulte. L'appartement que je partage avec Belle est plein de petites babioles accumulées au cours des années. Je voulais décorer l'appartement, mais la vie – enfin plutôt l'arrivée d'Alexander dans ma vie – en a décidé autrement. Je n'en ai pas eu le temps et même si je l'avais eu, je n'aurais certainement pas dépensé quinze mille livres pour une lampe.

– Tu es bien silencieuse, remarque Alexander lorsque nous sortons de la boutique.

Il a coincé le paquet sous son bras et me tient de son bras libre dans une attitude possessive.

– Merci, dis-je en désignant la lampe. Elle est très jolie, mais j'ai l'impression que c'est un peu extravagant.

– Je ne serais pas de sang royal si mes goûts n'avaient pas un certain penchant pour tout ce qui est somptueux. (Il marque un temps d'arrêt et se tourne pour me faire face.) Comme la plus précieuse de mes possessions.

– Ça veut dire que tu veux bien m'emmener manger des falafels ?

Je me mords la lèvre inférieure innocemment.

– Tout ce que tu veux, mon chou.

Il me lève le menton et étudie mon visage un instant avant de m'embrasser. À une époque, être qualifiée de possession ne m'aurait pas plu, mais maintenant, je comprends ce qu'il veut dire. Je sais que lui aussi m'appartient, tout autant que je suis sienne. Ses lèvres effleurent les miennes, fermes et chaudes, mais il n'approfondit pas plus son baiser que ce que pourrait supporter le public en pleine rue. Il met fin à notre étreinte, mais je ne peux pas détacher mon regard du sien. Je suis vaguement consciente de l'agitation autour de nous, mais peu m'importe. Quand je suis à ses côtés, il n'y a plus rien d'autre.

Je cogne ma cuisse contre une table et je suis forcée de détourner le regard. Je me tourne pour chercher le vendeur et lui présenter mes excuses pour ma maladresse, lorsque la Terre s'arrête de tourner. Je me fige sur place quand mon regard se pose sur un homme dans la rue derrière nous.

Car cet homme, c'est Daniel.

CHAPITRE

NEUF

Peu à peu, mon ventre, puis mon cou s'engourdissent, comme si j'entrais en état de choc. Je ne sais pas trop comment nous rentrons à la maison, mais à la lumière de cette fin d'après-midi, elle me fait l'effet d'un refuge. Hier encore, j'aurais eu peur de remonter la petite allée pour aller frapper à la porte. J'en ai eu peur d'ailleurs. Mais aujourd'hui, j'ai envie d'y aller en courant pour m'y cacher. Alexander a gardé la tête froide, même si d'un seul coup je me suis mise à trébucher et à paniquer au milieu de la rue. Il n'a pas posé une seule question. Il a agi d'instinct en me ramenant là où il sait pouvoir me protéger. Mais alors qu'il m'a patiemment guidée au milieu de la foule de touristes et de badauds, à la seconde où nous passons la porte du jardin, il me prend dans ses bras et me porte à l'intérieur.

Il me pose sur le plan de travail, attrape un verre et le remplit d'eau. Puis il attend un moment pendant que je le bois.

– Tout va bien ? finit-il par demander.

– J'ai vu…

Mais l'alarme de mon téléphone me coupe la parole. Il est midi. C'est l'heure de déjeuner.

Alexander comprend à quoi sert ce signal lorsque j'éteins l'alarme.

– Il faut que tu manges.

– Tout va bien.

Manger est bien la dernière chose dont j'ai envie. Pas quand mon estomac est complètement retourné.

– Ce n'est pas négociable, m'informe-t-il. Tu avais envie de falafels. Ça ne me prendra que quelques minutes d'aller en chercher.

– Il va y avoir la queue, X.

Nous sommes samedi et c'est l'heure du déjeuner. Il ne sera pas de retour avant au moins une heure et l'idée d'être séparée de lui pendant aussi longtemps m'effraie. Presqu'autant que me retrouver toute seule, là maintenant.

Alexander secoue la tête.

– Je peux être très persuasif. Dix minutes. Ou sinon, je peux refaire des œufs ?

– Des falafels, c'est bien.

Notre première journée ensemble doit être focalisée sur nous deux. Elle doit être normale et pas plombée par le passé. Lui dire que je crois avoir vu mon ex dans la rue est au mieux stupide et, au pire, complètement paranoïaque.

– Tu es sûre ? (Il m'observe attentivement pour essayer de comprendre ce qui s'est passé.) Voilà ce qui arrive quand je donne une journée de congé à Norris. Je dois choisir entre m'occuper de toi ou te nourrir.

– Alors, donne-moi à manger.

C'est un ordre et je le pousse vers la porte.

Heureusement, je vais pouvoir m'occuper à explorer ma nouvelle maison. Ces derniers mois, je suis devenue très douée pour m'empêcher de m'appesantir sur les sujets qui devraient rester enterrés dans le passé. Je pourrais appliquer cette technique à l'apparition de Daniel – enfin, si c'était lui. Avoir accepté de vivre ici avec Alexander est un excellent moyen de le faire.

Le séjour est assez spartiate et pourtant confortable. Lorsque nous aurons ajouté quelques meubles et un tapis ici ou là, l'ensemble sera assez douillet pour s'asseoir au coin du feu. On peut faire d'autres choses aussi devant une cheminée…

À l'étage, je découvre deux autres chambres, en plus de ce qui doit être notre suite. Un jour, nous pourrons inviter des amis ou de la famille et ils pourront passer la nuit chez nous, mais pour le moment, j'ai envie que notre petit nid d'amour ne soit que pour nous. Alexander s'est procuré cette maison pour que nous puissions échapper au monde extérieur. Peut-être qu'à l'abri de ces murs sécurisants, il sera capable de s'ouvrir à moi, car pour le moment c'est encore trop difficile pour lui. Il veut que je sois à ses côtés ici. Il a annoncé au monde entier que nous vivions ensemble. Ce n'est pas simplement une cachette ni une garçonnière. C'est sa manière de me donner cette preuve d'engagement qu'il a tant de mal à exprimer avec des mots.

Je sursaute et frissonne en entendant un craquement dans l'entrée. C'est une vieille maison. C'est normal qu'elle fasse plein de bruits bizarres. Je suis juste un peu nerveuse, car j'ai aperçu Daniel au marché. Enfin, je pense l'avoir aperçu. J'ai été naïve de croire que je ne le croiserais jamais dans la foule de Londres. En plus, notre relation est terminée depuis très longtemps. Alors, peu importe que lui aussi se promène dans Notting Hill aujourd'hui. Sa géolocalisation ne devrait pas m'affecter le moins du monde.

Mais en fait si, parce que si je suis honnête, je dirai que j'espérais bien ne plus jamais le croiser. La rupture avec Daniel a été difficile et il ne m'a pas facilité la tâche. Non pas qu'il ait essayé de me contacter depuis. S'il m'a vue aujourd'hui, il aura certainement choisi de m'éviter, lui aussi. Quand même, j'espère que je ne le reverrai pas trop dans le quartier. Notting Hill est censé être mon havre de paix et j'ai désespérément besoin de me sentir en sécurité.

Lorsqu'Alexander revient un quart d'heure plus tard, je n'ai pas du tout réussi à me calmer et je l'apostrophe d'un ton sec :

– Tu es en retard.

Alexander pose les sacs de nourriture sur l'îlot central et avance d'un pas nonchalant vers moi.

– Attention, mon chou.

Mais je ne suis pas d'humeur badine. Je suis d'humeur à baiser. J'ai besoin de sentir autre chose que cette anxiété qui me ravage. Il y a trop de raisons pour que tout échoue : trop de gens et trop de variables pour tout flanquer par terre. Ce matin, j'étais heureuse. Je veux éprouver la même chose qu'il y a quelques heures. Je veux ressentir ce merveilleux oubli que me procure une bonne culbute. Alors, au lieu de répondre à son avertissement, je me jette sur lui. Nos langues se mêlent et nos corps luttent pour se libérer de leurs vêtements si restrictifs. Je glisse ma main derrière la braguette de son jean pour me saisir de son membre déjà dur. Si Alexander est désorienté par mon désir soudain, sa queue, elle, ne l'est pas.

Il entre dans mon jeu et remonte ma petite robe d'été autour de mes hanches en me posant au bord de l'îlot central. D'un geste, il déchire le tissu de mon string et se place entre mes jambes. Il ne lui faut qu'un mouvement fluide pour me débarrasser du reste de ma robe. Son baiser s'approfondit lorsqu'il s'occupe de mon soutien-gorge, sa langue plonge dans ma bouche lorsque mes seins sont libérés. Il détache ses lèvres des miennes et, le souffle court, me demande :

– Tu me fais confiance ?

Est-ce que je lui fais confiance ? Mais à l'instant où je me pose la question, je connais la réponse. Oui, de tout mon cœur et de tout mon corps. Je n'ai pas d'autre choix que de lui faire confiance. Notre relation tout entière est marquée par la confiance. Mais je l'ai aussi vu changer. Son désir de tout contrôler s'est transformé en besoin de protéger. Je suis sienne et il est mien.

Je hoche la tête.

– Tu n'as qu'un mot à dire et j'arrête tout, me rappelle-t-il.

Son corps s'écarte du mien et je lutte contre mon envie de tendre la main et l'attirer à nouveau vers moi. Il se penche pour ramasser les restes de mon string.

– Je ne ferai jamais rien que nous n'ayons déjà expérimenté. Sexuellement du moins. Ce que je te demande, c'est si tu me fais confiance pour contrôler la situation ?

Alexander m'a déjà parlé de son désir de me contrôler et, plus d'une fois, il m'a aidée à dépasser les limites que je pensais avoir. Cette fois-ci, j'ai l'impression que ce sera différent. La résistance que je ressentais lorsqu'il me demandait de me soumettre à lui n'est pas là. La sensualité patente d'Alexander m'a dirigée depuis notre rencontre, c'est ce qui m'a guidée au-delà même de la raison et du bon sens. Mais il s'est toujours assuré que je me sente maître de mes décisions. Là, il me demande de lui céder ce contrôle. À cause de mon passé, ce n'est pas facile pour moi d'accepter.

– Je te fais confiance.

D'une certaine façon, ces mots sont plus porteurs de sens que d'autres paroles déjà données.

Il le sait très bien. Alexander me dépose un léger baiser sur les lèvres. La douceur de son geste ne fait qu'amplifier l'excitation entre mes jambes.

– Mets tes mains dans le dos.

Je lui obéis sans protester. Il passe ses bras autour de moi et enserre mes poignets avant que je ne sente la dentelle lentement les entourer. Il les attache en serrant assez pour que je sois incapable de me libérer toute seule mais sans que ça me blesse. Un frisson d'impatience me saisit de la poitrine à la gorge. C'est un étrange mélange d'appréhension et d'euphorie qui me monte à la tête. Je me mords la lèvre en essayant de maintenir à distance le vertige qu'il me donne.

Pour la première fois, je n'ai pas simplement envie de ça, j'en ai besoin. J'ai besoin qu'il prenne le contrôle, qu'il me captive et me fasse oublier la peur et la colère que j'ai ressenties un peu plus tôt.

Il recule et m'observe – les jambes écartées sur le plan de travail, les mains attachées dans le dos – puis il sourit. Son côté sombre, celui qui rôde toujours dans les profondeurs de ses magnifiques yeux, s'embrase.

– Maintenant, je suis comme tu me désires.

Je suis surprise du ton rauque de mon murmure. Je ne suis pas trop sûre de savoir qui est cette dévergondée, mais j'ai hâte qu'elle sorte de sa cachette pour venir jouer – j'ai hâte de me libérer.

Mais Alexander ne bouge pas, visiblement plus calme que moi, et il secoue la tête.

– Pas tout à fait, mon chou.

Il ouvre un tiroir et en sort un torchon blanc. Il le secoue pour l'ouvrir, le déplie sur le plan de travail avant de le replier précisément en trois. Lorsqu'il le reprend pour le mettre devant mon visage, il a comme un moment d'hésitation. Il ne redemande pas ma permission, il attend simplement que je lui dise non, mais je reste silencieuse. Il le noue derrière ma tête en murmurant :

– Tu peux encore parler.

Puis il disparaît. Je sens sa présence, je sais qu'il est là et qu'il inspecte sa récompense. Aveuglée, j'arrive à discerner sa brusque inspiration. L'air est plus frais sur ma peau nue. Chaque parcelle de mon corps se sent vivre.

– Magnifique, commente-t-il sur un ton appréciateur. D'abord, tu vas manger.

Je commence à protester, mais ça ne sert à rien. Inutile de parlementer avec le côté protecteur d'Alexander. J'entends le froissement d'un sac à côté de moi puis le bruit métallique d'une barquette que l'on ouvre. Un parfum exotique envahit mes narines et j'inspire profondément pour essayer de deviner ce qu'il a rapporté. J'ai plutôt les idées larges question alimentation, mais j'ai toujours vu ce que je mettais sur ma langue.

– Ouvre la bouche.

Je fais ce qu'il me dit et une explosion d'épices assaille mes papilles. Je mâche doucement, délicatement. Je crois reconnaître des saveurs marocaines, mais même si j'ai déjà goûté ce type de plat, je ne les ai jamais savourés ainsi, privée de ma vue, privée de ma capacité à me nourrir seule. Lorsque je suis prête, il m'offre une bouchée puis une autre encore. Il y a quelque chose dans cet acte, tellement encourageant et pourtant tellement dominateur que l'expérience en est quasiment orgasmique. Chaque bouchée m'arrache un gémissement de plaisir, suscité par toutes ces textures et saveurs inattendues sur mon palais.

– Prête pour le prochain plat ? demande-t-il enfin.

Il y a quelque chose dans le ton de sa voix qui me donne des palpitations d'anticipation. Je hoche la tête en me léchant les lèvres.

Il glisse ses mains sous mes bras et me met debout.

– À genoux.

Il me guide pour prendre position. Le carrelage est froid sous mes genoux et j'attends, pas trop sûre de comprendre ce qui va arriver. Puis je sens le chaud gland de son sexe se poser contre mes lèvres. Elles s'ouvrent avec plaisir et je le prends dans ma bouche.

Ma langue s'enroule autour de son membre et je me mets à le sucer, mais ses mains sur ma tête m'immobilisent.

– Détends-toi, ordonne-t-il. Va jusqu'au bout.

Je recule un peu la tête pour prendre une grande inspiration, puis je referme ma bouche sur lui. Cette fois, je suis prête et il glisse en moi jusqu'à ce que je le sente buter au fond de ma gorge.

– Tu vas me sucer, Clara. Tu es prête ?

Je gémis mon assentiment et il se met à aller et venir dans ma bouche à coups de lents mouvements calculés.

– Tes lèvres sont si belles autour de ma bite, grogne-t-il me faisant rosir les joues. Tu rougis, mon chou, c'est l'émotion ou l'excitation ?

Je peux pratiquement imaginer la faim qui dévore son regard lorsqu'il me parle, ce qui me donne envie d'accélérer la cadence. Mais j'en suis incapable. Je suis à sa merci lorsqu'il prend son plaisir et je n'ai jamais été aussi violemment excitée. Tout ce que je peux faire, c'est le lui montrer en serrant mes lèvres autour de son sexe et l'aspirer plus fort. Il grogne d'approbation et approfondit ses mouvements jusqu'à ce que je sente les premiers jets chauds de son orgasme au fond de ma gorge.

Lorsqu'il se retire, je m'attends à ce qu'il enlève le bandeau de mes yeux, mais il se contente de me relever. Puis il me fait faire demi-tour et presse sa main entre mes omoplates. D'instinct, je me baisse, jusqu'à ce que ma poitrine se pose sur le plan de travail en granit. Je frissonne lorsque la peau délicate de mes tétons entre en contact avec la surface froide. Ils durcissent. *Il n'en a pas encore fini avec moi*. C'est la seule pensée qui envahit mon cerveau lorsqu'Alexander pousse mes pieds pour que j'écarte plus les jambes. Je sens le bout d'un doigt glisser le long de mon sexe palpitant et je pousse un cri, partagée entre la frustration et une attente proche de l'agonie. Il s'immobilise, ce que je fais aussi, me rendant compte qu'il attend que je lui prouve que je suis prête, prête à le recevoir. Une fois calmée, son doigt s'insère en moi, puis s'attarde sur mon clitoris. La caresse est trop légère pour me procurer la satisfaction dont j'ai désespérément besoin. Du coup, mon petit bouton hypersensible se met à palpiter de plus belle en attendant de pouvoir être soulagé. Je me tortille pour encourager sa main à revenir dessus, au lieu de quoi sa main s'abat fermement sur ma fesse.

Alexander m'a déjà donné la fessée, mais celle-ci m'a prise par surprise et j'en ai le souffle coupé alors même que mon corps s'écroule contre lui.

– Laisse-toi aller, exige-t-il. (Il colle son corps au mien et baisse la voix.) Tu jouis toujours, mon chou. Là n'est pas la question. Tu dois simplement te demander *quand*? Tu connais la réponse ?

À bout de souffle, je devine la réponse :

– Quand tu le décideras.

– Très bien, répond-il en me caressant les cheveux de sa main libre. Je t'ai déjà dit que tu peux le demander, mais pas aujourd'hui. Aujourd'hui, je veux que tu jouisses librement, mais c'est moi qui décide quand et comment. Tu comprends ?

– Oui.

Je gémis, incapable de m'empêcher de me demander combien de temps ça va prendre.

– Ça ne sera pas long. Je ne vais pas te faire attendre, me promet-il d'une voix apaisante.

Tout en me parlant, il pose son pouce sur mon clitoris pendant que ses autres doigts me pénètrent. Il dessine des mouvements de va-et-vient et mes membres commencent à se crisper. Je lutte contre mon orgasme, mais alors ses mots me reviennent en tête.

Laisse-toi aller.

Et j'obéis à son ordre. Je me relâche complètement, jusqu'à oublier mes poignets attachés et mes yeux bandés. Jusqu'à ce que j'oublie les problèmes qui nous attendent derrière la porte de cette maison. Je laisse l'extase m'emporter, me balayer, je cède à ce courant puissant, abandonnant tout contrôle sur moi. Le rugissement éclate en moi et je me mets à sangloter alors que des vagues de plaisir s'écrasent sur mon corps.

Mes poignets sont progressivement détachés et Alexander masse la peau fine de mes mains pour faire partir les petites marques laissées par la dentelle. Il retire ensuite le bandeau de mes yeux et un monde aux mille couleurs m'assaille d'un seul coup. Je m'effondre quelques instants sur le plan de travail, mes genoux fléchissent, mais la main d'Alexander sur mon dos m'incite à me retourner pour lui faire face. Lorsque je lève enfin les yeux pour croiser son regard, je le vois apaisé et non plus dévoré par cette flamme sauvage qui l'habite d'ordinaire. Il prend ma tête dans ses mains et attire mes lèvres contre les siennes, puis me dit d'une voix douce :

– Merci. Pour ta confiance.

Je cligne des yeux pour chasser le reste des larmes qui viennent d'y couler et je secoue la tête. Il ne devrait pas me remercier. C'est moi qui devrais le faire, il m'a enfin vraiment libérée.

– Ce n'était pas trop ? Si tu n'es pas…

Son regard maintenant apaisé s'emplit de sollicitude.

Je lève juste un doigt pour le poser sur ses lèvres et l'arrêter en pleine phrase. Il s'inquiète de savoir ce que je ressens. Je lui ai déjà donné pas mal de souci avant, mais il doit savoir que maintenant, tout est différent. Il doit savoir ce que je veux vraiment et pour ça, il n'a besoin d'entendre qu'un seul mot.

– Encore.

CHAPITRE

X

Clara est de retour dans mon lit. Après des mois à la voir partir ou à essayer de la reconquérir, elle est enfin là. Elle n'a opposé aucune résistance quand je l'ai portée dans les escaliers, même si je lui ai montré la domination qui se cache en moi. Je l'ai encore prise brusquement quand nous sommes arrivés dans notre chambre. Aucune plainte, pourtant je suis sûr de l'avoir blessée, sûr d'avoir été trop brusque, trop excité après avoir attaché ses délicats poignets dans son dos. Je dois m'expliquer – expliquer mes compulsions – avant de lui faire peur. Je ne l'autoriserai pas à me quitter une fois encore, en courant plus vite que son ombre, mais je ne supporte pas l'idée qu'elle puisse me craindre. De mon index je dessine la courbe de sa hanche en m'émerveillant de sa présence, de ce sentiment de complétude lorsqu'elle est à mes côtés et uniquement dans ces moments-là.

Mais, même lorsque nous sommes allongés à nous redécouvrir par d'innocentes caresses et des baisers volés, notre avenir me pèse. Si elle reste avec moi, elle sera détruite. Humainement, je suis l'équivalent d'une boule de démolition et, même en essayant de toutes mes forces de nier mes sentiments pour elle, je n'ai pas réussi à la laisser partir. Je n'ai pas pu la sauver. Une vie à mes côtés est synonyme de pression, de stress et d'être plus observé que quiconque ne pourrait le supporter. J'ai vu ce phénomène empoisonner mon père et faire de lui un homme que je ne peux plus regarder avec respect. Mon frère est forcé de vivre dans le mensonge. En restant près de moi, Clara sera amenée à devoir supporter quelque chose, mais quoi ?

– Arrête ça tout de suite, exige-t-elle à voix basse. On est ici et maintenant, tu t'en souviens ?

Comment peut-elle savoir à quoi je pense ? Comment fait-elle pour toujours le savoir ?

Parce qu'elle m'aime.

Je repousse l'idée, mais c'est trop tard. La légèreté passagère ressentie à cette idée s'évapore immédiatement et j'ai l'impression qu'on est en train de m'étrangler. Il est dangereux de m'aimer. Pourtant c'est la seule chose que je suis incapable d'empêcher. J'ai essayé. J'ai même essayé de la blesser.

Et malgré ça elle est là.

Je ne suis pas faible, mais je suis incapable de me priver d'elle. Je regarde ses lèvres et ma bite frétille, déjà prête à recommencer. Mais je dois lui prouver qu'elle est plus importante pour moi que ça. Comment ? Alors que je vais forcément tout faire foirer.

Je tends la main et je l'incite avec douceur à s'allonger sur le ventre. Le seul moyen de mettre fin à cet assaut constant d'idées confuses est de céder à mes instincts primaires. Regarder son magnifique cul si engageant me suffit. Je ne peux pas lui dire ce que je ressens, car je ne le comprends pas moi-même, mais je peux lui montrer. Je pose mes lèvres sur sa nuque et l'embrasse. Clara pousse un petit soupir et l'étau autour de mon cœur se desserre un peu. C'est ça dont j'avais besoin : l'entendre soupirer de plaisir, me perdre dans ses petits bruits lorsque je la prends. Son plaisir me libère, il me donne un sentiment d'accomplissement que je pensais avoir irrémédiablement perdu. Je repousse ses cheveux éparpillés sur ses épaules et laisse mes doigts s'y égarer. Un autre petit gémissement lui échappe.

Résistant à la tentation de plonger en elle trop rapidement après notre dernier rapport un peu brutal, je rassemble ses cheveux et me mets à lentement les tresser.

– J'aime tes cheveux. J'aime les voir tomber sur ton visage quand je te baise. J'aime les sentir effleurer ma bite juste avant d'y sentir ta bouche.

– X.

J'entends de la prudence dans le ton de sa voix, comme si elle avait peur d'apprécier ma confession. Elle se trémousse pour se rapprocher de moi, plaquant son cul contre mes parties, comme pour m'inviter.

– S'il te plaît, X.

L'étau se resserre autour de mon cœur, mais cette fois-ci de plaisir en l'entendant m'appeler du surnom qu'elle m'a donné. C'est trop tôt, son corps ne s'est pas encore remis, mais je ne peux pas ignorer sa supplique.

– *Chut,* mon chou, *bientôt.* Je vais bientôt te baiser, mais ton corps a besoin de récupérer. La dernière fois, je t'ai prise sans vérifier que tu étais prête. Je n'ai pas pu m'en empêcher.

Ce ne sont pas vraiment des excuses. Je ne peux pas présenter d'excuses pour nous avoir donné à tous les deux ce dont nous avions besoin, mais à cet instant il n'y a aucune urgence. Je croise ses mèches de cheveux les unes sur les autres.

– Je vais bien.

Mais elle se force à me le dire. Elle a autant besoin que moi de ce contact. Il s'est passé quelque chose tout à l'heure au marché. Quelque chose qui lui a fait peur. Je n'ai pas envie de la pousser à me parler. Pas tout de suite, nous venons juste de nous réconcilier et ma possessivité l'a tellement mise en colère. Mais même si elle ne comprend pas la nécessité de ma vigilance, elle apprendra bientôt à vivre avec. Je note dans un coin de ma tête de demander à Norris de jeter un coup d'œil là-dessus.

Son corps s'incurve en formant un arc gracieux lorsqu'elle pousse sur ses bras pour se retourner et me regarder. Ses tétons roses et mutins frôlent son avant-bras quand elle s'agenouille sur le lit. Cette femme est l'incarnation même du péché originel, elle est ma tentation et ma rédemption.

– Je croyais qu'aujourd'hui, je n'aurais pas à quémander.

– Ne discute pas. Quand ta chatte sera souple et mouillée… (Je resserre mon poing autour de sa natte et me penche en avant pour effleurer son épaule de mes lèvres.)… À ce moment-là, oui. Quand tu seras prête.

– Je suis toujours prête pour toi, me rappelle-t-elle en murmurant.

Je dois faire appel à tout mon self-control pour ne pas lui sauter dessus immédiatement. Finalement, j'enroule doucement sa tresse autour de son cou comme si c'était un collier. Clara s'immobilise mais ne s'y oppose pas, même si ses mains se crispent sur les draps. Est-ce qu'elle comprend ce que j'ai envie de lui faire ? Il semble impossible qu'elle soit volontaire. Elle a été très claire, elle n'est pas intéressée par des pratiques de soumission plus approfondies. Non pas que je lui en demande plus, mais… j'aime ça. Dans le passé, je menais mes relations comme je l'entendais. Les femmes étaient bien contentes de coucher avec moi comme j'en avais envie et j'ai bien profité de leur docilité. Mais mon désir pour Clara est plus profond. Je ne veux pas la briser. Je veux la conquérir, elle et ses peurs qui la retiennent captive dans le passé. Je ne sais que trop bien ce que ça fait. Plus elle me cède le contrôle, plus je peux la libérer, tout en lui montrant que ma nature protectrice vient d'un besoin primaire irrépressible.

– Tu veux m'attacher ? propose-t-elle d'une petite voix pleine d'espoir.

Je grogne et enfonce mes dents dans son épaule dans un effort pour me maîtriser. Elle tend le cou pour m'offrir sa chair délicate, comme si elle désirait ardemment ressentir ce plaisir teinté de douleur. L'image de son corps si élégant ligoté dans des liens de soie me traverse brusquement l'esprit. J'ai envie d'elle n'importe comment, mais l'idée de l'avoir pliée à mon bon plaisir – d'être capable de lui donner plus de plaisir qu'elle ne pense pouvoir assumer – cette idée me tourmente.

Je mordille furtivement le lobe de son oreille en murmurant :

– Oui, mon chou. Mais notre situation a changé et je dois m'assurer que nous sommes sur la même longueur d'onde.

– Je… je… veux que tu me domines.

Elle me répond en bégayant, ses mots bouillonnent de nervosité et d'espérance.

Je glisse ma main libre autour de sa taille pour empoigner son sein. Je laisse mes doigts parcourir rapidement la peau si fragile de son mamelon qui s'érige immédiatement.

– Ton corps réagit si bien. Il se languit de mes caresses, comme s'il n'attendait que moi. Mes mains. Ou ma bouche… (Mes lèvres retournent taquiner le petit creux sous son oreille.) Mais nous devons d'abord être bien clairs. Pour commencer, il faut que je te demande : est-ce que ça t'a plu quand je t'ai attaché les poignets ?

Elle hoche la tête et ferme les yeux pour acquiescer. J'ai la queue qui palpite et je me force à ignorer ses exigences même quand son cul rebondi la frôle.

– Tu veux que je t'attache ? Tu veux me céder le contrôle ?

– Oui.

Sous ma main qui couvre son sein, je sens son cœur battre plus rapidement.

– Est-ce que tu comprends ce que tu me demandes ?

Je répugne à aborder de force un sujet aussi sérieux en cet instant, mais je ne peux pas supporter la possibilité d'aller trop loin avec elle. Pas après tout ce qu'elle a enduré avant notre rencontre.

Elle se met alors à hésiter ne sachant comment me répondre.

– Je te fais confiance, X.

– Et je ne trahirai pas cette confiance, lui dis-je sur un ton rassurant. Mais je veux être bien clair sur un sujet particulier. Nous n'avons pas de relation dominant-soumise. Pas au véritable sens du terme.

– Mais tu veux m'attacher… et me d-d-donner la fessée, bégaie-t-elle en essayant d'exprimer sa confusion.

C'est exactement ce que je ne pouvais pas lui expliquer avant, quand j'ai aperçu sa frayeur, mais maintenant que nous avons franchi toutes les limites, je veux que nous comprenions parfaitement tous les deux ce que nous attendons l'un de l'autre. C'est une conversation que j'avais prévu d'avoir avec elle après avoir utilisé cette cravache et elle n'a que trop tardé.

– Clara, il y a bien des choses que j'ai envie de te faire. J'ai envie de sentir ma main vibrer contre ton cul lorsque je te donne une fessée. J'ai envie de t'attacher et de te laisser à la merci de ma langue, de mon sexe ou de mes doigts. J'ai envie que tu m'accordes ta confiance sexuellement, que tu saches que je te ferai toujours ressentir du plaisir. J'ai des appétits très variés. La plupart du temps, j'ai simplement besoin de me retrouver en toi, mais depuis que je t'ai rencontrée, j'ai senti qu'il y avait quelque chose de différent, une certaine intrépidité.

– Je suis loin d'être intrépide, répond-elle en respirant plus fort.

– Tu es courageuse, Clara. Forte. (Je tire sur ses cheveux, toujours enroulés autour de son cou, l'attirant plus près de moi.) Tu vois que j'ai besoin de tout contrôler et tu n'as pas peur. C'est presque comme si tu…

– aimais ça, finit-elle pour moi le souffle court.

– C'est le cas ?

J'essaie de maîtriser les failles dans ma voix. Tout repose sur sa réponse.

– Je n'en ai pas peur.

Elle marque un temps d'arrêt, elle pondère ses paroles avant de poursuivre :

– J'aime vraiment bien. Je le désire même profondément.

– Pourquoi ?

– Parce que lorsque nous sommes dans cette situation, nous sommes libres.

Elle parle si doucement que j'ai presque l'impression d'avoir imaginé ses mots.

Elle comprend. La révélation me frappe avec la force d'une soudaine tempête. Elle comprend la délicate danse entre la lumière et les ténèbres qui me consument et teintent la passion que j'éprouve pour elle. À cet instant, le fragile contrôle que j'exerçais sur mes désirs vole en éclats. Ma main descend entre ses cuisses laiteuses pour les écarter et je grogne :

– J'ai besoin d'être en toi.

– *Oui, avec plaisir.*

Un spasme secoue ma bite en l'entendant prononcer les mots qu'elle dit si souvent. Comme à chaque fois, ses yeux sont fermés et sa voix lointaine, comme si elle n'était même pas consciente d'avoir parlé. Mais j'entends la même urgence que d'habitude. C'est comme ça que je sais que je peux repousser les limites qu'elle disait ne pas vouloir franchir un peu plus tôt dans notre relation. C'est comme ça que je sais qu'elle a besoin de me sentir tout autant que moi j'ai besoin d'elle.

Je garde ses cheveux dans ma main, savourant la possibilité de la tirer vers moi en me positionnant derrière elle et je lui ordonne :

– Tiens-toi à la tête de lit.

Ses mains passent par-dessus sa tête et elle attrape fermement une latte de bois. Puis je presse ma main contre son ventre crispé et j'attire son cul vers mes hanches qui n'attendent que ça. Ma queue se glisse dans sa chatte sans rencontrer la moindre résistance. Un cri de plaisir étranglé franchit la barrière de ses lèvres alors que je m'enfonce profondément en elle. Clara m'accueille en elle et même si elle n'ondule pas du bassin, sa faim irradie, elle m'attire plus profondément en elle et me presse d'accélérer.

Je tire sur ses cheveux, lui serrant le cou jusqu'à lui faire chercher son souffle et haleter. Je lui rappelle alors doucement :

– Tu sais quoi dire si c'est trop.

Elle hoche la tête, mais elle ne prononce qu'un seul mot :

– Encore.

Je suis perdu en entendant ce mot, je la pilonne jusqu'à ce qu'il n'y ait plus rien d'autre que le claquement de sa peau contre la mienne et ses petits cris essoufflés. Ma main se glisse de son ventre à son sexe pour masser son clitoris alors que j'accélère la cadence. En récompense, je sens qu'elle se contracte. Ma bite est serrée par des spasmes, comme si elle me tirait vers l'orgasme. Je tire sa tête en arrière pour pouvoir regarder son visage lorsqu'elle jouit.

Quand la pression est telle que mes couilles sont sur le point d'éclater, je lui murmure à l'oreille :

– Dis-le.

Ses lèvres s'écartent docilement, mais mon emprise sur sa gorge l'empêche de parler. Elle m'obéit alors silencieusement en articulant :

– Je t'aime.

Mon plaisir éclate et je me déverse en elle. À cet instant, elle me libère grâce à ses mots, grâce à son corps. Je me laisse aller à ressentir son amour me submerger alors que je continue à la pilonner pour un nouvel orgasme. Je ne veux pas laisser s'enfuir cet instant, mais lorsque son plaisir l'emporte une fois encore, je sens son corps s'effondrer, seulement soutenu par ses mains aux jointures blanchies à force de s'agripper contre la tête de lit. Je lâche ses cheveux, la prends dans mes bras et nous allonge sur le matelas alors que je suis encore en elle.

Je ne peux pas lui donner ce dont elle a besoin, même si elle me donne tout. Je ne peux pas risquer sa vie en étant égoïste.

– Je n'aurai jamais assez de toi.

Elle mérite tellement plus que cette promesse murmurée, mais il faudra que ça suffise.

***

Nous restons dans cette position une minute ou une éternité, le temps cesse de compter pour nous. Clara s'est extirpée de mon étreinte pour se tourner et me regarder en face. Nos regards sont plongés l'un dans l'autre et un sentiment de légèreté me serre la poitrine. C'est toujours la même chose. La joie est suivie d'une certaine haine envers moi-même et je suis incapable de dissocier les deux sentiments.

Ses doigts s'emmêlent dans mes cheveux et attirent mes lèvres vers les siennes. Elle a un goût de miel sur ma langue. Et lorsque notre baiser prend fin, elle me jette un coup d'œil. Une timidité inhabituelle s'empare de son beau visage.

– Qu'est-ce que tu voulais dire quand tu as dit que je n'étais pas vraiment soumise ? Est-ce que… Est-ce que je m'y prends mal ?

Je la serre un peu plus fort contre moi.

– Non, mon chou. C'est plus compliqué que ça.

Clara ne sait pas tout de mon passé. Je ne pense pas qu'elle veuille se soumettre à la torture de savoir tout sur les femmes avec qui j'ai été intime. Mais la seule manière de lui expliquer ce que je voulais dire m'oblige à lui révéler certaines choses qui pourraient la blesser, ou au mieux, l'effrayer.

– Lorsqu'on s'engage dans un mode de vie impliquant des relations de domination, l'un des deux ne peut pas simplement faire une pause, arrêter, puis reprendre.

Je marque un temps d'arrêt, me préparant à sa réaction.

– Tu as eu ce type de relation ? devine-t-elle calmement.

Et voilà ma Clara, toujours à lire dans mes pensées.

– Oui.

Elle se raidit mais ne se rétracte pas. Je n'espérais pas de meilleure réaction, alors je poursuis :

– Ça n'a pas duré longtemps et c'est arrivé juste après la mort de Sarah.

– Tu l'aimais ?

– Non.

Mes mots sont durs, mais je sais ce que Clara me demande en réalité : Ai-je été capable d'aimer avant elle.

– Je n'ai jamais aimé de femme au sens romantique du terme. Comme je te l'ai déjà dit, j'ai aimé ma mère et ma sœur. C'est tout.

Cette révélation m'est douloureuse, car je sais qu'elle la fait souffrir. Clara inspire brusquement comme si je l'avais physiquement blessée, mais elle ne dit rien.

– La fille qui a été choisie pour être ma soumise n'était pour moi rien d'autre qu'une partenaire volontaire sélectionnée par un ami.

– Un ami a choisi une fille pour toi ? Genre tu vas au magasin du coin choisir une soumise.

Il y a quelque chose dans le ton de sa voix qui me peine.

– C'était un ami de mon père qui s'adonnait au sadomasochisme. J'avais entendu des rumeurs, alors je suis allé le voir. Il comprenait mon besoin de discrétion et il a trouvé une fille à la hauteur de mes ambitions.

Peut-être que si je reste le plus factuel possible, elle doutera moins.

– Qu'est-ce que tu lui as fait ?

J'entends la vraie question qui se cache derrière celle-ci : qu'est-ce que tu vas me faire ?

Répondre à cette question, c'est un peu comme faire le funambule sur une corde raide.

– Elle m'a aidé à découvrir que s'il y avait des aspects de ce type de relation auxquels j'aspirais vraiment, d'autres ne me convenaient pas.

– Qu'est-ce que tu lui as fait ?

Sa voix se brise lorsqu'elle répète sa question avec plus d'intensité, alors je lui réponds en admettant doucement :

– Je l'ai attachée. Parfois, j'ai utilisé une canne ou une palette à fessée. Parfois même un fouet. Elle avait un énorme désir de souffrance, à un niveau à peine supportable. Elle en tirait plus de satisfaction que par le plaisir.

Même si elle ne bouge pas, je sens que Clara s'éloigne de moi.

Je l'appelle par son nom, comme si je pouvais la rattraper avant qu'elle ne m'échappe.

– Clara, j'étais en colère et complètement perdu. Mon corps cicatrisait encore, je n'étais physiquement pas remis de l'accident, sinon j'aurais choisi de me punir moi-même. Mais tu dois comprendre que c'était un arrangement qui nous convenait à tous les deux. Elle n'était si mon esclave ni une victime. Elle participait volontairement à nos séances.

– Est-ce que… est-ce que tu…

Elle ne finit pas sa question, elle n'en est pas capable.

– Non, c'est terminé. C'était une période de ma vie très sombre. Je ne ressens plus ce besoin de punir maintenant, mais ça m'a montré qu'on pouvait en tirer du plaisir. Que ce plaisir peut être teinté d'une pointe de douleur. Que la domination et la soumission pouvaient être libératrices. (Je repousse une mèche brune tombée sur son front. Elle ne cille pas, ce que je prends pour un bon signe.) Est-ce que tu as d'autres questions ? Je ne veux pas que tu sentes qu'il reste des secrets entre nous.

Elle hésite un peu, et son regard se dérobe brièvement.

– Pourquoi as-tu arrêté ?

– Mon père a tout découvert.

À ce souvenir, mes lèvres s'abaissent avec regret. Visiblement, si j'ai envie de souffrir, je n'ai qu'à penser à lui et la punition est immédiate.

– J'étais guéri, plus de séquelles de l'accident, et il ne pouvait plus supporter un seul article de mauvaise presse, comme il disait. Alors, il m'a expédié en Afghanistan.

Un silence s'ensuit. Clara pour réfléchir et moi pour lui donner le temps d'assimiler tout ce que je viens de lui dire. Ce n'est pas toute la vérité, mais je n'ai pas besoin qu'elle éprouve plus de pitié à mon égard, ou de peur. En fin de compte, elle enfouit son visage dans le creux de mon épaule et me dit d'une voix étouffée :

– On est plutôt déglingués tous les deux.

Je ris jaune.

Clara s'écarte un peu et observe mon visage. Elle cherche peut-être les ténèbres qu'elle a déjà aperçues. Pour la première fois, j'espère qu'elle ne les trouvera pas.

– Je ne veux te donner que du plaisir, Clara. Si ça t'effraie, je serai heureux de coucher avec toi dans un lit, ou contre un mur ou dans un ascenseur.

Je suis récompensé d'une ébauche de sourire.

– Du sexe lambda et un peu chiant alors ?

Cette idée est juste totalement absurde.

– Le sexe avec toi ne sera jamais ni lambda ni chiant. Ce n'est pas une coïncidence si je bande constamment depuis que nous nous sommes rencontrés.

– Tu as le même effet sur moi. Je pense toujours… (Elle hésite.)… que j'aimerais explorer.

C'est le terme qui décrit exactement notre désir mutuel. Une fois encore, Clara m'a surpris, me prouvant sa force quand elle s'ouvre à l'inconnu. Elle me demande d'une petite voix :

– Tu veux essayer ?

Je secoue la tête en la faisant rouler sur le dos.

– Non. Pas tout de suite. Là, je ne veux que vénérer ton corps.

Elle ne proteste pas lorsque mes lèvres se posent sur sa chair entre ses cuisses. Nous bougeons de concert, peau contre peau, nos mains agrippées. Tous les deux résolus à ne pas laisser l'autre s'échapper.

CHAPITRE
ONZE

J'ai dû faire un effort considérable pour m'arracher aux bras – et au lit – d'Alexander et retourner quelques heures dans mon appartement. Après le tourbillon de ces trente dernières heures, j'ai besoin de faire le point. Demain, je dois aller au bureau et j'ai des présentations à préparer. En plus, je n'ai pas parlé à Belle depuis son coup de téléphone de vendredi soir. Je lui dois une explication, sinon elle va appeler Scotland Yard et déclarer ma disparition. Je m'arrête devant la porte et prends une grande inspiration avant de faire tourner la clé.

Je me précipite dans la pièce, jette mon sac à main sur le plan de travail et serre dans mes bras une Belle surprise, en m'exclamant :

– Je suis désolée. Je n'avais plus de batterie.

– C'est ce que je me suis dit toute la journée, ça fait vingt-quatre heures que je tombe directement sur ton répondeur.

Si ma meilleure copine est contrariée, elle ne le montre pas. Je peux entrapercevoir l'esquisse d'un sourire au coin de ses lèvres, mais elle lève sa tasse de thé à hauteur de son visage pour me le cacher. Elle est vêtue d'un peignoir rose qui lui donne totalement l'air d'une ingénue d'un autre temps, mais ce n'est pas avec Philip qu'elle boit le thé ce matin. C'est avec Tante Jane. Sa vénérable parente, déjà vêtue d'une robe ample et d'un assortiment de bijoux de pacotille, ouvre grand ses bras pour m'y accueillir.

– Elle s'inquiétait, annonce Jane en s'attirant un regard de sa nièce lourd de reproche, mais Tante Jane se fout complètement de ce que pensent ou peuvent bien dire les autres, même sa famille. Je lui ai dit de mettre ça dans sa poche, avec un mouchoir dessus.

Mon regard va d'une femme à l'autre en essayant de garder mon sérieux, mais j'échoue lamentablement. À ma grande surprise, elles aussi éclatent de rire. L'atmosphère dans l'appartement est bien plus légère ce matin que ces dernières semaines et on dirait que nous le ressentons toutes.

– Tu es de très bonne humeur, remarque Belle.

– Elle s'est envoyée en l'air.

Jane n'est pas du genre à tourner autour du pot et si le meilleur moyen d'en récupérer la crème est d'y aller franchement, elle plongera dedans. Elle ne fait aucune exception à cette règle, même lorsqu'il est question de ma vie amoureuse. Mais bon, je dois apprécier sa franchise à l'égard de mes derniers déboires amoureux, même si elle a tendance à me faire rougir. Après tout, c'est son intervention qui a permis à Alexander de revenir dans ma vie.

– C'est le week-end. Qui ne s'envoie pas en l'air ? demande Belle.

C'est à mon tour de hausser les sourcils.

– Je croyais que tu gérais la situation.

– Ne remuez pas le couteau dans la plaie, les filles, commente Jane d'un ton éploré.

– T'es plus délurée que nous deux réunies, se moque Belle.

– Fernando a déménagé en Espagne, nous informe-t-elle. Je suppose que je suis de retour sur le marché, comme disent les jeunes.

Cette fois-ci, je n'essaie même pas de me retenir de rire. Qu'est-ce que ça doit faire d'être aussi libre que la tante de Belle, de dire tout ce qui passe par la tête et de coucher avec des hommes aux noms exotiques ? Évidemment, elle n'est pas mariée. Je ne suis pas sûre qu'elle l'ait jamais été. De ce qu'elle m'a raconté, elle a eu de nombreux amants dans sa vie. Mais elle a aussi fait allusion à une relation vouée à l'échec lorsqu'elle m'a conseillé de saisir ma chance avec Alexander.

– Avez-vous déjà été mariée, Tante Jane ?

Elle écarquille un peu les yeux et je me rappelle soudain que même si elle est très directe, elle est tout de même britannique. Je reprends en murmurant :

– Désolée. C'était juste de la curiosité.

Elle écarte mes excuses d'un geste de dédain, faisant voleter la manche de son caftan turquoise.

– Il n'y a pas de mal. Non, je n'ai jamais été mariée.

– Je ne voulais pas être indiscrète.

Je me sens très mal d'avoir laissé ma curiosité prendre le dessus.

– Allons-nous te voir plus souvent dans les tabloïds ? demande Belle pour alléger l'atmosphère qui semble soudain devenue tendue.

Non. Pas tendue. Triste.

Je me force à sourire, appréciant le changement de sujet de conversation. Même si je n'ai pas encore décidé du meilleur moyen d'aborder le sujet « Alexander ».

– Je crois bien.

C'est là que ça se corse. Je vais devoir dire à Belle que le petit bobard d'Alexander sur le tapis rouge lors de son interview n'est plus le fruit de son imagination. C'est à peine si nous avons cohabité cet été et je l'abandonne déjà. Qu'elle se marie avec Philip cette année pour emménager avec lui n'a quasiment pas d'importance. C'est aussi en partie parce qu'aucune d'entre nous n'avait anticipé les bouleversements qu'Alexander apporterait dans ma vie.

Mieux vaut jouer cartes sur table et arracher le pansement d'un seul coup plutôt que de tirer dessus à petits coups.

– J'ai accepté d'emménager avec lui.

– Tu quoi ?

Le cri de Belle est un étrange mélange de rire et d'horreur.

– Je vais habiter avec Alexander.

Ça me fait bizarre de dire ça à haute voix. Encore plus étrange que de dire « notre maison » lors de notre balade dans Notting Hill. Je me sens chez moi avec Alexander, comme si c'était naturel et que j'avais attendu cette maison toute ma vie. Mais faire face à la réalité de ma décision sans qu'il soit à mes côtés me force à réfléchir à mon choix.

– C'est bien ce que j'avais compris, rétorque Belle avec vigueur.

Abandonnant sa tasse de thé, elle fouille dans les placards jusqu'à ce qu'elle déniche une bouteille de scotch. Elle met de la glace dans un verre, le remplit et me le tend.

– Il n'est pas encore midi.

– C'est dimanche et nous sommes anglaises.

Visiblement, ça veut tout dire. Tante Jane prend son verre sans protester et le boit rapidement. Elle se lève et me serre encore une fois dans ses bras.

– Je crois que je ferais mieux d'aller voir mon profil sur partner.com. Peut-être que mon prochain Fernando m'attend. (Puis elle se penche en avant et murmure dans mon oreille pour que moi seule puisse l'entendre.) Pas de regrets, Clara.

Dès qu'elle a fermé la porte derrière elle, Belle se tourne vers moi.

– Tu n'as pas pu réfléchir à tout ça à fond.

– Ça fait des mois que je ne fais rien d'autre que réfléchir.

– Tu n'as rien fait d'autre que travailler et fuir la réalité. Maintenant, tu cours te réfugier dans les bras de l'homme qui t'a brisé le cœur !

En regardant Belle, personne ne pourrait deviner que cette blonde si distinguée puisse faire un tel boucan. Mais moi, en revanche, je la connais. Si je ne la calme pas tout de suite, nous pourrions dire toutes les deux des choses que nous regretterions.

– Je pensais à lui. J'ai passé toutes mes nuits à regretter qu'il ne soit pas quelqu'un d'autre, dis-je calmement en espérant que le changement de volume sonore modifie la trajectoire de notre conversation. Mais j'ai compris que je ne voulais pas qu'il soit quelqu'un d'autre. C'est lui que je veux, même avec le côté dramatique. Et il essaie de me donner ce dont j'ai besoin en retour.

– Et toi, qu'est-ce que tu lui donnes ? demande-t-elle en baissant le ton pour se mettre à mon niveau.

– Tout.

J'admets la vérité. Je n'ai pas besoin d'entrer dans les détails de notre vie sexuelle, parce qu'elle ne comprendrait pas. Personne d'autre que nous ne le pourrait.

– Je ne veux pas le voir te blesser.

– Je ne peux pas te promettre que je ne serai pas blessée, mais de belles choses peuvent naître de la douleur. (Ma pénible libération de ma relation avec mon ex en est la preuve.) Je dois prendre ce risque, parce que si je ne le fais pas, je le regretterai toujours.

Le regard bleu de Belle se fait aussi distant que le ciel un jour nuageux. Lorsqu'elle reprend enfin la parole, ses mots sonnent creux.

– Tu as raison, bien sûr. Personne ne devrait vivre dans le regret.

Ses mots me serrent violemment le cœur. Tout le monde a des regrets. Tout ce que nous pouvons faire, c'est suivre les inclinaisons de notre cœur et faire confiance aux personnes que nous aimons. Nous savons toutes les deux d'expérience que c'est risquer notre cœur que de suivre cette idée. Je ne sais pas trop si nous parlons du passé de Belle ou du mien. Et nous pourrions même parler d'un tout autre sujet aussi.

– Tu me détestes ?

Je me moque bien de ce que pensent les gens, mais ma relation avec Belle est importante. Depuis quatre ans, elle a toujours été loyale. Ensemble, nous avons traversé de nombreuses épreuves et l'idée d'avoir à choisir entre les deux personnes que j'aime le plus sur Terre m'est insupportable. J'ai besoin qu'Alexander fasse partie de ma vie, mais elle aussi.

Belle tend sa main vers la mienne et s'en saisit.

– Tu es une sœur pour moi. Enfin ce qui s'en approche le plus. Je n'aimerai pas toujours les choix que tu feras, mais je t'aimerai toujours.

Les larmes me montent aux yeux et je ne fais rien pour les retenir. Elles roulent librement sur mes joues lorsque je serre ma meilleure amie dans mes bras. En quelques secondes, nous sommes toutes les deux réduites en sentimentales dégoulinantes au beau milieu de la cuisine.

– Ce n'est pas parce que je ne serai plus là que je vais disparaître.

– Je sais, murmure Belle.

Mais la tristesse contenue dans sa voix me révèle une autre vérité.

Lorsqu'on tombe amoureux, on change. Nous le savons toutes les deux. Il va juste falloir que je lui montre que je ne laisserai pas l'amour tout changer entre nous.

***

La voix stridente de ma mère résonne dans le téléphone.

– Tu vis avec lui et il a fallu que je l'apprenne par la télévision !

Je me pince l'arête du nez et prends une grande inspiration. Je ne peux pas vraiment lui expliquer ce qui s'est passé, surtout maintenant, alors que je suis en train d'organiser mon déménagement. À l'autre bout de ma chambre, Belle arque un élégant sourcil. Pas besoin de lui dire qui est au téléphone.

– Ça s'est juste passé comme ça. Je me suis à peine rendu compte de ce qui se passait avant que ça n'arrive vraiment.

Je me demande à quel point je peux déformer la vérité avant qu'elle ne devienne un vrai mensonge. Belle couvre sa bouche pour réprimer un éclat de rire, je ne peux pas lui en vouloir. C'est l'euphémisme du siècle.

– Quand ton père apprendra la nouvelle…

Elle ne termine pas sa phrase comme pour ajouter du poids à sa menace.

Je doute sérieusement que mon père trouve quoi que ce soit à redire au fait que j'ai emménagé avec mon petit ami. Il n'a pas le même besoin que ma mère de sauver les apparences coûte que coûte.

J'essaie de changer le sujet de la conversation :

– Où est Papa ?

– Il est en voyage d'affaires, jusqu'à mardi.

Mais ça ne suffira pas à lui faire perdre son objectif de vue. Elle enchaîne :

– Est-ce que tu as fixé une date ?

– Une date pour quoi ?

Je comprends alors où elle veut en venir et réponds :

– Pour la pendaison de crémaillère ? Oui, la semaine prochaine.

Là, en revanche, c'est un mensonge et pas particulièrement réussi. Elle va s'attendre à ce que je l'y invite. Bien entendu, mentionner un événement suffit à ma mère pour s'y croire invitée, ce qui veut dire que maintenant, je vais devoir organiser une soirée. Tous mes fantasmes de vie très privée et d'intimité avec Alexander s'écroulent. Et je cède devant Madeline. Elle est capable de soutirer une invitation à n'importe quelle fête, même une fausse.

– Envoie-moi les détails. Nous viendrons.

Elle parle en utilisant ce ton sec que je connais depuis l'enfance. D'habitude, ce ton précède un discours de reproche pour mon obstination.

– Mais je parle de l'autre date.

– Je ne vois vraiment pas…

– Ne sois pas stupide, Clara, m'interrompt-elle. Pour le mariage !

– Le… mariage ?

Je cligne des yeux plusieurs fois pour essayer d'assimiler sa question. Je finis par m'asseoir. Belle a arrêté de m'aider à trier mes vêtements et espionne maintenant ma conversation sans aucune gêne.

– Quel mariage ?

Je sais très bien de quel mariage elle parle. Faites confiance à ma mère pour tirer à fond sur la corde de la culpabilité. Si Alexander continue à faire de grandes annonces comme celle qui m'a mise dans cette mouise, peut-être devrait-il s'occuper de gérer ma mère. En fait, je pense que lui seul en a la capacité.

– Tu ne peux pas vivre avec lui sans un véritable engagement de sa part, particulièrement avec un homme comme Alexander. La presse te dévorerait toute crue. (Son ton baisse d'un cran pour n'être plus qu'un murmure.) Et tu ne peux pas dormir dans son lit avant le mariage ! Je pense qu'il y a des lois contre ça.

Probablement, à un moment quelconque au fin fond du Moyen Âge, mais je vais évidemment m'abstenir de lui dire ça.

– Je t'assure que je dors très peu dans son lit.

– Clara !

– Je t'appelle dans la semaine pour te donner les détails de la pendaison de crémaillère.

Je raccroche le téléphone avant qu'elle ne dise autre chose. Je m'attendais à ce qu'elle soit choquée, mais pas à ce qu'elle en tire des conclusions aussi rapides. Je me tourne doucement pour regarder Belle en face et pousse un gros soupir.

– Je pense que ma mère rêverait de faire un shopping chapeau de mariage.

– Peux-tu lui en vouloir ? Les chapeaux seront spectaculaires à ton mariage.

– On n'a pas prévu de se marier.

La chaleur envahit mes joues. J'ai à peine eu le temps d'assimiler ma relation avec Alexander. Parler de ça ne ferait que compliquer un peu plus le schmilblick. Tout ça sans compter que je ne suis absolument pas prête à me marier. Pas parce que je ne suis pas sûre de mes sentiments pour Alexander mais parce que je ne sais toujours pas si je craquerais ou pas sous la pression de me retrouver en permanence observée et disséquée par le grand public.

Belle se mord la lèvre inférieure et me lance son meilleur regard «j'y crois à mort».

Alors, je répète d'une voix plus forte:

– On ne va pas se marier!

– Non, dit une voix derrière moi, effectivement.

Je pivote pour me retrouver nez à nez avec Alexander sur le pas de la porte. J'enfouis ma tête dans mes mains avant de gémir:

– Où sont les trous géants où enfouir sa tête comme une autruche?

Il passe immédiatement en mode sérieux, comme s'il se préparait à encaisser un choc. Il attrape le sac déjà prêt sur mon lit comme s'il n'avait rien entendu et le passe sur son épaule.

– En revanche, on embarque ta brosse à dents.

– Oui, dis-je sur un ton faiblard, et au fait, on pend notre crémaillère la semaine prochaine.

Il accepte la nouvelle avec bien plus d'aplomb que je ne l'aurais cru. Probablement parce que, comparée aux sacrements du mariage, une pendaison de crémaillère semble ne pas tirer à conséquence. Je ne peux pas lui en vouloir.

– Bien entendu. Tu en as encore pour longtemps ?

Sa voix s'est faite distante et mon estomac se noue.

– Mon père a appelé et il aimerait te parler en ma présence. Il voudra sans doute lui aussi nous parler de ces derniers changements.

– Tu pourrais… l'inviter à la soirée.

Si je ne redoutais pas déjà l'idée d'organiser une soirée, la présence du père d'Alexander me la rend encore plus terrible.

Mais mon dévouement à l'étiquette me vaut un sourire.

– J'ai bien peur qu'il ne soit pas très féru de soirées.

Je m'empêche de me réjouir ouvertement de cette information inespérée.

– J'ai encore quelques trucs à récupérer. On dit une demi-heure ?

– Je vais demander à Norris de revenir pour te ramener à la maison.

Puis, comme pour me rassurer, il passe son bras libre autour de ma taille et m'attire contre son corps athlétique et élancé. J'ai le souffle brièvement coupé, et si je le retiens, peut-être que ce moment durera toujours : son regard bleu perçant posé sur moi, le poids confortable de son bras autour de ma taille… Il penche ses lèvres sur les miennes et m'embrasse avec détermination. C'est un signe avant-coureur, il y a de très bonnes choses à venir sous peu.

– Je te verrai à la maison, m'informe-t-il avant de sortir.

La maison. Il y a quelques heures, c'était un sanctuaire. Maintenant, c'est une invitation ouverte à la controverse et au jugement, car avec cette pendaison de crémaillère je vais l'ouvrir aux autres. J'ai beau essayer d'y croire, en tout cas, la lune de miel est terminée, qu'il y ait un mariage ou pas.

CHAPITRE

DOUZE

J'avais oublié ce que ça faisait d'avoir hâte d'aller bosser. J'ai passé les derniers mois à me tuer au travail et le bureau était devenu mon refuge. Mais lundi matin, je me suis surprise moi-même en réalisant que j'appréciais toujours autant mon boulot. Peu de gens peuvent dire une chose pareille. Bien entendu, après ce week-end passé avec Alexander, le monde entier me semble complètement nouveau, comme s'il regorgeait d'opportunités. Sur mon chemin, je passe en coup de vent devant un kiosque à journaux mais résiste à la tentation d'en lire les gros titres. Le visage d'Alexander sur le papier me salue régulièrement, et cela fait battre mon cœur un peu plus vite.

Il me sera impossible de m'habituer à voir le portrait de mon amant en couverture des magazines. Pas plus que le mien. Mais aujourd'hui, rien à faire de leurs spéculations et insinuations. Quelques jours dans le lit d'Alexander ont remis les choses en perspective. Quelle que soit l'histoire sensationnelle qu'ils veulent mettre en une, nous,

nous connaissons la vérité. Non pas que cette vérité ait été très facile à accepter. Alexander m'a révélé des choses que j'essaie encore de comprendre, mais je l'aime. Quoi qu'il ait fait dans le passé. Quelle que soit sa part d'ombre. Si je suis honnête avec moi-même, je dirai que sa confession a piqué ma curiosité. Qui était cette femme devenue sa soumise ? Elle a visiblement été bien choisie parce qu'aucune recherche sur Internet n'a mentionné les goûts les plus secrets d'Alexander. D'un certain côté, je culpabilise d'être allée chercher des informations sur le sujet. D'un autre, je suis jalouse. Qui qu'elle soit, elle a partagé quelque chose d'inédit avec lui, quelque chose que je ne connais pas. Je ne peux pas m'empêcher de penser qu'elle est plus courageuse que moi. Je ne veux que le plaisir. Elle a pris sa douleur.

Je traverse le hall en marbre et accélère sur la dernière ligne droite pour attraper l'ascenseur alors que les portes commencent à se fermer. Une petite main surgit et les force à se rouvrir.

À bout de souffle, je souris en découvrant que c'est Tori qui vient de me sauver.

– Merci.

– Pas de problème.

Elle me rend mon sourire alors même qu'elle range un magazine people dans son sac. Embarrassée, elle hausse les épaules d'un air coupable.

– Promis, je l'ai acheté pour me renseigner sur Isaac Blue.

Sa confession est si naturelle que je ne peux qu'en rire.

– Il est bien plus intéressant que les autres sujets.

– Complètement, m'accorde Tori, visiblement soulagée.

– On devrait vraiment se faire ce déjeuner.

Ça fait des mois que j'esquive ses invitations. Enfin, que j'esquive tout contact social en fait. Maintenant, il est temps de retisser des liens amicaux.

– Oh oui ! dit-elle en tapant dans ses mains. Cette semaine. Mercredi ? Jeudi ?

– Les deux me vont.

Un soupir de soulagement m'échappe. Tout se remet en place. Alexander et moi nous nous redécouvrons, nous construisons et reconstruisons. Son passé est là où il doit être : dans le passé. Le mien aussi. Nous avons un avenir sur lequel nous pouvons nous concentrer et du pain sur la planche pour l'organisation d'une pendaison de crémaillère.

– Tu as passé un bon week-end, devine Tori en me sortant de ma rêverie.

– Assez magnifique, j'admets.

Je ne peux pas m'empêcher de remarquer que Tori rayonne tout autant que moi.

– On dirait que toi aussi.

– Ouais, répond-elle en rougissant profondément, avant de secouer la tête comme pour y voir plus clair. C'est drôle de voir comment la vie peut nous surprendre, non ?

– Ça, c'est sûr.

Les portes de l'ascenseur s'ouvrent et Tori m'adresse un nouveau sourire étourdissant avant de foncer tout droit à son bureau.

Le mien est de l'autre côté du plateau, plus près de celui de mon chef. Après avoir posé mon sac, je vais dans son bureau pour faire un point avec lui, histoire de voir ce qui nous attend. Je passe la tête par la porte et le surprends à regarder son écran d'ordinateur d'un air absent.

– Vous avez une minute ?

Il lève les yeux, surpris de s'apercevoir qu'il n'est plus tout seul, me fait signe d'entrer et se concentre sur le bazar qui envahit son bureau.

– On commence à peine la semaine et, pourtant, je suis complètement désorganisé.

– Vous avez passé un bon week-end avec les filles ?

Plus besoin qu'on m'explique pourquoi mon boss a l'air d'avoir besoin de vacances tous les lundis matin. Il faut avoir la forme pour suivre ses jumelles, c'est bien plus fatigant que d'avoir à se lever pour aller travailler tous les matins.

– Elles n'arrêtent pas de parler de toi. Je suis à peu près sûr qu'elles pensent que tu pourrais décrocher la lune. Apparemment, mes manières ne sont pas assez raffinées pour prendre le thé avec elles, le sens de l'étiquette me fait défaut, ajoute-t-il en souriant.

Même s'il a l'air au bout du rouleau, son visage avenant semble plus doux ce matin, comme si ses rides les plus profondes avaient été gommées.

– Je ne te remercierai jamais assez. Je sous-estimais les vertus curatives d'une soirée en ville.

– Tout le plaisir était pour moi. Les filles pourraient venir chez moi la prochaine fois. Nous avons plusieurs chambres d'amis.

L'invitation m'a échappé avant même que je pense aux conséquences de ce que je viens de proposer. Non pas que je veuille revenir en arrière, mais c'est un peu fou de constater à quel point ma manière de vivre a changé en à peine quelques jours. Je ne suis pas sûre qu'Alexander apprécierait de voir deux énergiques petites filles de sept ans courir partout dans la maison, mais je suis à peu près certaine qu'il n'apprécierait pas que je m'éloigne de lui une soirée, encore moins si c'est pour faire du baby-sitting chez elles.

– C'est de la folie. Toute une nuit sans elles ? Je ne saurais même pas quoi faire de moi.

Il se rencogne dans son fauteuil et sourit comme le chat d'*Alice au pays des merveilles*.

– Tenez-moi au courant, dis-je sur un ton encourageant.

Bennett a l'habitude que les gens s'inquiètent pour lui, mais toutes ces sollicitudes ne servent à rien si personne ne concrétise ses belles paroles en actes pour lui venir en aide.

– Promis.

La conversation s'engage ensuite sur nos prochaines campagnes et sur nos priorités de la semaine. Lorsque notre point s'achève, ma liste de tâches à accomplir s'est allongée de plusieurs pages.

– Clara, m'interpelle Bennett alors que je me tourne pour partir. Ça fait plaisir de te voir à nouveau heureuse.

– On dirait que le vent a tourné ce week-end, je réponds en me rappelant l'un de mes films d'enfance préférés[2].

– Petit conseil alors : à l'avenir, n'attends pas que le vent tourne.

J'arque un sourcil ironique. On dirait bien qu'il a profité de bien plus qu'une soirée en ville.

– Le vent n'aurait-il pas tourné pour nous deux ?

– Ok, fin de la leçon. Va travailler.

Je lui fais un grand sourire.

– Mais oui, chef. À vos ordres.

Lorsque je retourne à mon bureau, je découvre qu'une rose rouge m'y attend. Je me précipite sur le message qui l'accompagne en caressant du bout des doigts le sceau d'Alexander. J'ouvre l'enveloppe, en sors la carte et lis le message :

Mon chou,

Une seule rose. Élégance et souffrance mêlées et unies dans la beauté. Elle m'a fait penser à nous.

Un jour viendra où ton seul travail sera de rester au lit avec moi toute la journée. En attendant ce jour, je veux m'assurer que tu saches que je pense à toi – ma langue sur ta chatte, ma bite confortablement installée en toi, l'expression de ton visage quand tu jouis.

Ce soir,

X.

---

2 *Mary Poppins*.

Mon corps se souvient de l'exquise torture que les mains d'Alexander lui ont procurée ce week-end et mon ventre se serre, tant il est en proie au désir. Il réfléchit à ma demande d'explorer ses goûts les plus exigeants et va doucement me les faire découvrir. Il n'a fait qu'aiguiser mon appétit. Maintenant que les souvenirs de nos péripéties refont surface et que je repense à la pipe que je lui ai taillée les mains attachées dans le dos, je ressens une palpitation insistante entre les cuisses. Je les serre fermement. Mais même dans cet état de désir profond, je sais que je veux plus que ça, me perdre en lui. J'ai aperçu son côté sombre, qui rôde sous ses airs de mâle dominant, et j'ai une folle envie de mieux le connaître. Je repose le carton et mes mains me démangent, j'irais bien me soulager en les glissant sous ma jupe. Je me reprends, mais il va falloir que j'arrête de lire ses messages au bureau, sinon X va devoir se rendre disponible pendant les pauses déjeuner.

Je glisse son message dans le tiroir de mon bureau, à l'abri des regards indiscrets. C'est à peine si je l'ai ouvert ces derniers mois, je voulais éviter une confrontation avec tous ses autres messages, rangés ici avant que nous rompions. À présent, je suis ravie d'ajouter une enveloppe à la petite pile qui devrait être là, sauf qu'elle n'y est pas. Je fronce les sourcils et fouille le tiroir en profondeur… J'ai dû les rapporter à la maison. C'est mieux comme ça, on recommence à zéro. Bientôt, j'aurai plein d'autres messages à cacher ici.

Une heure plus tard, j'ai descendu la moitié de ma liste. Le petit mot d'Alexander est bien planqué dans mon bureau, de temps en temps j'ouvre le tiroir pour caresser le sceau de cire brisé en fantasmant sur ce qu'il pourrait bien me réserver pour la soirée. Ce qui me donne une idée, et, une recherche sur Internet plus tard, j'ai la preuve qu'on peut trouver tout ce qu'on veut à Londres. Je sors du bureau en passant devant celui de Bennett :

– Je vais faire une course et me chercher à manger. Vous voulez que je vous rapporte quelque chose ?

– J'ai quelque chose de prévu ce midi. (Bennett passe une main nerveuse dans ses cheveux bruns bouclés.) Est-ce que ma cravate est bien nouée ?

Je hoche la tête en me demandant qui met mon chef dans un tel état. Je ne lui ai pas posé beaucoup de questions sur son rendez-vous quand il est rentré chez lui, mais maintenant, je me demande si tout ne s'est pas déroulé encore mieux que prévu. Bennett n'est pas du genre à porter une cravate pour sa pause déjeuner. C'est un accro du boulot. Ce qui me fait croire que son plan de midi a une composante féminine toute particulière. Mais bon, quand on est amoureuse, on a envie que tout le monde le soit, me dis-je en me dirigeant vers les ascenseurs. En passant à l'accueil, j'interpelle Tori :

– On dit mercredi ?

– Super ! Pas de pause dej' pour moi aujourd'hui.

Elle me désigne du regard la pile de papiers qu'elle s'apprête à emporter dans le bureau de Bennett.

– Je peux passer te prendre quelque chose si tu veux.

– Non, c'est bon, ça ira, répond-elle en secouant la tête.

En sortant du bâtiment Peters & Clarkwell, une Rolls Royce noire se gare devant moi. Norris surgit et m'ouvre la portière passager. Je ne suis pas surprise de le voir, mais on ne peut pas dire que ça me fasse plaisir. Si Alexander pense que notre nouveau mode de vie implique qu'il a droit de traquer le moindre de mes mouvements, il se fourre le doigt dans l'œil.

Je secoue la tête et pointe du doigt le bout de la rue.

– Non merci. Je vais me chercher quelques petites choses au coin de la rue.

– Monsieur Cambridge insiste, annonce Norris en croisant les bras sur le torse.

Physiquement, il n'y a rien de particulièrement menaçant chez le garde du corps d'Alexander, mais j'imagine que c'est fait exprès. Mais bon, je n'ai pas peur de lui et je n'ai aucune envie de laisser la possessivité d'Alexander troubler ma journée de travail.

– Et je refuse. Vous pouvez le lui dire.

Norris n'insiste pas. En fait, il est impossible de lire la moindre réaction sur son visage. Il retourne simplement s'asseoir derrière le volant. Je suis certaine qu'il va me suivre, je ne peux pas lui en vouloir, on lui a donné des ordres. Ce qui veut dire que je vais devoir gérer ça directement avec son employeur si je ne veux pas qu'une ombre me suive en permanence.

Mais là, j'ai d'autres chats à fouetter. La petite papeterie que j'avais trouvée sur Internet a déjà préparé ma commande. J'inspecte le résultat avec plaisir avant de le faire emballer. Dehors, une journée radieuse m'attend. L'air frais du mois de septembre promet l'arrivée de l'automne. Je vais bientôt devoir porter des robes et des vestes un peu plus chaudes. Alors que j'attends que ma commande soit préparée devant un food truck, mon téléphone se met à sonner.

– Aurais-tu senti que j'envisageais de faire du shop-ping dans les jours qui viennent ?

– C'est un don partagé par tous les gens comme moi, répond Edward pince-sans-rire. Mais n'essaie pas de détourner mon attention. J'ai entendu dire qu'Alexander s'est envoyé une pouffiasse et ladite pouffiasse ne m'a pas appelé.

– Ladite pouffiasse a été délicieusement occupée.

À une époque, j'aurais pu me soucier de ce que pensait de moi le reste du cercle royal, mais maintenant, je n'en ai plus rien à faire.

– Alors c'est vrai ? Mon frère a brisé le cœur des femmes du monde entier en te mettant au pied du mur. Tu as vraiment emménagé avec lui ?

Edward connaît bien son frère. Trop bien. On leur a enseigné à tous les deux qu'il fallait qu'ils cachent leur véritable personnalité, ce qui rend encore plus difficile tout secret entre eux, je suppose. Évidemment qu'il a vu clair dans le jeu d'Alexander. Edward sait parfaitement, lui aussi, utiliser la caméra en mentant.

– En fait, j'aurais bien besoin de ton aide. Il se pourrait que j'aie un peu paniqué et dit à ma mère qu'on organisait une pendaison de crémaillère ce week-end. Ça te dit d'organiser une fête ?

Entre mes cartons, le travail et le besoin constant de contact physique entre Alexander et moi, j'ai un peu peur de me mettre trop de pain sur la planche.

– Aucun problème. C'est comme si c'était fait.

– Tu me sauves la vie. Je t'enverrai la liste des invités et quelques idées.

Je marque une pause avant d'ajouter :

– Invite David.

– Je le lui demanderai.

La tristesse de sa voix me dit tout ce que j'ai besoin de savoir, avant qu'il n'ajoute :

– Visiblement, les actes ne comptent pas forcément plus que les paroles.

– Tu pourrais toujours annoncer au monde entier que tu habites avec lui. La dispute est monstrueuse, mais la réconciliation sur l'oreiller spectaculaire.

– Je pense que David se contenterait de me tenir la main en public.

– Si tu ne te sens pas d'humeur à organiser cette soirée…

– Non, m'interrompt-il. J'ai bien besoin de me changer les idées. Et Clara, je suis content pour toi. Vraiment.

Nous raccrochons en promettant de nous rappeler rapidement. En jonglant avec mon sac à main, mon déjeuner et le paquet pour Alexander, j'en viendrais presque à regretter de ne pas avoir laissé Norris me conduire partout. Mais je sais que c'est une pente glissante. Si je veux maintenir un semblant d'existence en dehors de notre relation, je dois mettre des limites. Notre passion est dévorante et je sais trop bien combien il est facile de passer de l'affection à la dépendance. Parfois, je me sens un peu gênée de trop le vouloir à mes côtés, surtout depuis sa confession. Mon désir pour lui n'a pas de limite, quand nous sommes dans une chambre. Si je ne fais pas attention, il n'y en aura plus aucune en dehors de la maison aussi.

Je remonte la bandoulière de mon sac sur mon épaule et je tourne le coin de la rue pour découvrir mon père sur le trottoir d'en face. Contrairement à ma mère, je n'ai pas cherché à l'éviter ces derniers mois. Mais il a été très occupé, il a beaucoup travaillé sur un nouveau projet de start-up qui pourrait avoir plus de succès que partner.com, le site Web responsable de la fortune familiale. Il n'a jamais accepté n'avoir eu qu'une seule grande idée. De toute évidence, c'est à lui que je dois mon éthique du travail – ou mon entêtement.

Je m'apprête à l'interpeller, mais les mots meurent sur mes lèvres lorsqu'il prend le bras d'une femme pour s'en rapprocher. Une femme qui ne doit pas être plus vieille que moi. Une femme qui rit, un air d'adoration dans le regard. Une femme qui n'est absolument pas ma mère. Impossible de détourner le regard quand je le vois se pencher vers elle pour l'embrasser. Je suis toujours figée sur place lorsqu'il ouvre la porte d'un taxi pour s'y engouffrer. Je lève les yeux et m'aperçois avec horreur qu'ils viennent juste de quitter le Kensington Grand Hotel.

Ce que je viens de voir est incompréhensible. Cette fois-ci, quand je vois la Rolls garée mais le moteur en marche, je m'avance vers elle et y pénètre. Norris prend la direction de mon bureau sans que j'aie quoi que ce soit à lui dire ; je reste assise calmement sur la banquette en essayant de démêler le brouillard confus qui vient d'envahir mon cerveau. C'est comme si le monde tournait un peu différemment, pas assez pour qu'on le remarque mais suffisamment pour me faire perdre l'équilibre. Soudain, le comportement étrange de ma mère devient bien plus cohérent. Elle doit être au courant, ou au moins avoir des soupçons. Les soirées au bureau. Les nouveaux projets. Les voyages d'affaires. Les marqueurs d'une liaison extraconjugale. Pourquoi ne l'ai-je pas vu plus tôt ? Parce que j'étais bien trop occupée par mes propres soucis pour le remarquer. Mais maintenant, je suis au courant. Pas le choix, je vais devoir parler à mon père de la scène que j'ai eue sous les yeux. Je dois simplement le voir seul à seule. Heureusement, je sais très exactement où il sera dimanche prochain.

***

Je finis ma journée en essayant d'ignorer le tumulte chaotique de mes pensées et mes sentiments négatifs. Je suis en colère contre mon père. Je me sens trahie. Et frustrée aussi parce qu'Alexander ne me fait pas assez confiance pour me laisser aller travailler toute seule. Est-ce comme ça que les relations tournent mal ? À coups de petits mensonges et de méfiance ? Mes parents s'aimaient quand j'étais petite. Puis, avec tout cet argent, tout a changé, ma mère s'est transformée en une personne insatisfaite, une personne qui n'a jamais assez d'argent ni d'attentions. Je ne lui reproche pas l'infidélité de mon père, mais je suppose que je ne suis pas tellement surprise qu'il soit allé voir ailleurs. Non pas que je pense qu'il ait droit à une excuse. Loin de là.

Mais l'idée qui me retourne l'estomac, c'est que je me demande si je repousse également Alexander. J'ai mes propres névroses. Est-ce simplement une question de temps avant qu'il ne tombe dans les bras d'une femme qui aura moins de problèmes ? C'est pour ça que je veux maintenir une certaine indépendance : garder mon emploi, aller au travail à pied, prendre le métro. Que se passerait-il si je devenais trop dépendante de lui et qu'il me quitte finalement ?

Maintenant, je sais aussi qu'il me protégeait de ses goûts les plus dépravés. Mon père a toujours mis des gants avec ma mère, il a toujours voulu protéger son esprit si fragile de la réalité. Mais maintenant, c'est une liaison qu'il lui cache.

Je ne suis pas fragile et je n'ai pas besoin d'être protégée.

Le temps que Norris se gare devant la maison, je me suis flagellée jusqu'à en perdre les pédales. J'ouvre d'un geste rageur la porte d'entrée et jette mes sacs par terre. J'ai besoin de mettre les points sur les « i », avec un « I » comme immédiatement.

Alexander est dans le séjour. Un sourire canaille s'affiche sur son visage.

– Tu as faim ?

Je suis affamée, mais il n'est pas question que je le lui dise.

– Je peux me nourrir toute seule.

– Mon chou, dit-il en se levant le regard sévère, je n'aime pas ce ton.

– Et je n'aime pas être suivie partout et toute la journée par une satanée baby-sitter. C'est quoi la prochaine étape ? Un garde du corps au bureau ?

Je me rends soudain compte que je parle comme une hystérique, mais je m'en moque.

– Je ne fais ça que pour ta protection, me rappelle-t-il.

– Est-ce qu'il y a une équipe de sécurité au grand complet qui me suit ?

– Seulement Norris. Lorsque nous étions… séparés, il y avait plus d'une personne. Maintenant, je préférerais que Norris s'occupe de ta sécurité.

Il choisit ses mots avec soin, mais ça ne les rend pas plus facile à entendre.

– Et pourquoi ça ?

Alexander abandonne son bourbon sur la console et me rejoint de l'autre côté de la pièce.

– Parce qu'il n' y a qu'à lui que je fais confiance pour ma famille.

À tout autre moment, ses mots auraient pu m'adoucir. Mais là, ils ne font qu'attiser ma colère, me rappelant tout ce à quoi je renonce – si tant est que j'aie un jour eu le choix d'y accéder.

– Je ne fais pas partie de ta famille. Tu ne m'aimes pas. Tu te rappelles ? Je ne suis que la putain que tu baises.

– Je t'interdis de parler de toi de cette façon, me dit-il, le regard brillant de colère.

– Sinon quoi ? Tu vas me punir ?

Je le pousse à bout maintenant et je ne sais même pas pourquoi. Peut-être à cause de tous ces non-dits entre nous. Tout cet inconnu. Tous ces coins sombres que nous n'avons pas encore affrontés.

– Oui, confirme-t-il d'une voix sourde. Je ne permettrai à personne de parler de toi de cette manière, pas même à toi.

Ses mots font éclater ma colère, mais je m'accroche aux morceaux. J'ai envie d'être en colère. Je n'ai pas envie d'esquiver le problème comme mes parents, toujours à marcher sur des œufs l'un pour l'autre. Quand je pense à mon père, je me demande ce que ça me ferait de découvrir qu'il couche avec une autre femme. Cette idée me soulève l'estomac. Je ne peux plus supporter ça. Il y aura toujours des barrières entre lui et moi, mais certaines d'entre elles doivent être abaissées. Je suis fatiguée de me demander en permanence jusqu'où il pourrait me faire aller, où est la limite.

– Montre-moi.

– Te montrer quoi ? demande-t-il en me regardant avec suspicion.

– Tu veux me punir. Eh bien, montre-moi.

– Non, répond-il immédiatement. Je n'ai plus besoin de faire ça maintenant et je ne t'infligerai pas ça.

– Mais tu le ferais à quelqu'un d'autre ? Pourquoi ? Parce que je ne suis qu'une salope que tu baises ?

Je sens la rage monter en lui, je la vois, elle brille dans son regard alors même qu'il essaie de se maîtriser. Moi, en revanche, j'ai perdu tout contrôle. Il n'y a qu'un objectif à cette dispute : le pousser au-delà des limites qu'il s'impose pour notre relation. Je ne pourrai pas survivre à d'autres secrets.

– Ce n'est pas ce qu'ils pensent de moi ? Ta famille ? Tes amis ? Je sais que c'est vrai. Je ne suis rien d'autre qu'une putain américaine. Nous le savons tous les deux.

La main d'Alexander surgit à toute vitesse et attrape mon poignet.

– Attention, mon chou.

– Je n'ai pas envie de faire attention, je veux que tu me montres ce que tu lui as infligé. Je veux savoir jusqu'où tu es allé.

– Et si je n'ai pas envie d'aller aussi loin encore une fois ?

Je vois le conflit dans son regard. S'il dit la vérité, qu'il n'a plus ce désir de punition, contre quoi se bat-il ?

Mais j'ai complètement dépassé le stade de la raison et une partie de moi, cette partie qui réagit à sa sensualité la plus exigeante, cette partie a envie d'éprouver cette douleur.

– Ne te méprends pas, ce n'est pas parce que je n'ai pas envie de te punir que je n'en ai pas la capacité, m'avertit-il sur un ton glacial qui me donne la chair de poule.

– Nous étions d'accord pour explorer et, ça me tue qu'une femme ait expérimenté quelque chose que je ne connais pas avec toi. Je ne veux pas que tu ailles là où je ne suis jamais allée.

– Ce n'est pas un endroit que l'on visite et je ne veux pas t'y emmener.

Il relâche mon poignet et recule de quelques pas, créant une distance de sécurité entre nos corps à laquelle aucun d'entre nous n'est habitué.

– Je ne peux pas vivre en sachant que tu as été plus intime avec une autre femme qu'avec moi.

Il presse ses lèvres l'une contre l'autre jusqu'à ce qu'elles forment une fine ligne, ses yeux se font aussi sombres que ses cheveux emmêlés.

– Ce n'était pas de l'intimité.

– Le plaisir et la souffrance, tu t'en souviens ?

– Tu as connu ta part de douleur, Clara.

Alexander pèse ses mots. Apparemment, aucun de nous n'est en mesure de laisser le passé où il est.

– Les deux sensations devraient être simultanées. Tu n'es pas une soumise par nature. Ton corps ne répondra pas à une véritable douleur par un cri de plaisir. Pas à une douleur physique. Pas à une punition. Du moins pas de ma main.

– Comment pourrais-je comprendre cet équilibre sans connaître ces sensations séparément pour ce qu'elles sont ?

Mais je n'arrive à rien avec lui. Je vais devoir le séduire, rendre impossible toute résistance à la tentation. Mes doigts tremblent lorsque je descends la fermeture Éclair de ma jupe crayon et la laisse tomber par terre. Alexander ne fait pas un mouvement pour m'arrêter, même lorsque je me tortille pour retirer mon string et que je tourne vers lui mes fesses nues.

– Montre-moi, dis-je sur un ton exigeant. Ou je me ferai mal toute seule. Je suis en assez bonne santé pour ça. Tu as appelé ça comment ? De l'autopunition ?

– Clara, grogne-t-il, ce n'est pas un jeu.

– Non, ça n'en est pas un. C'est une demande. Je te le demande, X.

Il prend mon cul dans ses mains et, dans l'attente, je ferme les yeux.

– Tu ne sais pas ce que tu me demandes.

– Si.

– Tu ne peux pas le savoir, murmure-t-il, les lèvres dangereusement proches de mon oreille.

– Peut-être que tu as raison, jusqu'à ce que tu me le montres.

Il lève la main, mais je secoue la tête.

– Tu m'as déjà donné la fessée. Fouette-moi.

– Je n'ai pas de salle tout équipée remplie de fouets, dit-il, sans un sourire. Tout ce que j'ai, c'est ma ceinture, mais la sangle…

Je perds toutes mes couleurs, tout mon courage, mais je repousse la peur.

– Utilise ta ceinture.

Alexander l'enlève doucement en la faisant glisser à travers les passants avant de l'enrouler autour de son poing. Entre mes jambes, la tension monte et mon sexe enfle dans une attente malsaine alors que la peur me saisit la gorge. J'attends, mais il ne fait que tourner autour de sa proie en me surveillant de son regard sauvage.

– Tu feras ça dans les règles. Pas de cri. Tu peux pleurer – je m'attends à ce que tu le fasses –, mais tu dois garder le silence. Si tu n'obéis pas, je devrai continuer à te frapper. Tu comprends ?

Je hoche la tête et l'anxiété me prend aux tripes. Pendant quelques instants, il m'observe et je l'étudie. Nous essayons tous les deux de déterminer exactement dans quoi nous nous engageons. Il n'y a aucun signe de refus dans son corps. Ses larges épaules sont droites, son regard est froid et distant. Voilà ce que sa soumise a connu : un bel homme inatteignable en quête de délivrance.

– Clara, tu peux utiliser ton code de sécurité.

Il fait une petite pause, puis ajoute d'un ton sec :

– J'espère sincèrement que tu le feras.

Il appuie sa main contre mon dos pour me faire signe de me baisser sur la console. Je me plie en deux en me tenant au meuble, mon cul tourné vers lui, et je prends une grande inspiration.

– Prête ?

Je me prépare à l'assaut. Un grand craquement résonne lorsque le cuir de la ceinture entre en contact avec ma peau. Le temps semble s'être arrêté, mon esprit est incapable de comprendre la connexion entre le son et la douleur hallucinante qui me brûle le derrière. Je ravale le cri qui voulait s'échapper, la douleur me met la gorge à vif.

– Une, marmonne Alexander.

Je m'agrippe au coin de la table et me prépare à l'impact suivant. Le second coup m'atteint plus durement que le premier, ou peut-être est-ce seulement une impression, car la douleur du premier coup est toujours cuisante. Des larmes roulent sur mes joues. C'est comme une agonie qui m'envahit, car mon esprit est incapable de concevoir quoi que ce soit d'autre que cette douleur brutale.

– Deux.

Un sanglot m'échappe.

– Je t'ai dit de rester silencieuse.

Sa voix semble distante, mais elle se brise lorsqu'il continue :

– Maintenant, tu devras en recevoir d'autres.

Je lutte contre cette partie de moi qui voudrait le supplier d'arrêter. J'ai besoin de comprendre. J'ai besoin d'expérimenter, mais c'est plus difficile que je ne me l'imaginais et pourtant je n'ai supporté que deux coups.

Le monde perd tout sens réel. Le seul lien, c'est celui qui unit le cuir et la peau, le son et la douleur. Je me raidis lorsqu'il lève le bras, ce qui l'immobilise.

– Arrête ça, mon chou.

Il veut que j'utilise mon code de sécurité, mais c'est mon derniers recours. Je m'en suis déjà servi dans le passé et, même s'il est fait pour me protéger, j'ai vu comment ça l'avait brisé. Je secoue la tête.

Le cuir claque contre ma peau et, cette fois-ci, je pousse un cri. Mon corps s'affaisse. Je ne peux plus tenir la pose contre la table, c'est le meuble qui me soutient.

Derrière moi, aucun mouvement. J'ouvre la bouche.

– Trois.

Je m'étouffe sur le mot. Des sanglots me secouent tout entière alors même que je m'agrippe à ma détermination.

Alexander lève la ceinture et je me tends, mon corps est déjà conditionné, il sait ce qui va arriver. La sangle fend l'air, siffle en passant près de mon oreille et s'abat sur le plateau de la console.

Il tombe à genoux derrière moi. La boucle de la ceinture fait du bruit en tombant sur le parquet et ses bras encerclent ma taille, ses lèvres posent de petits baisers sur le bas de mon dos.

– Brimstone, murmure-t-il contre ma peau.

Mais je suis trop faible pour répondre, trop bouleversée par les émotions qui courent dans mes veines. Nous restons longtemps dans cette position. J'ai peur de bouger et Alexander continue à doucement m'embrasser, comme pour me rassurer.

Il me prend dans ses bras et me porte contre sa poitrine pour me faire monter les escaliers. Au bord du lit, il me met debout.

– Allonge-toi sur le ventre, me recommande-t-il.

Je suis son conseil. Je dois faire preuve de beaucoup de retenue pour ne pas toucher mes fesses et constater à quel point elles sont abîmées. Alexander tourne autour de moi un instant mais en silence. Il ne me touche pas, il se contente d'aller à l'autre bout de la chambre et de s'arrêter sur le pas de la porte :

– Maintenant tu sais à quel point je suis un monstre.

CHAPITRE

TREIZE

J'attends qu'il revienne et les secondes se transforment en minutes. Enfin le voilà. Cette fois, lorsque les larmes remplissent mes yeux, elles n'ont rien à voir avec la douleur que je ressens encore.

Je l'ai poussé trop loin.

Je l'ai repoussé, tout court.

Mes larmes coulent franchement. Pour la trahison de mon père. Pour le bazar dans lequel je me suis fourrée. Pour la souffrance que j'inflige à l'homme que j'aime.

J'entends les pas d'Alexander se rapprocher jusqu'à ce que je sente sa présence à mes côtés, sans avoir besoin de tourner la tête pour le voir. Impossible de le regarder en face après ce que je viens de faire. Le matelas s'enfonce, il s'assied à côté de moi. D'une main légère, il repousse avec soin les cheveux étalés sur mon visage et s'immobilise lorsqu'il voit mes larmes.

Je l'entends clairement déglutir avant de se pencher pour m'embrasser sur le front.

– Je vais m'occuper de tes fesses. Je ne veux pas que tu aies des bleus.

Ses mots sont creux, comme s'ils se faisaient l'écho de la haine envers lui-même. J'ai envie d'arrêter de pleurer, car je sais que mes larmes ne font que le détruire un peu plus, mais je n'y arrive pas.

– Tu vas sentir quelque chose de froid, m'avertit-il en posant un objet doux sur mes fesses.

L'instant suivant, je ressens la morsure des glaçons qui a traversé le tissu.

Ça n'a aucune importance. Je suis déjà anesthésiée, complètement dépassée par notre expérience. Plus rien n'a d'importance. Certainement pas mon confort physique. Pas quand je viens de forcer Alexander à faire quelque chose contre sa volonté. J'ai à peine le temps de le comprendre que son corps change de position pour me prendre dans ses bras. Il attire mon dos contre lui, abandonnant le sachet de glaçons et me serrant avec chaleur, enfouissant son visage dans mon cou et me murmurant des excuses. Mes paupières se font lourdes, mon corps est vaincu et je m'enfonce dans le sommeil, sachant que c'est à moi de présenter mes excuses à Alexander.

Quand je me réveille, vide, Alexander n'est plus dans notre lit. J'ai oublié l'épisode de la ceinture et je m'assieds, ce qui me fait grimacer. Ce n'est pas si terrible, je suis juste un peu endolorie. Il fait sombre dans la chambre, mais de la lumière filtre par les rideaux et tombe sur une forme au pied du lit. Le rayon de lune dessine la silhouette masculine d'Alexander, mettant en valeur son corps sculpté. Il s'est déshabillé, mais n'est pas revenu à mes côtés. Il a pris sa tête dans ses mains comme si ses pensées étaient un lourd fardeau. J'avance à quatre pattes sur le matelas et passe mes bras autour de sa poitrine, me pressant contre son dos musclé. Ses mains se joignent aux miennes et nous nous tenons l'un l'autre en silence.

Devinant le cours de ses pensées, je lui murmure :

– Tu n'es pas un monstre.

Un lourd soupir soulève sa cage thoracique et il secoue la tête.

– Tu as tort. J'ai eu tort. Je le savais, mais je l'ai quand même fait.

– Parce que je t'y ai forcé.

C'est la vérité et il faut qu'il la regarde en face. Sachant qu'il y a peu, je l'ai fui et connaissant la fragilité de notre relation, je ne lui ai pas donné le choix.

– J'ai perdu tout contrôle. Ça n'aurait jamais dû arriver. (Il serre ma main un peu plus fort.) Je suis désolé, Clara.

– Je ne le suis pas, je réponds dans un murmure en le relâchant.

Je sors du lit et me mets debout devant lui, puis je relève son menton du bout des doigts.

– Ça me rendait folle de ne pas savoir. Maintenant, c'est bon.

Le feu a quitté son regard, étouffé de culpabilité. Incapable de soutenir mon regard, il ferme les yeux.

– Ça n'arrivera plus jamais.

– X…

– Ce n'est pas négociable, m'interrompt-il. C'est une limite à ne pas franchir. Je ne peux pas te promettre que je ne te blesserai plus jamais, mais je ne t'infligerai plus de souffrance physique. Si tu me le redemandes, je refuserai. Est-ce bien clair ?

Je hoche la tête en ravalant la boule dans ma gorge.

– Est-ce que tu me détestes, demande-t-il en ouvrant les yeux pour chercher mon regard.

Pourquoi ne peut-il pas voir que la haine est bien la dernière chose que je ressens pour lui. Quand je me rends compte que mes mots ne le rassureront jamais, mon cœur se brise. Les mots peuvent blesser et détruire, mais ils ne sont jamais assez puissants pour guérir ou reconstruire. Il y a si peu de mots qui le peuvent et ce sont ceux qu'il ne peut ni dire ni entendre. Pour nous, il n'y a qu'une seule méthode, le montrer.

Je recule un peu et mes doigts trouvent les boutons de la chemise que je porte encore. Elle tombe par terre et je décroche mon soutien-gorge pour libérer ma poitrine. Alexander m'observe d'un regard distant, qu'une petite étincelle traverse quand je me retrouve entièrement nue devant lui. Il prend ma main et m'attire à lui.

– Tourne-toi, ordonne-t-il doucement.

J'hésite, je sais pourquoi il veut que je le fasse.

– Clara.

Son ton est lourd de sens, il ne veut pas se répéter.

Je me balance d'un pied sur l'autre avant de me retourner. Un sourd grondement résonne dans sa gorge, me donnant la chair de poule. Il parcourt ma chair meurtrie du bout des doigts, écrivant mille excuses sur ma peau.

– Je ne peux pas te faire l'amour, confesse-t-il. Pas après ça. Je ne devrais pas être autorisé à toucher ton corps.

– J'en ai besoin. Mon corps en a besoin. Pas de négociation possible.

Ses bras me lâchent. Si c'est comme ça que nous devons nous la jouer, alors allons-y. Il ne m'arrête pas quand je m'assieds à califourchon sur lui. Je passe mes bras autour de son cou et j'ondule doucement des hanches, je sais que son corps va réagir, même s'il insiste pour se punir.

– Touche-moi, dis-je d'une voix douce. Je sais ce que tu ne peux pas dire, je sais ce que tu penses m'avoir fait. Mais tu peux me montrer ce que tu ressens. J'ai besoin de te sentir en moi. Sans barrière. Sans secrets maintenant. Reste juste avec moi.

Sa bouche capture la mienne. Il m'embrasse comme un homme qui se noie, désespéré de respirer une bouffée d'air. Ses mains remontent pour se poser sur mes reins. Je continue à bouger contre lui, je le sens durcir contre la chair tendre de ma cuisse et je me laisse aller dans le torrent d'émotions qui me submerge. Il est la terre et l'air. Le feu et l'eau. Mon monde entier dans une enveloppe corporelle parfaitement faillible. Il glisse une main entre mes jambes, mais ne me touche pas ; il se contente de libérer son membre de son boxer. Le gland se niche contre mes petites lèvres déjà enflées et je bascule mon bassin pour l'aider à y trouver refuge. Nos corps se joignent d'instinct alors que nous nous agrippons l'un à l'autre. Alexander me berce doucement, ses lèvres ne quittent pas les miennes, même lorsqu'il m'emmène jusqu'au bord du précipice. Nous ne nous lâchons pas, montant lentement vers le pic de plaisir, nous avons cessé de lutter contre l'écrasant déluge de pensées et d'émotions qui chauffe notre sang et fait trembler nos membres.

Plus aucune excuse n'est nécessaire. Plus aucun besoin de paroles. Tout est là. Je le connais – son corps, son esprit, son cœur – tout autant que je me connais et lorsque je tombe dans le précipice, il me suit. Aucun d'entre nous ne lâche l'autre lorsque nous jouissons, nos chairs unies et nos âmes liées. Nous ne nous lâcherons plus jamais.

CHAPITRE QUATORZE

Le serveur tire une chaise et je me fends d'un grand sourire en m'asseyant. Ma chaise de bureau est rembourrée mais je n'ai pas cette chance à la Greene's Tavern. Ce n'est qu'une petite gêne et je suis certaine qu'à la fin de notre repas, je ne m'en rendrai même plus compte. Il y a de fortes chances pour que notre déjeuner soit plombé par une conversation pénible, un peu pesante même. Le restaurant chic est relativement calme pour un mardi midi, mais il est encore tôt et Madeline a insisté. Si elle remarque les précautions que je prends pour m'asseoir, elle n'en dit rien.

– Merci de prendre le temps de venir me voir, dit ma mère d'une voix calme en fermant son menu.

Elle s'est habillée pour l'occasion d'une robe gris foncé, assortie d'un rang de perles qui rehausse son élégant buste. Même si c'est l'attirail d'une femme mature, elle pourrait passer pour ma sœur, avec ses cheveux parfaitement coiffés et lâchés sur ses épaules, et sa peau sans la moindre imperfection.

– J'ai l'impression que ça fait des siècles que je ne t'ai pas vue.

Quelques semaines pour être plus précise, mais ce n'est certainement pas assez dramatique pour elle.

– Je suis désolée. J'ai été très occupée par mon nouveau travail.

– Entre autres.

Elle s'arrête là, et c'est bien ainsi, je sais exactement ce qu'elle veut dire.

Je pourrais lui sortir un million de mensonges pour apaiser son ego égratigné, mais je n'ai pas envie d'entrer dans ce petit jeu.

– Oui, entre autres.

– Ce n'est vraiment pas convenable que tu emménages avec un homme sans en parler à ta famille, me gronde-t-elle.

Au moins, elle en vient direct au fait.

– C'est arrivé très rapidement.

Je sais qu'à ses yeux ça ne compte pas, mais je le lui rappelle quand même. Tout ce qui lui importe, c'est qu'elle n'ait pas été consultée. Peu importe que je n'aie rien eu à lui dire ou qu'elle ait effectivement été une des premières personnes informées, sans compter les milliers de téléspectateurs involontairement mis dans la combine d'Alexander.

Elle pince les lèvres dans une moue peu séduisante, même en haussant les épaules.

– C'est ta vie.

Elle n'a jamais été capable d'accepter ce fait. Le serveur nous sauve de toute conversation plus approfondie, mais pas de doute, ce n'est qu'une petite pause.

– C'est bien de voir que tu as de l'appétit, remarque-t-elle lorsqu'il disparaît avec nos menus et nos commandes. Je ne me souviens pas de la dernière fois où tu as commandé autant de plats.

– Je m'entraîne plus qu'avant à la course à pied.

Je n'ajoute pas que ma nouvelle vie sexuelle a un effet bien plus notoire sur mon appétit.

Son regard noisette se concentre sur moi, elle m'observe en se penchant sur la table.

– Tu es enceinte ?

– Maman !

Mon exclamation choquée attire l'attention de la plupart des clients, mais sans doute à cause de l'élégance du lieu, tous tournent vite la tête.

– La question n'est pas déplacée, commente-t-elle en sirotant sa vodka-tonic. Tu t'es si rapidement installée avec lui.

– Si, ça l'est, dis-je d'un ton venimeux. Nous sommes au XXIe siècle, arrête de planifier mon mariage forcé. Je ne suis pas enceinte.

– Je suis ravie de l'entendre. (Elle abandonne son verre et dirige attentivement son regard maternel sur moi.) Ce serait scandaleux.

– Il y a toujours plein de scandales. Tout le monde se moque de savoir si je suis enceinte, dis-je d'un ton dédaigneux, même si ça me retourne l'estomac.

En fait, ça intéresserait beaucoup de monde. Et une personne en particulier. Alors, je finis :

– Nous n'avons pas prévu de faire un bébé.

– Pas encore.

J'ouvre la bouche pour protester, mais elle lève la main. Une partie de moi s'affaisserait bien dans la chaise en croisant les bras en signe de défense. Il y a quelque chose dans cette situation qui me rappelle un peu trop ce que je ressentais lorsqu'encore adolescente je vivais sous sa coupe.

– Il y aura des attentes, Clara. Tu ne peux pas te mettre à la colle avec l'héritier du trône, ça ne se fait pas. La presse – et une bonne partie de ta famille et de tes amis – attendent qu'une annonce vienne clarifier vos intentions.

– Est-ce que je n'ai pas déjà dit que nous sommes au XXIe siècle ? je marmonne, à la recherche de mon verre de vin.

– Peut-être pour la plupart des gens, mais pas pour la famille royale. Il y a une étiquette, un protocole et des attentes.

– C'est bon, je sais.

C'est une réponse assez sèche, mais je sais très bien que mon amertume vient essentiellement d'une chose que je préférerais oublier.

– Il est bien trop tôt pour que nous parlions mariage.

Je le pense vraiment. Je viens à peine de terminer l'université. J'ai trouvé un travail que j'adore. Il y a un million de raisons qui me poussent à ne pas ajouter le stress d'un mariage par-dessus tout ça. Le tout sans compter que nous nous sommes rencontrés il y a quelques mois à peine.

– Bientôt Alexander va devoir prendre de plus en plus de responsabilités. L'un de ses devoirs sera de trouver une femme pour lui faire un héritier, m'informe-t-elle.

– Je ne savais pas que tu étais aussi impliquée dans les affaires de la monarchie.

– Je suis impliquée dans ta vie.

Sa réponse sonne comme un avertissement et je me mords la langue pour m'empêcher de sortir une autre remarque sarcastique.

– Moi aussi, dis-je en choisissant de la rassurer. Notre relation est très récente. Je ne pense pas que quiconque s'attende à ce que nous nous lancions dans la préparation d'un mariage.

– Quoi qu'il en soit, il fallait que tu le saches. Tes actes sont scrutés à la loupe, Clara, et toute cette attention ne fera qu'augmenter.

J'avale d'un trait le reste de mon verre de vin. Elle a raison. Je vis déjà dans l'œil du public et Alexander n'a fait qu'attiser l'attention avec son annonce. On va se mettre à spéculer. Les représailles pourraient venir du roi Albert lui-même, dont Alexander évite soigneusement de parler. La vie en dehors de Notting Hill va devenir de plus en plus compliquée.

Le serveur arrive devant nous avec nos salades respectives et je fixe du regard mon assiette, mon appétit s'est envolé. Je me force à prendre ma fourchette. Ce serait si simple de retomber dans mes anciens travers, d'autant plus que je sens que ma vie peut échapper à mon contrôle à tout moment. Je suis bien déterminée à ce que ça ne se produise pas.

De l'autre côté de la table, ma mère embroche sa laitue à grands coups de fourchette et sourit d'un air aimable.

– Parle-moi de ta pendaison de crémaillère. Je suis terriblement excitée pour samedi.

Chouette, au moins l'une d'entre nous l'est, comme ça.

***

– Est-ce que tu peux, s'il te plaît ?

Je me tourne et montre à Alexander le dos de ma robe de cocktail en dentelle noire. Il n'est qu'à moitié habillé, sa chemise n'est pas encore boutonnée au col et ses boutons de manchette ne sont pas encore attachés, mais il se tourne vers moi et remonte la fermeture Éclair très facilement. Lorsqu'il arrive en haut, il m'embrasse dans la nuque. C'est le genre d'affection prudente dont il me fait preuve depuis lundi soir.

– C'est étrange que ce soit toi qui m'habilles.

Mais la blague tombe à plat et ne détend pas l'atmosphère. Il se contente de me faire un petit sourire et de revenir à sa chemise. Il cherche une cravate, mais j'intercepte sa main. Ce soir, notre maison sera pleine d'amis et de membres de nos familles. C'est suffisant pour que mon estomac fasse des saltos, je ne serai pas capable de gérer cette soirée si les choses ne s'arrangent pas entre nous.

– Tu ne vas pas pouvoir continuer à éviter de me toucher encore bien longtemps.

– Je ne t'évite pas, dit-il d'un ton bourru en retirant sa main pour attraper une cravate.

Techniquement, c'est vrai. Nous avons passé toutes nos soirées au lit cette semaine à panser ce que nous avions endommagé, caresse après caresse, en nous faisant tendrement l'amour pendant des heures. Mais ça n'a pas suffi.

– Alors, baise-moi.

– Maintenant ? demande-t-il en arquant un sourcil interrogateur. Nos invités vont arriver dans vingt minutes.

– Depuis quand ça te gêne ? Pas prêt à relever le challenge ?

Je glisse ma main sur sa braguette en ronronnant, heureuse de sentir son membre tressaillir sous ma caresse.

– Je ne suis pas brisée, X et d'après ce que je sens, toi non plus.

– On a encore plein de choses à faire, me rappelle-t-il.

Mais je me moque de savoir si les traiteurs ont bien installé la nourriture ou si les vases sont correctement fleuris. Tout ce qui compte à mes yeux, c'est me sentir plus proche de lui que jamais alors qu'il me repousse. Je ne connais qu'une manière de remédier à ça.

J'attrape son érection, puis je secoue la tête avant de la relâcher et de me saisir de sa cravate dénouée. Elle glisse autour de son cou et je m'enveloppe les poignets avec.

– Ce soir, tu vas m'attacher les mains avec ça pour que je ne puisse plus planter mes griffes dans ton dos, puis tu vas me baiser jusqu'à ce qu'aucun de nous ne se rappelle pourquoi nous venons de passer une semaine à marcher sur des œufs.

Son regard se charge de désir, il imagine la scène.

– Ah oui, mon chou ?

Me sentant encouragée, je hoche la tête, et ajoute :

– Mais maintenant, tu vas te mettre à genoux et me lécher.

Pas besoin de l'inciter plus que ça. Lorsqu'il se laisse tomber par terre et remonte le bas de ma robe autour de ma taille, l'éclair sauvage est revenu dans son regard. Un sourd grognement s'échappe de sa gorge en voyant mes chairs intimes à nu.

– Mon chou, quelle coquine tu fais. Tu as oublié de mettre une culotte.

– Ça me semblait idiot d'en porter une sous une robe, sachant que tu allais probablement me l'arracher. (Même si ça ne me dérange pas du tout.) Un jour, tu m'as dit que je devrais être prête à être baisée n'importe où, et j'aime te faire plaisir.

– C'est un sentiment que je partage.

Il se penche en avant et son souffle chatouille mon sexe enflé. Il passe son doigt le long de ma fente et je ressens comme une grande décharge de désir.

– Ta chatte a besoin qu'on s'occupe d'elle.

– Oui, je souffle alors que ses lèvres s'attaquent à ma hanche.

Alexander insère un doigt en moi et me titille de petites caresses.

– C'est ça dont elle a besoin ?

Je secoue la tête. Ce n'est pas suffisant. Pas pour moi et pas pour lui non plus. Je l'ai vu me faire l'amour de façon mécanique cette semaine et je ne peux pas le laisser continuer comme ça.

– Elle a besoin d'être baisée tellement fort que je ne pourrai plus tenir debout. Elle a besoin de se souvenir qu'elle t'appartient. C'est toujours le cas, n'est-ce pas, X ?

Le ton joueur de ma voix disparaît, car une terrible pensée vient de m'assaillir. Je tremble en me forçant à lui demander :

– Ou est-ce que tu ne veux plus de moi ?

Ses mains s'immobilisent et son regard est traversé d'un éclair. Une éternité s'écoule avant que son autre main ne se pose sur mon ventre. Sans prévenir, il me plaque contre la porte. Mes cuisses s'écartent pour lui sans qu'il m'y incite et sa langue se retrouve sur moi, en moi – elle me baise – avec une possessivité furieuse. Il s'écarte un peu, mais seulement pour se saisir de mon clitoris palpitant entre ses dents. Je pousse un cri, mon corps déjà secoué de tremblements. J'ai besoin de ça, de cette domination. J'ai besoin de lui appartenir tout autant qu'il a besoin de me posséder. Ses doigts entrent brusquement en moi pendant qu'il me suçote et me caresse de sa langue jusqu'à ce qu'un grand frisson me traverse et que mes membres se contractent. Mes hanches ondulent au plus près de sa bouche, désespérées d'en sentir plus. Sa bouche se ferme sur mon petit bouton sensible et j'explose dans un déluge d'étoiles scintillantes.

Alexander me rattrape lorsque je vacille et m'aide à rester debout alors qu'il continue à lécher mon sexe tremblant.

– Je vais te goûter toute la nuit. Tu sais ce que ça me fait ? De bouffer ta chatte ?

Il se lève et presse son corps contre le mien, frottant son érection fiévreuse contre mon ventre dénudé. Je gémis, prête à la sentir en moi, et je tends la main.

– Non, m'arrête-t-il. Pas tout de suite. Quand je te prendrai ce soir, je vais te baiser tellement fort et si longtemps que tu oublieras comment tu t'appelles. Ne pense même pas à pouvoir marcher.

Quelqu'un frappe à la porte avec force, ce qui nous fait bondir loin l'un de l'autre. L'intermède est terminé et je n'ai jamais autant eu envie de lui. Alexander renoue sa cravate et un sourire que je connais bien renaît sur ses lèvres, moi j'ai du mal à trouver la force de remettre ma robe en place et de refixer mes bas sur mon porte-jarretelles.

En me glissant enfin dans mes chaussures à talons, je lui dis :

– Il m'a manqué ce sourire suffisant.

– Je te promets que tu en verras plus tout à l'heure, mon chou.

Il m'accule dans un coin, son corps me presse contre le mur. Il pousse à petits coups son membre dur comme la pierre contre moi alors que ses lèvres descendent dans mon cou.

– Tu veux toujours que je te baise ?

– Oui.

Je n'entends plus la personne frapper à la porte, le bruit a disparu, comme le reste du monde. Il ne reste plus que lui et cette envie lancinante, toujours plus affamée, de le sentir entre mes cuisses.

– Ce soir, je te baiserai contre ce mur, jusqu'à ce que tu ne puisses plus marcher, puis je m'occuperai de toi sur le lit. Ton corps ne se rappellera plus comment ça fait de ne plus avoir ma bite en lui.

Il recule, son sourire est parti mais son regard est de braise. Il redresse sa cravate et désigne la porte de notre chambre. Nous devons participer à cette soirée et je dois faire appel à tout mon self-control pour ne pas me mettre à genoux devant lui et le supplier de me faire l'amour immédiatement. X est de retour et il est encore plus terrible que jamais. Une soirée de conversation mondaine suivie d'une nuit de débauche ?

Oui, avec plaisir.

CHAPITRE QUINZE

Lorsque j'ouvre la porte d'entrée, Edward a les mains sur les hanches. Je lui fais un petit sourire penaud, genre *responsable mais pas coupable,* qui lui fait secouer la tête. Il passe devant moi, les mains chargées de sacs, et fonce droit vers la cuisine. À ma très grande et très agréable surprise, David est derrière lui. Je ne connais pas très bien David, mais il n'empêche que je le prends instantanément dans mes bras. Sur cette Terre, personne mieux que lui ne peut savoir ce que ça fait d'être amoureuse d'un homme tel qu'Alexander. Il est temps que David et moi fassions plus ample connaissance.

– Quel plaisir de te voir !

– Edward a insisté pour que je vienne.

David passe sa main sur ses cheveux coupés ras, la nervosité se lit sur ses traits d'ébène.

Alexander arrive derrière moi et passe ses bras autour de ma taille alors que je ferme la porte.

– Tu es toujours le bienvenu chez nous.

Mon corps est traversé d'un grand frisson. Je pensais avoir dépassé le stade du plaisir de l'entendre parler de *notre* maison. Apparemment, tort. Quelque part, l'impact est encore plu lorsqu'il le dit à une tierce personne, comm s'il réaffirmait sa propriété sur moi, comme s'il réaffirmait sa présence dans mon cœur en me donnant une maison.

– Quand tu auras fini de jouer les grands sentimentaux, tu pourras me donner un coup de main ?

– J'y vais, dis-je en me portant volontaire. Pourquoi ne ferais-tu pas découvrir la maison à David ?

Ça ne peut pas faire de mal d'encourager une relation entre Alexander et le petit ami de son frère, d'autant plus que David se sent à l'écart. Grâce à Edward, on lui a donné une place dans le cercle des intimes de la famille royale, mais cette invitation serait certainement révoquée si l'on venait à apprendre la véritable nature de leur relation. C'est complètement injuste, mais ayant déjà eu à faire avec la Meute Royale, je ne trouve pas ça surprenant. Ils ne se sont pas particulièrement mis en quatre pour m'accueillir non plus.

Dans la cuisine, Edward met de l'ordre dans les plateaux du traiteur. Je croise les bras et attends qu'il me donne du travail.

– Tu es capable de déboucher quelques bouteilles de vin, ou est-ce qu'Alex a usé tes dernières ressources en énergie ? demande-t-il, la main sur un tire-bouchon.

– Comment oses-tu ! dis-je en feignant l'outrage. Tu me prends pour ce genre de fille ?

– Tu ne t'es pas regardée dans un miroir, n'est-ce pas ? (Il baisse ses lunettes et me regarde par-dessus.) Je dirais que tu as un style *fraîchement baisée*.

Je lisse mes cheveux, remarquant maintenant que de nombreuses mèches se sont libérées du chignon que j'avais façonné. OK, coupable, mais sans aucune honte. Je prends le tire-bouchon.

– Toutes les filles ont des besoins.

– Et on dirait que les tiens ont été parfaitement satisfaits. Mais corrige-moi si je me trompe, ta mère va bien arriver d'une minute à l'autre, elle et environ une trentaine de personnes ?

Nous nous mettons au travail, disposant les plateaux du traiteur dans la cuisine et le séjour. J'ai fait exprès de commander bien plus de vin que nécessaire pour la soirée. Si tout le reste échoue, au moins je pourrais me consoler avec un bon coup à boire.

Quelques minutes plus tard, une petite file d'invités franchit la porte d'entrée, chacun apportant des fleurs et encore du vin. Je connais la plupart des gens, mais parfois, Alexander s'avance et me présente des personnes qu'Edward a ajoutées à la liste. Belle fait son arrivée en traînant derrière elle un Philip récalcitrant. Ses cheveux blonds comme le miel sont coiffés en élégantes boucles tombant sur ses épaules. Elle me serre bien fort dans ses bras puis je recule pour admirer son col roulé noir ajusté sur un tutu blanc qui lui arrive sous le genou. Il n'y a que Belle pour réussir à associer de tels éléments dans une tenue. Non seulement elle donne fière allure à l'ensemble, mais en plus, elle parvient à lui donner un air classique.

Je la tire vers la cuisine.

– Je peux t'offrir un verre ?

– Tu peux en proposer un à Philip ! grommelle-t-elle. Comme si une soirée allait le tuer…

Sa remarque me fait rire. Le fiancé de Belle a toujours un balai dans le cul et j'adorerais le faire assez boire pour qu'il puisse le retirer. Donner un verre de vin à Belle me semble un meilleur plan. Je verse un peu de chardonnay dans deux verres et lui en tends un.

– À ton nid d'amour, propose Belle en trinquant.

– Qui est-ce ? demande Edward en surgissant à mes côtés, admirant Belle sans aucune honte.

Je ne peux pas lui en vouloir. Tout le monde est impressionné par le style de ma meilleure amie, quelle que soit sa tendance sexuelle.

En les présentant l'un à l'autre, je me réjouis de voir que le courant passe immédiatement entre eux.

– C'est toi qui fournis la garde-robe de Clara, devine Edward.

Belle lui tend une main manucurée.

– Il faut bien que quelqu'un le fasse. Elle n'a aucune idée de sa beauté. Sans moi, elle serait encore en jean-baskets.

– C'est faux, dis-je en feignant une moue avant de tourner sur moi-même pour montrer ma robe. Je l'ai choisie toute seule, celle-là.

– L'élève dépasse le maître, approuve Edward en étudiant la dentelle. Bien évidemment, tous les créateurs vont vouloir t'habiller maintenant.

– Moi ?

Je suis estomaquée. D'accord, grâce à la course à pied j'ai une assez jolie silhouette, mais je suis loin d'avoir la taille mannequin.

– Tu es délicieusement innocente parfois, commente Edward en prenant ma main pour me faire pivoter à nouveau. Ils adorent habiller la famille royale. Probablement parce que nous sommes toujours en couverture d'une tonne de magazines.

Le rouge me monte aux joues et je secoue la tête.

– Je ne fais pas franchement partie de la famille royale.

– Tu vis avec le prochain roi d'Angleterre. À leurs yeux, l'affaire est dans le sac.

Il parle avec une nonchalance qui me donne une impression de déjà-vu. Ma mère pense de la même façon, mais autant que je sache, le mariage ne fait pas partie du vocabulaire d'Alexander. Je ne veux même pas penser à cette éventualité. Vivre ensemble est déjà une énorme étape pour nous deux et je ne suis pas prête à y ajouter une couche de complications.

– Quoi qu'il en soit, tu es une personnalité en vue maintenant, dit Belle avec un gentil sourire pour venir à mon secours. Je suis certaine que plus d'une boutique apprécierait cette opportunité.

– Je mets les vêtements qu'on me donne.

Il est plus simple d'éviter la question que d'admettre qu'ils pourraient avoir raison. Je n'apprécie pas particulièrement d'être en couverture des magazines et le nombre de jolies robes qu'on met dans l'équation n'y change rien.

– Et si on se faisait une virée shopping cette semaine ? suggère Edward avec enthousiasme. Je connais quelques personnes qui seraient ravies de te rencontrer. Ça fait trop longtemps qu'ils n'ont pas eu de belle femme à habiller. Pas depuis Mère, en fait. Sarah était encore trop jeune.

Il parle de sa mère et de sa sœur bien plus facilement qu'Alexander. Bien sûr, il est beaucoup plus jeune. Mais peut-être qu'une sortie shopping m'aiderait à combler quelques lacunes dans ma connaissance de la famille d'Alexander. C'est un sujet que j'évite avec lui, je ne veux pas lui causer plus de peine ou le faire culpabiliser. Mais bon, c'est quand même un sujet que je dois mieux maîtriser.

– J'avais l'intention de ratisser la collection de Tamara.

En fait je ne suis jamais allée dans sa boutique, mais j'avais juré acheter toutes ses robes après un échange particulièrement vicieux avec Pepper.

– J'organise tout ça.

Edward sort son téléphone de l'une de ses poches. Je ne devrais pas être surprise de le voir faire ça. Il est le meilleur représentant du style royal british.

– Transmets-lui mon bon souvenir, nous interpelle une voix acerbe depuis l'entrée.

Le son de cette voix me fait grincer des dents et j'avale une gorgée de vin avant de me tourner vers elle. Dans l'encadrement de la porte, la silhouette élancée de Pepper prend tout l'espace. Elle nous observe avec un désintérêt très travaillé, mais en la regardant de plus près, personne ne pourrait croire qu'elle s'en fout. Sa robe de satin bleu moule parfaitement ses formes légères ainsi que son ventre plat mais s'arrête bien trop haut sur les cuisses pour être convenable. C'est assez remarquable d'être capable de marcher avec cette robe sans exposer son arrière-train. Non pas que quelqu'un vienne se plaindre d'apercevoir ses fesses si on en juge par ses cuisses dorées parfaitement modelées. Elle s'avance dans la lumière, ses cils noirs papillonnant avec élégance à mesure qu'elle approche.

– Tu ne vas pas m'offrir un verre ? demande-t-elle en boudant.

Il faut l'admettre, c'est une performance artistique. J'en arriverais presque à culpabiliser si je ne savais pas exactement à qui j'ai à faire.

Alexander entre dans la cuisine et apprécie du regard l'ensemble de la scène.

– Je ne me rappelle pas t'avoir vue sur la liste des invités, Pepper.

Il n'a jamais pris la peine de regarder la liste en question, il a choisi de nous faire confiance, à Edward et moi, pour préparer cette soirée. J'aime qu'il sache qu'elle n'aurait jamais pu être invitée et j'adore qu'il lui fasse remarquer qu'elle s'est incrustée toute seule.

– Ce n'est pas grave. Plus on est de fous, plus on rit, dis-je, décidant de mettre les formes avec Pepper, mais uniquement parce que je sais que ça va l'énerver.

Elle me jette un regard noir, ma récompense pour avoir choisi cette option qu'elle n'attendait pas. Alexander s'avance vers nous et passe un bras possessif autour de ma taille. À voir l'air de profond dégoût sur son visage parfait, elle a reçu le message.

– J'imagine que c'est ici la soirée, s'exclame jovialement Jonathan Thompson, l'ami des bons jours d'Alexander, en nous rejoignant dans la cuisine. J'espère que tu ne m'en veux pas, je suis venu avec Pepper. Elle voulait voir ta nouvelle maison.

À mes côtés, Belle se hérisse, incapable de cacher ce qu'elle ressent. Jonathan est trop beau et trop charmant et c'est pour ça que Belle a été l'une de ses victimes, pendant notre deuxième année à l'université. Leur brève relation ne s'est pas bien terminée et elle préférerait être n'importe où sur Terre plutôt que dans cette cuisine, à lui faire la conversation. Mais avant que je puisse la sauver, Philip vient s'enquérir de sa fiancée portée disparue. Il s'arrête net lorsque son regard tombe sur Pepper et Jonathan au milieu de notre petit groupe.

Sa pomme d'Adam fait quelques allers et retours avant qu'il ne déglutisse et salue d'un signe de tête les nouveaux arrivés. Il tend son bras vers Belle et l'attire loin du groupe. Elle me lance un regard d'excuses, mais c'est inutile. Je sais ce que ça fait d'avoir un amant jaloux, j'en ai un aussi. En fait, j'avais toujours classé Philip dans la catégorie des mecs distants, pas dans celle des possessifs. Mais en le voyant la diriger vers le séjour, aucun doute, il veut l'éloigner. Je suis encore plus surprise de voir que Belle lui a parlé de Jonathan. Ce n'est pas une conquête dont elle est fière, pas depuis qu'il lui a montré qui il était vraiment.

N'ayant jamais eu l'occasion d'organiser de soirée chez moi, je suis ravie de découvrir qu'il est tout à fait acceptable que l'hôtesse s'éclipse sous prétexte d'avoir à trouver des bouteilles de vin ou de montrer où sont les toilettes à un invité. Après une heure d'exercice, je suis devenue maître dans l'art de trouver le seul endroit désert de la maison. En ce moment, c'est le petit coin salon à côté du living-room. Les invités sont principalement concentrés autour de la cuisine, de la salle à manger, et débordent dans le séjour. Grâce à une liste d'invités restreinte et aux goûts de luxe d'Alexander, il y a assez de place pour tout le monde, même pour ceux qui se sont invités tout seuls.

Pepper apparaît dans le petit salon, comme si elle savait que justement je regrette qu'elle ait pointé le bout de son nez. Elle avance d'un pas nonchalant en passant un doigt sur le dossier d'un fauteuil club en cuir. Elle plisse le nez en se frottant les mains, comme pour se débarrasser d'une poussière imaginaire.

– Quelle charmante maison tu as là, Clara.

Visiblement, nous nous la jouons civilisée ce soir. Je doute que ça dure longtemps.

– C'est surtout grâce à Alexander.

– Je croyais que tu habitais ici depuis quelque temps déjà.

Il y a comme un semblant d'innocence dans le ton de sa voix. Elle veut me mettre au pied du mur et poursuit :

– Du moins, c'est ce qu'Alex a dit à la presse. J'ai vraiment trouvé ça étrange de ne t'avoir vue à aucun événement cet été.

– Je crois que tu m'as assez vue à la campagne.

– Oh ? Ton petit numéro.

À ce souvenir, elle plisse ses yeux malins, incapable de cacher complètement son insatisfaction.

Elle nous a surpris, Alexander et moi, en pleine intimité, mais je n'ai rien dit et je l'ai laissée nous observer. Alexander ne se doute pas qu'elle l'a vu me baiser sur une balustrade dans le parc d'un des châteaux de son père, mais je sais ce qu'elle a été forcée de voir et je m'en délecte. C'est le seul moyen pour qu'une fille comme Pepper accepte les preuves qu'elle a sous le nez.

– Dommage que personne n'ait photographié ça. Peut-être que si on montrait à Alexander à quel point tu es une sale putain, il retrouverait la raison, persiffle-t-elle en écartant les narines.

Elle n'a probablement jamais été plus laide qu'en ce moment. J'aimerais qu'on prenne une photo de la tête qu'elle tire.

– Les chiens aboient, la caravane passe, Pepper, lui dis-je doucement.

– Si tu crois que tu as gagné… commence-t-elle avant que je ne l'interrompe.

– J'ai gagné. Regarde autour de toi, chérie, dis-je en désignant la maison autour de nous. Il est à moi. Tout à moi.

Pepper grimace, comme si elle sentait une odeur nauséabonde.

– Tu ignores tant de choses sur lui. Personne ne l'a en entier. Si tu penses que c'est le cas, tu es une idiote.

– Ce n'est pas une compétition. Enfin, ça n'en est plus une.

– J'ai tellement hâte de faire disparaître ce sourire suffisant de ton visage. J'espère être présente lorsque tu le verras pour ce qu'il est vraiment.

– Pour quelqu'un qui dit l'aimer…

– Je suis la seule à pouvoir l'aimer, grogne-t-elle. Parce que je suis la seule à pouvoir lui pardonner.

– Il n'y a rien à pardonner.

J'en ai marre de ses méchancetés perverses. Je passe devant elle sans ménagement pour rejoindre mes invités. Je préfère encore être coincée au milieu d'un groupe plein de gens que de rester une minute de plus en sa compagnie.

– Tu changeras d'avis quand tu sauras.

Elle fait une petite pause dans son discours avant de lancer sa dernière pique :

– Même toi, tu n'es pas assez pathétique pour lui pardonner.

***

Même en essayant de me débarrasser du souvenir de cet intermède avec Pepper, sa dernière remarque me trotte dans la tête. Malheureusement, c'est ma fête, ce qui veut dire qu'il m'est impossible de me noyer dans la masse des invités. Où que je me tourne, je suis happée dans une conversation. J'en oublie qui est qui. La semaine prochaine, il faudra que je demande à Edward de me faire la liste exacte des gens qui sont vraiment venus.

En regardant autour de moi, j'aperçois ma famille, enfin arrivée. Belle les a pris en embuscade près de la cheminée, mais même elle ne fait pas le poids face à ma mère. Je me dirige vers eux, m'arrêtant de-ci de-là pour échanger trois mots avec d'autres invités. Ça ne sert à rien de retarder l'inévitable. Madeline Bishop veut qu'on remarque sa présence. Je le sais rien qu'à la tenue qu'elle a choisie pour une simple soirée : une robe moulante argentée. Plusieurs personnes jettent des regards dans sa direction. Elle est sans aucun doute aussi fière qu'un paon.

J'arrive presque à son niveau quand un visage connu se détache de la foule. Il me sourit, ce qui me fait très plaisir. Les cheveux bouclés de Bennett ont été domptés pour la circonstance et, pour une fois, sa cravate est en place. Alexander croise mon regard de l'autre côté de la pièce et je lui fais un signe de la main, j'ai très envie de le présenter officiellement à mon chef.

– Vous êtes venu !

Pas la peine de cacher ma joie. La maison est pleine de gens que je connais à peine, je suis ravie d'y voir quelqu'un que j'apprécie vraiment.

– J'ai décidé que ça valait la peine d'investir une petite fortune en engageant une nounou pour la soirée.

Il me serre dans ses bras. Lorsque nous nous écartons, Alexander nous regarde de haut, toisant Bennett le visage particulièrement fermé.

Je me redresse. Faut-il qu'il ait ce comportement de mâle dominant avec tous les hommes qui m'accordent un peu d'attention ?

– Nous ne nous sommes pas rencontrés, annonce Bennett en tendant une main qu'Alexander serre sans grand enthousiasme. Clara et moi travaillons ensemble.

– Bennett est mon patron.

J'insiste bien sur le mot *patron*. Ce qui a l'effet escompté sur Alexander qui se radoucit et sourit gracieusement.

– C'est un plaisir de rencontrer les collègues de Clara. Elle apprécie vraiment son travail, dit Alexander d'un ton calme.

– J'espère bien, répond Bennett en me lançant un regard taquin. La boîte ne tournerait pas sans elle.

Il fait signe à quelqu'un dans la foule, je regarde par-dessus mon épaule, surprise de voir Tori s'avancer vers nous. La petite rousse resplendit, son regard émerveillé se promène partout autour d'elle.

– Bonsoir Clara ! Ta maison est magnifique et…

Sa phrase reste inachevée car elle vient de repérer Alexander.

Ce n'est pas surprenant. Il a cet effet sur les gens, surtout sur les personnes du sexe opposé. Et ce soir, dans son costume trois-pièces noir, il ne fait pas exception à la règle. Il glisse sa main dans sa poche, révélant le gilet sous sa veste ouverte. La coupe parfaite de ses vêtements met sa silhouette athlétique en valeur, mais moi seule ai le plaisir de savoir ce qui se cache derrière ces boutons.

Je ne suis pas sûre qu'elle réussisse à retrouver la parole, alors j'interviens, même si je suis à deux doigts de perdre le contrôle.

– Voici Tori.

Je regarde Bennett, l'air interrogateur. C'est sympa de sa part de l'avoir invitée… Et d'un seul coup, je comprends la situation.

– Euh, attendez. Vous êtes ensemble tous les deux… ?

Mon chef répond en prenant la main de Tori pour y déposer un petit baiser. Elle glousse comme une midinette devant cette démonstration publique d'affection.

– Ce n'est pas officiel, me confesse-t-il.

– Votre secret sera bien gardé avec moi, lui dis-je pour le rassurer.

Tori sourit d'un air penaud et, soudain, tout devient plus clair. Pas étonnant que Bennett ait eu l'air un peu gêné au bureau la semaine dernière. Non seulement il a une nouvelle petite copine mais, en plus, son bureau est à quelques pas du sien. Ce n'est pas difficile de comprendre ce qui les a réunis. Bennett mérite de partager sa vie avec une personne très vivante et Tori répond bien à la description.

Alexander se penche vers moi pour murmurer quelque chose à mon oreille :

– Ta mère a besoin que tu t'occupes d'elle.

Ma bonne humeur se dissipe. Ma mère a toujours besoin qu'on s'occupe d'elle. Je montre à mes collègues où se trouvent les boissons et me dirige vers mes parents et ma petite sœur, Lola. Vus de loin, Madeline et Harold Bishop ressemblent en tout point à l'image du couple marié modèle, sauf que j'ai immédiatement repéré qu'ils sont éloignés l'un de l'autre, qu'ils ne se touchent pas. Est-ce que ma mère est au courant des infidélités de mon père ? Impossible de l'imaginer supporter ça, quoiqu'elle ait toujours été capable de vendre l'image de la famille parfaite.

– Je te présente nos excuses pour notre retard.

Il y a un truc dans la voix de ma mère, même lorsque mon père me serre dans ses bras.

– J'étais coincé au bureau, explique-t-il en tirant sur les boutons de sa veste. Magnifique soirée.

Ça me fait physiquement mal de l'embrasser et je ne suis pas très sûre de réussir à bien donner le change. Je déglutis la boule dans ma gorge et me force à sourire.

– Je suis tellement contente que vous ayez pu venir.

– Comme si on allait rater ça, intervient Lola sur un ton lourd de sens.

Dans sa robe noire ajustée, ma petite sœur se fond parfaitement dans le groupe des Londoniens aisés qui peuplent mon salon et, contrairement à moi, elle ne passera pas à côté de l'opportunité d'étoffer son réseau professionnel en discutant avec toutes les personnes importantes ce soir. Nous nous ressemblons avec nos cheveux bruns, mais Lola est fine et moins grande que moi. Elle donne une image de sophistication dont je suis jalouse. Par certains côtés, elle irait tellement mieux avec Alexander que moi. Lola pourrait supporter toutes ces attentes et la pression d'être observée en permanence.

– C'est lui, Edward ?

Je suis la direction de son regard et hoche la tête. Edward trône au milieu d'un large groupe de personnes qui l'écoutent, mais je ne vois pas David. Je note dans un coin de ma tête de partir à sa recherche dès que j'aurai échappé aux griffes de ma mère.

Elle se met d'ailleurs à ronronner dès qu'Alexander approche. Elle l'emprisonne dans une embrassade bien trop familière, mais il semble imperturbable.

– Alexander.

– Quel plaisir de vous revoir.

Il s'arrête à mes côtés et place une main ferme sur le bas de mon dos. La caresse est rassurante et excitante à la fois. Nous avons passé la soirée si éloignés l'un de l'autre, chacun à graviter à un bout de la pièce, nous rapprochant quelquefois pour être écartés de force. Sa présence me détend et j'aimerais bien que nous n'ayons plus à nous séparer.

Mais je dois aussi parler à mon père de ce que j'ai vu dans la rue cette semaine.

– Si vous voulez bien nous excuser un instant, demande Alexander comme s'il lisait dans mes pensées. Clara doit régler une affaire urgente.

Ma mère ouvre la bouche pour protester mais se ravise.

Elle sait déjà qu'il ne sert à rien d'argumenter contre Alexander. Il me conduit dans le jardin arrière, qui par bonheur est désert. Edward et moi étions d'accord là-dessus : l'automne est là et, avec ce petit air frais, il est inutile d'ouvrir cet espace aux invités. Je profite maintenant des avantages de cette décision qui nous permet de profiter d'un rare moment d'intimité au beau milieu de l'agitation de la fête. Nous avançons dans la pénombre et Alexander se jette sur moi. Il remonte le bas de ma robe des deux mains, puis les pose sur la dentelle de mon porte-jarretelles.

– Pourquoi y a-t-il tous ces gens ici ? souffle-t-il contre ma bouche. J'ai envie de jouer.

Oui, avec plaisir. Il y a des gens à quelques pas de nous, séparés par une porte-fenêtre *incontestablement* mal insonorisée. Ce n'est pas le moment, mais toutes les raisons cohérentes de *ne pas faire ça* s'envolent dès que sa bouche s'écrase sur la mienne. Je me fonds en lui, emportée par l'instant. Il prend mes fesses à pleines mains et pétrit ma chair nue. Il ne les a pas touchées depuis des jours, et mon corps réagit instantanément par un sursaut de désir. Je sens ce désir me liquéfier et effacer toutes mes inquiétudes de me faire surprendre. Je ne pense qu'à combler cette faim douloureuse de plus en plus pressante entre mes cuisses. Alexander ondule son bassin contre le mien et embrase mes entrailles lorsque je sens son érection à travers son pantalon. Ma main glisse sur son membre durci et je m'en saisis à travers le tissu.

– Tu ne peux pas retourner là-bas comme ça, dis-je en le caressant.

– À quoi tu penses, mon chou ?

Un sourire coquin naît sur mes lèvres.

– Je te suis redevable.

Je m'agenouille devant lui, rien à faire qu'à tout moment quelqu'un puisse décider de sortir fumer une cigarette ou prendre l'air. Je ne peux penser qu'à une chose. Sans opposition de sa part, je descends sa fermeture Éclair et libère sa queue. Dessinée en ombre chinoise par les rayons de la lune, elle se dresse fièrement et solidement, comparée aux doux contours de son bas-ventre. Mon propre sexe se gorge de désir et je passe ma langue autour de son gland. Un grognement s'échappe du fond de sa gorge lorsque ma bouche se ferme sur son membre. Ma langue s'enroule autour, savourant la sensation de velours contre mes lèvres. La main d'Alexander attrape le chignon à la base de ma nuque et pousse ma tête plus en avant pour que je le prenne entièrement.

– J'adore te regarder me sucer la bite, grogne-t-il. J'aime savoir que tu ne peux pas te contrôler. Il y a une trentaine de personnes dans notre maison et il te la faut dans la bouche.

Je gémis en continuant de le sucer, aussi excitée par ses paroles salaces que par ce qui va arriver dans ma bouche en le pompant.

– Mon chou, je vais bientôt baiser ta jolie petite chatte. Est-ce qu'elle est prête pour moi ? Elle aime quand tu me suces ?

Il appuie son bassin contre mes lèvres en parlant.

Je hoche la tête, puis je lèche son gland en petits cercles juste avant de le reprendre totalement. Alexander répond par de furieux mouvements de bassin, il ne se retient pas et prend possession de ma bouche. La douleur entre mes cuisses atteint un degré quasi insupportable lorsqu'un jet puissant éclabousse ma gorge. Je ne le relâche pas quand il se livre au plaisir. Je savoure ce pouvoir, je me délecte de savoir que je peux lui faire perdre le contrôle, ne serait-ce que pour un bref instant.

Alexander s'immobilise et lâche enfin mes cheveux. Il se baisse et m'aide à me relever, caressant mes bas au passage avant de se rhabiller. Après une inspection hâtive de mon apparence, il me tend le bras.

– Après toi.

– Quel gentleman, dis-je, pince-sans-rire.

– Ça peut arriver, mon chou, répond-il sur un ton qui me fait frissonner. Plus tard. Je te montrerai à quel point je peux l'être.

– Un autre petit coup rapide dans le jardin ? je demande pleine d'espoir.

– Non, il me faudra une surface bien plus grande pour mes plans. Un lit. Le sol.

– Nous avons du gazon.

– Et prendre le risque d'abîmer ta robe ? (Il pose sa main sur la poignée de la porte.) Je ne t'ai pas vraiment fait venir ici pour te séduire.

– Tu ne peux pas t'en empêcher, X.

Je le taquine et entre dans la maison en même temps que lui. Je repère David qui feuillette un livre près d'une étagère et j'embrasse Alexander sur la joue.

– Je te rejoins dans une minute.

Je m'approche de David avec précaution, je n'ai pas envie de l'effrayer. J'ai tellement de points communs avec lui, mais nous nous connaissons à peine. Sachant qu'il doit sauver les apparences et faire croire qu'il n'est rien d'autre qu'un bon ami d'Edward, je ne peux pas lui en vouloir d'être aussi nerveux.

– Tu l'as déjà lu celui-là ?

Il retourne le livre pour en regarder la couverture et secoue la tête.

– J'ai honte de l'avouer, mais je ne lis plus beaucoup depuis que je suis sorti de l'université.

– Je partage ta honte alors.

– Tu sais où est Edward ?

David parle tout bas, comme s'il avait peur qu'on l'entende poser cette question.

Je ne l'ai pas vu depuis que je l'ai quitté pour aller dans le jardin avec Alexander, mais je sens beaucoup d'anxiété chez David. Je sais très bien ce que ça fait d'être laissée dans un coin lors d'une soirée mondaine. Edward a demandé à David de venir. Il se pourrait même qu'il l'ait supplié et, pourtant, on ne sait pas où il est. J'essaie de répondre avec autant de nonchalance que possible, il faut que je le distraie de l'absence de son petit ami.

– Il est probablement à l'étage. Tu as vu notre bibliothèque ?

– Non, mais j'aimerais bien.

Il semble comprendre que c'est l'opportunité d'échapper à la foule. C'en est une aussi pour que nous ayons une conversation en privé.

Je le conduis au premier étage en lui montrant les différentes pièces et fais de mon mieux pour être une hôtesse décente. Manifestement, David déstresse lorsque nous remontons le couloir.

– J’aurais dû me douter qu’il allait se comporter comme ça, confesse David alors que j’ai la main sur la poignée de la porte de la bibliothèque.

– Je ne lui trouverai pas d’excuses. Tu lui manques.

Même si je comprends effectivement pourquoi Edward se comporte ainsi.

– Il a une drôle de manière de me le montrer.

– L’affection n’est pas tout à fait naturelle chez Alexander non plus.

– Il te tripote tout le temps, il ne peut pas s’en empêcher, fait-il remarquer avec insistance.

Je rougis, embarrassée qu’il l’ait remarqué.

– Je crois qu’il compense un peu trop.

– Ça doit être sympa.

Je m’arrête dans mon mouvement, la porte à moitié fermée.

– J’ai dit que je ne lui trouverai pas d’excuse, alors j’espère que ce que je vais te dire n’en est pas une pour toi. Mais Edward te protège. Alexander essaie de faire la même chose. Si seulement ils pouvaient comprendre que ça nous rend complètement dingues, peut-être qu’ils arrêteraient.

Cette remarque me vaut un véritable sourire, éclairé par ses dents blanches. Puis il secoue la tête.

– Tu as raison, bien sûr. Ça ne rend pas la situation plus facile à supporter.

– Non. (J’ouvre la porte en grand et allume la lumière.) C’est encore en chantier, alors excuse…

Les mots me manquent lorsque nous tombons sur Edward.

Et Lola.

Edward et Lola qui *s'embrassent*.

CHAPITRE

SEIZE

Edward a les mains en l'air, comme s'il essayait de ne pas la toucher, mais aucun doute n'est possible, leurs lèvres sont collées. Je reste bouche bée alors que mon regard va du couple enlacé à David. Sa mâchoire se crispe et son regard noir s'assombrit encore plus, mais il ne dit pas un mot alors qu'en proie à la surprise, le couple sursaute en s'écartant. Edward réagit plus vite et repousse immédiatement Lola.

– David…

Mais son amant a déjà franchi le pas de la porte.

– Non, mais qu'est-ce que c'est que ce bordel ?

Edward s'apprête à me donner une explication, mais il se ravise et part à la poursuite de David.

– Putain, mais Lola, qu'est-ce que tu fous ?

Je lève les bras en l'air. David n'a peut-être pas vu ce qui se passait réellement, mais pour ma part, je n'ai aucun doute.

Lola remet sa robe en place et me fait un sourire hautain.

– Edward me faisait visiter la bibliothèque.

– Que je sache, tes amygdales ne font pas partie des trucs à visiter.

Je suis ivre de colère. C'est bien la dernière chose que David avait besoin de voir. Pas quand Edward fait son possible pour le reconquérir.

– Mais à quoi penses-tu ? As-tu seulement réfléchi une minute ?

– Ne me la joue pas à l'envers, siffle-t-elle. Je ne suis plus une petite fille et si j'ai envie d'embrasser…

– Est-ce que tu t'es seulement demandé s'il avait envie que tu l'embrasses ?

À la tête qu'elle fait, c'est comme si je l'avais giflée, un air blessé traverse son élégant visage.

– C'est si dur de croire que quelqu'un comme lui pourrait être attiré par moi ? Je sais que tu es tellement obnubilée par Alexander que tu ne peux rien voir, mais sérieux !

– Tu ne trouves pas que c'est bizarre qu'il soit parti à la poursuite de David ?

Je parle doucement, niveau murmure de conspiration. Tout ça ne regarde pas Lola, mais c'est ma sœur et je n'aime pas l'idée de lui faire du mal. Je sais aussi qu'elle gardera pour elle le secret d'Edward. Lola est peut-être indélicate, mais elle n'est pas cruelle.

– Je…

Elle s'arrête là et soudain ses yeux s'écarquillent, puis me dévisagent.

– Oh.

– En effet, « oh ».

Je soupire et lui passe un bras sur les épaules pour la serrer contre moi.

– Alors tu comprends pourquoi j'étais surprise ?

Elle hoche la tête.

– Et tu comprends pourquoi je ne suis pas contente.

Elle opine une fois du chef, mais elle s'arrête en route et se ravise.

– En fait, non.

– David et Edward ont une relation assez compliquée. Elle est évidemment secrète. Ils n'ont pas passé de très bons moments ces derniers temps.

– Et je viens de tout aggraver.

Elle esquisse une moue de regrets. Elle tourne un regard triste vers moi et me demande :

– Peux-tu m'en vouloir d'avoir voulu essayer ? Il est si beau et sa réputation…

– Non, je ne t'en veux pas. Mais tâche de faire un peu plus attention la prochaine fois.

– Dit ma sœur, qui a embrassé son petit ami la première fois qu'elle l'a rencontré et a emménagé avec lui quelques mois plus tard !

Elle pousse un grand soupir, les yeux tournés vers la porte, et suggère :

– Peut-être que je devrais aller leur expliquer mon geste.

– Laisse-les trouver une solution. Mais fais-moi plaisir, s'il te plaît, n'attire pas d'autre invité dans les coins sombres.

Nous descendons au rez-de-chaussée pour découvrir qu'un petit attroupement s'est formé devant la porte d'entrée et tous ont le regard braqué sans aucune honte sur la dispute qui se déroule sur le perron.

La voix de David s'élève au-dessus des murmures du public.

– Qu'est-ce que je suis censé croire exactement ? Tu m'as demandé de venir ici et maintenant je te trouve en train d'embrasser une fille.

À mes côtés, Lola se raidit. Personne ne sait de qui parle David, mais ça ne l'empêche pas de se sentir coupable.

– Je ne l'embrassais pas. C'est elle qui s'est jetée sur moi.

Edward le supplie du regard et s'approche d'un pas vers lui. S'ils savent qu'on les observe, ils s'en moquent.

Je me fraie un passage dans la foule, mais Alexander m'arrête à la porte.

– Laisse-les.

– Non, ils ne voudraient pas…

Alexander m'interrompt d'un regard sévère. Peut-être qu'il n'a pas peur des conséquences, mais ça n'allège en aucun cas mes inquiétudes.

– Qu'est-ce que je fais ici, Edward ? demande David d'un ton exigeant. Je t'aide à te sentir mieux ? Parce que tu sens le besoin de montrer que tu as tous les droits sur moi ? Parce que je ne suis pas là pour les bonnes raisons.

Derrière moi, les murmures se font de plus en plus forts à mesure qu'ils commencent à comprendre la vérité. Je devrais me réjouir du fait que cette famille sordide ait un secret de moins, mais tout ce que je ressens, c'est une sorte de nausée.

– Parce que je t'aime, s'exclame Edward. Parce que j'ai toujours envie d'être près de toi.

– Tu as une drôle de manière de le…

La réponse de David est interrompue : Edward franchit l'espace qui les sépare et l'entraîne dans un baiser passionné. Ce n'est pas une tentative pour montrer son affection. C'est une révélation… autant pour eux que pour toutes les personnes qui les observent.

Et là, à ma grande surprise, quelqu'un se met à applaudir. D'autres se joignent à lui. Lorsque les deux amants s'écartent l'un de l'autre, ils se tournent vers le public, interdits, et tous les invités explosent de joie. Edward, qui a toujours de la suite dans les idées, salue tout le monde d'un mouvement de tête avant de refaire une petite performance pour les spectateurs.

Lorsqu'ils finissent par revenir dans la maison, main dans la main, Alexander les accueille à la porte et les prend tous les deux dans ses bras.

– Il était temps ! exulte-t-il en ébouriffant les cheveux de son frère avec affection.

David a l'air trop choqué pour parler. Que ce soit à cause de la réaction anormalement chaleureuse d'Alexander ou par la scène qui vient de se jouer, je ne saurais le dire. J'ai le cœur en liesse et je saisis l'opportunité pour leur murmurer mes félicitations.

– J'ai eu un excellent modèle, affirme Edward avec insistance.

Il fait claquer sa main sur l'épaule de son grand frère et échange un regard de connivence avec lui.

Tout autour de nous, les gens s'attroupent pour offrir leurs meilleurs vœux et leur soutien. La seule à rester en arrière, c'est Pepper, incapable de contenir son air horrifié. Pourquoi n'ai-je pas d'appareil photo sous la main ce soir ?

Je repousse cette vilaine idée et là… je repère mes parents.

Un secret de moins pour Alexander et Edward, mais il m'en reste un, qui me brûle. Je redoutais de voir mon père ce soir, maintenant je ne peux plus éviter la vérité. Je me faufile entre les gens dans l'entrée, j'arrive près de mon père et au-dessus du brouhaha, je lui demande :

– Je peux te parler ? Seule à seul ?

Il hausse un sourcil, mais je ne prends pas la peine de m'expliquer. Je l'accompagne dans la cuisine en me préparant à la confrontation. J'essaie de rester calme pour m'attaquer à lui. Je commence en parlant à voix basse :

– Je t'ai vu.

Mon père a véritablement l'air perplexe.

– Où ça ?

– Dans la rue, juste avant d'entrer dans un taxi.

Je fais de mon mieux pour empêcher mes émotions de prendre le pas sur mes mots, mais elles se glissent tout de même dans le ton de ma voix lorsque je précise :

– Je l'ai vue, elle.

– Clara, je ne comprends pas de quoi tu veux m'accuser, dit-il, mais son regard me dit la vérité.

Je secoue la tête, incapable de contenir mes larmes.

– Est-ce que Maman est au courant ?

– Je passe du temps avec mes collègues et certains d'entre eux sont des femmes.

Le ton de sa voix est changé, il me parle avec condescendance, ce dont je n'ai pas l'habitude. Même quand j'étais petite, il ne m'a jamais parlé comme ça.

– Tu les embrasses tous ?

– C'en est assez, nous interrompt ma mère.

Elle entre dans la cuisine à grands pas et prend la main de mon père avant d'ajouter :

– Ça ne te concerne pas, Clara.

– Mais ça te concerne, toi.

Je ne cache pas ma déception. Elle sait. Comment peut-elle vivre avec ça ? Depuis quand ma mère si fragile, qui a besoin que l'on prenne trois paires de gants pour gérer ses émotions, supporte-t-elle cette trahison ?

– Je n'ai pas besoin que ma fille me traite comme une enfant, rétorque-t-elle sèchement.

– Justement, Maman. Je te traite comme une adulte. C'est quelque chose que nous n'avons pas fait depuis bien trop longtemps.

– Je ne supporterai pas qu'on me parle sur ce ton !

– Clara, intercède mon père, c'est un malentendu.

Mais quoi que ma mère ait pensé de mon intrusion dans ses affaires, elle ne va pas pour autant laisser passer ce commentaire.

– Ça ne la concerne peut-être pas Harold, mais je ne supporterai pas que tu lui mentes aussi. Je sais ce que tu trames depuis des mois. Tu pourrais respecter suffisamment ta famille pour te dispenser de mentir.

– Je… Je…

Mon père bégaye, incapable de trouver une réponse appropriée.

– Nous sommes en pleine soirée, siffle ma mère en retournant son attaque contre moi. Tu crois que c'est le moment pour aborder des sujets aussi privés ? Tu nous évites pendant des mois et soudain tu attaques…

Je l'interromps :

– Je suis de ton côté.

– Vraiment ? demande-t-elle.

Vaincue par la frustration et la peine, je me dérobe. Comment peut-elle penser le contraire ? Et comment peut-elle choisir de vivre de cette manière ?

– Je ne m'attends pas à ce que tu comprennes les complexités du mariage, vu la légèreté avec laquelle tu traites le sujet.

Son attitude sévère me déchire.

Lola sort de l'ombre et pose une main sur le bras de notre mère.

– On devrait y aller.

– Oui, ça semble une excellente idée.

Je croise les bras sur ma poitrine, comme si je voulais me protéger de la douleur.

Ma mère permet à Lola de l'escorter.

– Je t'appelle, promet Lola par-dessus son épaule.

Je hoche la tête une fois, rien à foutre qu'elle le fasse ou pas. Après cette soirée, je vais me terrer dans ma maison et éviter le monde extérieur. C'est un trop gros bazar. Mon père se dandine d'un pied sur l'autre.

– Clara…

Je lève une main en l'air pour l'arrêter. Je me moque de ce qu'il peut bien vouloir me dire. Toute ma vie, j'ai regardé mon père avec respect, mais là, il est impossible de laisser passer ça. Quelqu'un doit le lui faire comprendre. Il sort de la pièce, les épaules tombantes dans un geste de résignation. Je les regarde partir en me demandant pourquoi c'est toujours plus facile de s'accrocher à un mensonge que de se confronter à la vérité.

Les mensonges répondent toujours à une nécessité. Ils sont là pour protéger. Réconforter. Les mensonges sont tout simplement *plus faciles*.

CHAPITRE

DIX-SEPT

La soirée s'achève, mais je ne pourrais prétendre une seconde de plus que tout va bien. Entre les menaces de Pepper et la quasi-implosion de ma famille nucléaire, il me faut une minute pour reprendre mes esprits. L'étage de la maison est tranquille et j'y trouve un peu du répit dont j'ai tellement besoin après la foule. Je me glisse dans ma chambre, retire mes chaussures d'un mouvement des chevilles et je m'affaisse contre le mur. La pièce est sombre et silencieuse. Deux conditions que j'accueille à bras ouverts après le chaos de la soirée. Tout le monde va bientôt partir et j'aurai Alexander pour moi toute seule. Mon corps crève d'envie d'être rassuré par ses caresses. Peu importe le degré de complications entre nous, je trouve toujours du réconfort dans ses bras. Et ce sera toujours le cas.

La porte de la salle de bains s'entrouvre et me fait sursauter. Peut-être que je ne suis pas seule finalement.

– Il y a quelqu'un ?

Aucune réponse. Je me sens bête.

Je me laisse tomber sur le lit et retire mes épingles à chignon, laissant mes cheveux retrouver leur liberté. Je vais devoir retourner voir mes convives, mais je n'ai plus besoin d'avoir l'air parfaitement présentable. Les quelques invités restant ne le remarqueront même pas.

Une main glisse sur mon épaule et un frisson dans le dos me fige sur place.

Je suis chez moi et il y a au moins une douzaine de personnes que je connais et en qui j'ai confiance au rez-de-chaussée. J'en connais aussi certains à qui je ne fais pas confiance, mais je sais immédiatement à qui appartient cette main. C'est une main indésirable et là, je suis paralysée de peur.

– Hello Clara. Charmante soirée.

La voix de Daniel est basse, elle s'accorde aux ténèbres de la chambre.

Avant de trop réfléchir, je prends une décision. Je saute du lit et cours vers la porte pour retrouver la sécurité de mes invités. Daniel est plus rapide que moi et la claque, avant de la verrouiller. Il se tourne pour m'empêcher de passer et je m'arrête en dérapant. Mon cœur bat à toute vitesse et je me force à me calmer.

– Tu n'étais pas invité, dis-je froidement.

Je n'ose pas faire un pas de plus vers lui. Daniel n'a jamais été violent physiquement, mais il ne s'était jamais introduit chez moi par effraction non plus.

– C'est regrettable, mais tu as raison. (Il avance d'un pas nonchalant, me forçant à reculer.) Je suis certain qu'il s'agit d'une erreur.

Je me tiens plus droite, les épaules en arrière, et je retrouve mes cordes vocales.

– Non.

– C'est peu flatteur. Nous étions proches pourtant, tu as déjà oublié ?

Il se rapproche encore et je suis horrifiée de constater qu'il m'a acculée contre le mur le plus éloigné de la porte.

– Tu vas devoir partir avant qu'il n'arrive quelque chose de fâcheux.

Mais je sais d'avance que cet avertissement n'aura aucun effet. Daniel me le confirme en répondant d'un rire.

– Qu'est-ce que tu fais ici ?

– Peut-être que je suis venu pour vous féliciter ?

Il tend la main et fait glisser un doigt le long de ma gorge, prouvant par son geste la fausse sincérité de ses paroles.

Mes muscles se tendent, son geste me répugne. Personne d'autre qu'Alexander ne m'a touchée aussi intimement depuis près d'un an, et mon corps se rebelle contre ces avances indésirables.

– Ne me touche pas.

La réaction de Daniel est instantanée. Sa main se saisit de mon cou avec fermeté en m'étranglant.

– C'est ce que tu lui dis à lui ?

Il siffle ses mots tout près de mon visage, me postillonnant dessus.

Je me tords violemment pour lui échapper, mais il resserre sa prise, me maintenant en me privant d'air.

– Non, hein ? continue-t-il. J'ai vu les messages qu'il t'envoie. Je dois l'admettre, je suis surpris. Tu n'as jamais été une pute pour moi, Clara. Mais maintenant, je vois quelle petite salope tu fais.

Quels messages ? La vérité me tombe dessus avec une cruauté innommable. Les messages manuscrits qui ne sont plus dans mon tiroir. L'inconnu qui a appelé Bennett pour avoir de mes nouvelles, c'est l'homme qui a ses mains autour de ma gorge. J'étouffe, je crachote pour essayer de respirer alors que la terreur et la rage s'accumulent dans ma poitrine. Daniel plisse les yeux, mais il desserre un peu sa prise.

– Laisse-moi partir.

J'arrive à laisser filtrer ces mots entre deux respirations sifflantes. Je le griffe, mais il a laissé assez de distance entre nous pour que je puisse à peine le toucher. Je me débats avec mes jambes, mais mon pied, juste recouvert d'un bas, lui donne un coup dans la cuisse qui ne lui fait rien. Les larmes me montent aux yeux. J'aurais dû garder mes chaussures. J'aurais dû écouter Alexander lorsqu'il a suggéré de placer un vigile à chaque étage.

– Arrête de te ridiculiser. Je te laisserai partir quand j'en aurai envie, gronde-t-il en écrasant ma gorge de plus belle. Encore quelques secondes et tu vas sombrer dans l'inconscience, Clara. Je ne suis pas là pour te faire du mal. Je ne veux que te poser quelques questions. Prendre de tes nouvelles.

Je cesse toute résistance, accordant un crédit injustifié à ses promesses.

– Gentille fille. (Il desserre un peu sa main mais ne me relâche pas.) Je pensais te croiser plus tôt que ça dans les rues de Londres. Je m'attendais à ce que tu retrouves tes esprits, mais il semblerait que tu aies autre chose en tête dernièrement.

Combien de temps va-t-il falloir avant qu'on se rende compte que je me suis éclipsée depuis trop longtemps ? Tout le monde va bientôt partir. Belle n'a pas pu rentrer chez elle sans me dire au revoir. Où est-elle ? Où est Alexander ? Je n'ose pas me mettre à crier. Pas maintenant que Daniel m'a montré qu'il était prêt à aller aussi loin.

– Est-ce que tu le baises ? demande Daniel d'une voix glaciale.

Dans la lumière du clair de lune, ses yeux sont deux trous noirs qui semblent refléter sa haine.

Pas question que je lui réponde. Un jour à Oxford, il m'a accusée de l'avoir trompé et je suis à peu près certaine qu'il pense encore avoir des droits sur moi.

– Est-ce que tu le baises ? crie-t-il.

Je secoue la tête, je sais que ce n'est pas la vérité qui me libérera ce soir.

– Espèce de connasse de menteuse !

Son autre main s'abat sur ma joue. Des petites étoiles dansent devant mes yeux, je pousse un cri, mais il resserre sa main autour de ma gorge pour me faire taire.

J'entends des bruits de pas dans le couloir, devant la porte, je pousse un autre cri, plus que ravie d'entendre qu'ils sont de plus en plus rapides. Quelqu'un actionne la poignée de la porte, puis la secoue avant de se mettre à taper dessus.

– Clara ?

La voix de Belle transperce la porte fermée.

Je saisis ma chance et je donne un coup sec pour m'éloigner de lui, réussissant à pousser un bon cri avant que Daniel ne me plaque au sol.

– Clara !

Tout le monde m'a entendue crier dans la maison. Mais Daniel m'a fait rouler sur le dos et presse son corps contre le mien. Je sais qu'il est trop tard. Il pèse de tout son poids en s'asseyant sur moi et serre ma gorge entre ses deux mains. Je le frappe sur les flancs, cherchant à atteindre ses reins comme je l'ai appris en cours d'autodéfense, mais il est trop fort. Bien plus fort qu'il ne l'était quand nous sortions ensemble et j'ai la désagréable impression qu'il s'est entraîné, qu'il s'est préparé à ça.

– Tu lui as dit ? demande-t-il en m'étranglant. Pour nous ? Pour le bébé ?

Je secoue la tête, dépassée par la confusion de ma lutte pour respirer. Il n'y a jamais eu d'enfant. Daniel le sait. Il doit me donner une chance, une chance de lui expliquer. Mais mes idées se mélangent et je commence sombrer.

Qu'est-ce que je dois lui dire ?

Pourquoi suis-je allongée sur le dos ?

Les ténèbres obscurcissent lentement ma vision. La chambre déjà sombre le devient de plus en plus. Quelque part, j'entends comme un tambour. Non, c'est trop irrégulier pour être un instrument de musique. On dirait une tempête, une cacophonie de cris et de claquements.

Une forme plaque Daniel au sol et m'en libère. L'air entre dans mes poumons et l'afflux soudain d'oxygène me fait tousser, mes mains se plaquent sur mon cou maintenant délivré. On m'aide gentiment à m'asseoir. Le visage soucieux de Belle entre dans mon champ de vision et je m'agrippe à elle, maintenant qu'un étrange mélange de peur et de soulagement mouille mes joues.

– *Làààà*, me console-t-elle.

Mais ses efforts pour me calmer sont perturbés par Alexander et Daniel qui se jettent contre l'armoire.

À chacune de mes respirations, je prends un peu plus conscience de ce qui se passe autour de moi, jusqu'à ce que je puisse me concentrer sur la bagarre qui se déroule à quelques pas. Le poing d'Alexander s'écrase sur le nez de Daniel. Son visage est recouvert de sang, mais il ne s'arrête pas lorsqu'il entre en contact avec sa mâchoire. J'implore Belle :

– Arrête-le. Alexander va le tuer. Norris. On a besoin de Norris.

– Philip est parti le chercher. Il a raccompagné tes parents chez eux.

Sa voix est légèrement teintée d'hystérie et je réalise que ce cauchemar est loin d'être terminé.

Je m'arrache à ses bras et me force à me lever. J'essaie de m'interposer entre les deux hommes en titubant, mais Alexander m'écarte sans ménagement. Ce petit moment d'inattention donne à Daniel l'occasion d'écraser son poing sur le rein gauche d'Alexander.

– Stop !

Ils tombent alors l'un sur l'autre, luttant dangereusement près de la fenêtre. Un cri me brûle la gorge, je sens qu'elle est à vif, mais ça n'a aucun effet.

Comme par enchantement, Norris surgit dans la chambre, attrape le bras de Daniel et le tord violemment jusqu'à ce que l'on entende un sinistre craquement. Daniel faiblit et Norris saisit l'opportunité. En quelques secondes, mon assaillant se retrouve plaqué au sol. Alexander arpente la pièce, irradiant d'une fureur aussi brûlante que l'enfer. Daniel est peut-être immobilisé, mais Alexander est loin d'être en sécurité. Je lutte contre une vague de nausée en m'approchant de lui. Je passe mes bras autour de sa taille et me presse contre son dos. Je dois le calmer. Dans mes bras, Alexander s'immobilise, encore crispé. Il est sur le qui-vive, attendant le premier signal.

– La police est en route, annonce Philip depuis l'embrasure de la porte.

Il balaie la pièce du regard et choisit de ne pas entrer.

– Putain, mais c'est quoi ton nom ? demande Alexander.

Un rire perle dans la gorge de Daniel qui se met immédiatement à tousser, gêné par son sang. Norris repousse son visage sur le côté pour éviter qu'il n'étouffe.

– C'est Daniel, dit calmement Belle.

Alexander se raidit dans mes bras lorsqu'il comprend.

– Tu t'es introduit chez moi, ce qui est déjà une raison suffisante pour que je t'élimine, commence-t-il sur un ton sinistrement calme. Mais en plus tu oses la toucher. Ça veut dire que tu es déjà mort.

Je resserre mon étreinte.

– X ! Non.

Alexander s'arrache à mes bras, son agitation l'emporte sur ma tentative de le calmer.

– Il t'a agressée. Il a souillé notre maison.

– Et pour ça, il paiera le prix fort, parce que je vais porter plainte.

À présent, c'est à Daniel que je parle. Il est temps qu'il comprenne que je ne suis plus cette fille qu'il humiliait et à qui il donnait des ordres. Les choses ont changé. J'ai changé.

– Il ne mérite pas le droit de sortir de cette maison vivant, s'énerve Alexander.

Norris penche la tête sur le côté en observant son employeur avant de la secouer.

– Tout est sous contrôle, Alexander. Conduisez Clara dans un endroit sûr.

Je tire sur le bras d'Alexander, je suis aussi anxieuse de le faire partir d'ici que de m'en échapper moi-même. Mais il ne bouge pas.

Daniel regarde partout, comme un animal en cage, avant de se fixer sur Alexander.

– Elle t'en a parlé, halète-t-il. Est-ce qu'elle t'a dit qu'elle n'était pas une innocente vierge quand vous vous êtes rencontrés ? Je m'en étais occupé.

– Ta gueule. Je ne suis pas intéressé par ce que tu as à dire.

– Mais moi, j'ai des choses tellement intéressantes à raconter, insiste Daniel. Sur ce que je lui faisais. Sur sa manière de me supplier de le faire. Sur notre bébé.

– Sortez-le d'ici, ordonne Alexander en regardant Norris qui réagit immédiatement en tirant sur Daniel pour qu'il se lève.

Mais Daniel n'en a pas encore terminé.

– Dis-lui comment tu as assassiné notre bébé, Clara. Je n'étais pas assez bien pour elle. Elle n'a même pas voulu me voir après avoir commis son crime.

Alors qu'il continue à débiter son discours, il a l'air de plus en plus fou à chaque seconde qui passe. Puis le silence retombe dans la chambre.

Norris le pousse vers la porte et le force à sortir de la pièce, puis à descendre les escaliers. Alexander le suit et je me jette sur lui. Il lève la main pour me retenir.

– Je dois surveiller ça. Belle va rester à tes côtés.

Alexander me caresse la joue d'un doigt et je vois les muscles de sa mâchoire se crisper, comme s'il me regardait vraiment pour la première fois.

Puis il s'évapore. Alors, je supplie Philip :

– Accompagne-le. Assure-toi… Assure-toi qu'il ne fasse rien d'imprudent.

Philip hoche la tête et disparaît dans le couloir. Je n'ai pas trop confiance en sa capacité, disons plutôt en son envie, de s'imposer dans cette histoire vu sa passivité jusqu'à présent, mais je ne suis pas certaine que la loyauté de Norris ne pourrait pas être influencée par une promesse de rétribution. Je ne sais pas de quoi Alexander est capable, mais je crains que sa menace de tuer Daniel ait été faite consciemment.

Je lève les yeux vers Belle, puis je m'effondre par terre. Elle me rejoint instantanément et me prend dans ses bras. Il ne me reste plus de larmes. Je les ai toutes pleurées. Maintenant, un engourdissement me gagne, il prend le dessus sur moi, comme ce jour-là sur Portobello Road. Quand je comprends, j'en ai le souffle coupé. *J'ai vraiment vu* Daniel ce jour-là.

– Clara, qu'est-ce qu'il y a ? Ça va ?

Belle recule un peu pour scruter mon visage, histoire de voir si je ne suis pas blessée.

– Il sait où j'habite.

Je dis tout ce qui me passe par la tête, sans filtre. Je parle comme une hystérique. Je le suis probablement. Ça n'a aucune importance. J'ai juste besoin qu'on m'écoute.

– Il m'a suivie. Il est fou.

– Je crois qu'on en a eu la preuve.

Belle pose sa main sur mon front comme si elle s'attendait à ce que j'aie de la fièvre. À mi-voix, je lui confie :

– Je l'ai vu. Le premier jour que j'ai passé ici avec Alexander. J'ai cru que c'était le fruit de mon imagination ou une coïncidence.

– Et tu n'as rien dit à Alexander ? devine-t-elle.

– Ça m'a bouleversée, mais j'ai mis ça de côté. Tout était terminé entre nous. Je n'avais aucune raison de croire…

Je ne termine pas ma phrase quand je vois l'éclair de culpabilité qui traverse le beau visage de Belle.

– Je l'ai vu, moi aussi. Près de notre appartement il y a quelques semaines. J'aurais dû savoir qu'il se passait un truc.

– Non. Daniel était un enfoiré de première, mais il n'y avait aucune raison de suspecter qu'il est devenu complètement taré.

– Aucune ? insiste-t-elle.

Je commence à secouer la tête, puis j'hésite.

– Il a appelé quelques fois après notre rupture. Je lui ai raccroché au nez.

– Il est venu à l'hôpital, admet-elle d'une petite voix. Et je l'ai fait partir.

Je plaque une main sur ma bouche et ferme les yeux un instant. J'ai été hospitalisée pour malnutrition, mais à cette époque, je craignais quelque chose de pire. Le comportement obsessionnel de Daniel m'avait conduite à arrêter de m'alimenter, inconsciemment. Je désespérais de pouvoir contrôler quelque chose dans ma vie.

– Il a dit qu'il était venu. Il l'a dit à Alexander. Oh bon Dieu… (Je suis déchirée d'un sanglot.)… Il pense que j'étais enceinte.

– Peu importe ce qu'il pense, dit Belle avec fermeté. Tu n'étais pas enceinte et Daniel délire complètement.

– Je… Je…

J'implore Belle du regard. Comprendrait-elle ? Que va-t-elle penser de moi ?

– Clara, tu n'étais pas enceinte.

Mais cette fois-ci, sa voix se fait interrogative sur le mot *enceinte*. Je lui confie ma réponse à peine plus fort qu'un murmure :

– Je ne sais pas.

– Comment peux-tu l'ignorer ?

Belle me regarde comme si je m'étais fait pousser une deuxième tête. Non, c'est encore pire que ça. Elle me regarde comme si j'étais une complète étrangère.

La vérité jaillit de moi. Je ne savais pas à quel point je la retenais.

– Ils m'ont fait des tests. Lorsque le médecin est venu me voir, il m'a expliqué que j'étais très malade et qu'ils avaient besoin de monitorer mes constantes pendant qu'ils me transfusaient des fluides. Je lui ai demandé… Je lui ai demandé s'ils avaient fait un test de grossesse et il… a hésité.

– Ça ne veut rien dire.

Il y a un monde entre ses mots et ce que me dit son regard.

– Alors, j'ai demandé s'il y avait un bébé et il m'a répondu non. Je n'ai pas posé plus de questions. Je ne voulais pas être enceinte, alors j'ai laissé filer. Tu comprends ? Peut-être que Daniel a trouvé quelque chose. Un truc que même moi je ne sais pas, et c'est pour ça qu'il a pété les plombs.

– Tu vas te rendre folle si tu essaies de comprendre pourquoi Daniel a fait une chose pareille, m'interrompt Belle. Ça ne sert à rien de rationaliser son comportement.

– Et s'il y avait du vrai ?

Elle ne voit pas que ça change tout ? Si Daniel a découvert ce que moi-même j'ai refusé de savoir, rien n'arrêtera Alexander et il voudra avoir la réponse à cette question.

– Et si je l'étais ? Et si Alexander découvrait la vérité ? Il va croire que je lui ai menti.

– Alors, dis-lui la vérité. (Belle hésite avant de me presser la main pour me rassurer.) Clara, je pense que tu as besoin de découvrir la vérité. Tu ne devrais pas garder une telle incertitude peser sur ta vie.

Elle a raison. Je dois découvrir la vérité. Je redoute de faire ressusciter les fantômes du passé et une sensation de peur s'installe dans mon ventre. Est-ce que ça changerait quoi que ce soit si Daniel disait la vérité ? Est-ce que ça changerait la nature des sentiments d'Alexander pour moi ? Est-ce que ça me changerait moi-même ?

– Les fantômes ne hantent que les gens qui ont peur d'eux, dit doucement Belle.

Un homme s'éclaircit la gorge et nous sursautons toutes les deux en voyant Philip attendre patiemment devant la porte.

– Clara devrait se reposer, conseille-t-il.

– Je ne peux pas la laisser seule.

La réponse, assez acerbe, de Belle me surprend. Serait-ce possible ? Je n'ai peut-être pas imaginé la tension entre eux deux tout à l'heure.

– Alexander a terminé. Daniel a été mis en garde à vue et je doute que Norris abandonne le trottoir devant la maison de toute la nuit.

Tout ça aurait dû être rassurant, mais dans la bouche de Philip, c'est au mieux méprisant.

Je me force à sourire, ne voulant pas appesantir encore plus la situation.

– Je vais bien.

– Tu es sûre ? demande Belle qui visiblement ne marche pas dans ma combine.

– Ça va aller, dit Alexander en entrant dans la chambre.

Il offre sa main à Belle pour l'aider à se relever avant de me prendre dans ses bras.

– Un bon bain chaud et un verre de vin. Norris a envoyé quelqu'un chercher des cachets pour t'aider à dormir.

– Je n'ai pas envie de dormir.

Je parle comme une gamine capricieuse, mais maintenant je comprends pourquoi les enfants font tout un cirque pour ne pas aller se coucher. Ils savent que fermer les yeux est une invitation au cauchemar.

– Tu es en sécurité, mon chou, murmure-t-il en m'embrassant avec déférence sur le front, ce qui semble chasser mes peurs.

Philip se dandine nerveusement et tend son bras à Belle qui s'arrête devant la porte.

– Tu m'appelles demain.

– Promis.

Cette fois-ci, j'honorerai cette promesse. Je ne peux qu'imaginer à quel point ce serait difficile de partir d'ici si les rôles étaient inversés. Je ne fais pas confiance à Philip pour s'occuper d'elle. Maintenant, je le sais. Et je doute fortement qu'elle fasse confiance à Alexander. Vu tout ce que nous avons traversé, je ne peux pas lui en vouloir.

Alexander ne les raccompagne pas. En fait, il m'installe confortablement contre lui et me murmure des petits mots de réconfort. J'entends la rassurante voix de baryton de Norris dans l'entrée les saluant lorsqu'il ferme la porte derrière eux.

– Norris a vérifié toute la maison, m'informe Alexander. Aucun signe d'effraction pour nous indiquer par où il est rentré.

– Ce qui veut dire qu'il est passé par la grande porte. (La nausée me revient.) C'est pour ça que je déteste les soirées.

Aucun d'entre nous ne rit à ma pauvre tentative de blague.

Notre intimité a déjà été envahie par des hackers et des paparazzis, mais cette fois-ci, c'est différent. Je suis secouée jusqu'à la moelle et j'ai l'impression d'être complètement contaminée. Je ne sais pas jusqu'où Daniel pourrait aller. Dans ce cas de figure, c'est plus facile de gober mon mensonge que de faire face à la vérité.

Alexander me porte dans la salle de bains puis me repose par terre et attend pour s'assurer que je tienne debout. Quelques minutes plus tard, la baignoire est à moitié pleine d'eau chaude et de bain moussant, et il passe derrière moi. Il pousse mes cheveux sur mon épaule et ses doigts trouvent ma fermeture Éclair. Il l'ouvre doucement et dépose de petits baisers sur ma nuque à mesure qu'il me débarrasse de ma robe. Elle finit par tomber en corolle autour de mes pieds.

Il dégrafe mon soutien-gorge et passe ses mains sur mes seins en le retirant. Il continue en détachant mon porte-jarretelles, puis en faisant rouler mes bas sur mes jambes, jusqu'à ce que je me retrouve nue devant lui. Je me sens submergée par une vague de vulnérabilité et je me plaque contre lui en m'affairant sur les boutons de sa chemise. Je ne veux pas être seule un seul instant. Aucune résistance lorsque je le déshabille. Nous nous faisons face, à nu et à vif. Alexander lève ma main vers ses lèvres et embrasse le bout de chacun de mes doigts avant de me faire signe de grimper dans la baignoire.

Je me laisse aller dans l'eau, puis il me rejoint. Nous nous installons l'un contre l'autre et je me détends contre lui. Je ferme les yeux lorsqu'il savonne mes bras et mon dos, il lave et efface tout, sauf le souvenir de ce qui s'est passé ce soir. Nous restons silencieux un bout de temps, trouvant du réconfort dans le silence et dans la présence de l'autre.

– Clara. Je suis désolé.

Mon nom est une prière sur ses lèvres. Ma gorge me brûle à nouveau et je déglutis pour ravaler de nouvelles larmes.

– Tu n'as rien fait de mal.

– Je ne t'ai pas protégée, dit-il d'une voix étranglée.

– Tu m'as protégée, X. Je suis là.

– Quand je suis entré et que je t'ai trouvée…

Le ton rauque de sa voix me dit tout ce qu'il ne peut pas verbaliser.

J'ai du mal à assimiler moi-même. Qu'est-ce qu'il a bien pu comprendre en voyant ça ?

– Ce qu'il a dit, continue Alexander. Sur le bébé… Il pensait que tu ne m'avais rien dit. Pourquoi ?

Quelque part tout au fond de moi, je trouve un reste de force.

– Je t'ai parlé de l'hôpital, mais je n'ai pas été tout à fait honnête avec toi. Ni avec moi.

Je m'attends à ce qu'il recule ou se tende. Au lieu de quoi, il me serre encore plus fort contre lui, me donnant la force qui me manquait pour continuer.

– Je ne sais pas si j'étais enceinte.

Cette fois-ci, la confession vient lentement, j'essaie de maîtriser le torrent d'émotions qu'elle provoque.

– Le médecin m'a dit qu'il n'y avait pas de bébé.

– Alors, tu n'étais pas enceinte.

Le soulagement que je perçois dans le ton de sa voix me fait mal.

– Je ne sais pas.

Belle a raison. Je dois être honnête avec lui là-dessus. Et je dois y faire face, moi aussi.

– J'ai demandé s'il y avait un bébé et le médecin a dit qu'il n'y en avait pas, mais il n'a pas répondu quand je lui ai demandé si j'avais été enceinte et je n'ai pas cherché à en savoir plus. J'avais trop peur de découvrir la vérité.

– Est-ce que ça changerait quelque chose si c'était le cas ?

C'est une question si simple, mais qui implique tant de choses.

– Ça changerait quelque chose pour toi ?

Il ne répond pas et mon cœur se brise.

– Aujourd'hui, il n'y a pas de bébé.

C'est la meilleure et la seule réponse que j'ai. Autrefois, les questions qui commençaient par « Et si » m'ont rendue pratiquement folle. Je ne veux pas recommencer.

– Ce qui est passé le reste.

– Tu ne veux pas savoir.

– Non, je réponds avec assurance. Et je ne veux pas que tu cherches à découvrir la vérité. Je veux que tout ce qui concerne Daniel reste au passé.

– Je peux respecter ça.

Vraiment ? En est-il capable ?

– Si j'avais été enceinte dans le passé, qu'est-ce que ça te ferait ?

– Je suis bien la dernière personne à pouvoir te juger, me rappelle-t-il d'une voix douce.

– Ce n'est pas une question de jugement. Qu'est-ce que tu ressentirais ?

Je ne sais pas pourquoi c'est aussi important pour moi d'avoir la réponse à cette question. Peut-être ai-je besoin de quelque chose de concret après avoir été piégée dans une toile invisible.

– Je serais inquiet, mais pas pour la raison que tu penses, ajoute-t-il rapidement.

– Pour quelle raison ?

– Si tu avais perdu un bébé, j'aurais peur que tu puisses le regretter. Que tu puisses vouloir un enfant un jour, et ça, je ne peux pas te le donner.

– Oh.

Voilà qui est nouveau. Je n'ai jamais vraiment pensé à avoir des enfants. Pas tout de suite. Mais là, je trouve que c'est plutôt difficile à digérer.

– Je ne savais pas que tu ne pouvais pas…

– *Je peux*, Clara, mais je n'en ai aucune envie.

En entendant ça, je tremble d'émotion. Je suis trop jeune pour penser à avoir des enfants. J'ai toujours considéré cela comme un rêve, quelque chose de trop lointain pour le toucher du doigt. Discuter de cette possibilité a un étrange effet sur moi, j'ai l'impression que c'est devenu tellement proche que je pourrais l'attraper.

– J'aurais dû t'en parler plus tôt, dit-il pour meubler mon silence.

– C'est bon. Je comprends.

Mais je me sens aussi vide que mon futur semble l'être.

– Non, tu ne comprends pas. Mes enfants seront élevés pour accomplir leur devoir. Ils n'auront aucun choix dans la vie. Ils naîtront en cage.

– X.

Mes doigts se mêlent aux siens alors qu'une nouvelle vague de chagrin me submerge. C'est ce qu'il pense de sa vie ? Porte-t-il constamment le deuil d'une vie qu'il ne pourra jamais avoir ? Est-ce qu'elle serait différente s'il était un homme ordinaire ?

– Ne sois pas triste pour moi. Ça veut juste dire que je n'aurai jamais à te partager.

Ma gorge se contracte comme toujours, chaque fois qu'il fait référence à un futur que je ne peux qu'espérer partager avec lui. Comment peut-il dire qu'il ne m'aime pas et parler encore d'un avenir commun ? Cette contradiction me donne de la force alors qu'elle devrait m'effrayer. Même maintenant, parler de l'hypothétique famille que nous n'aurons jamais est plus tangible pour moi qu'un avenir sans lui. C'est complètement illogique, mais depuis quand l'amour est-il logique ?

Alexander dessine du bout des doigts les courbes de mon cou, ce qui me donne le temps de faire le tri dans mes idées, puis il passe de l'autre côté de ma nuque. Le temps qu'il y arrive, son corps est tendu comme un arc. Il change brusquement de position, ce qui me fait revenir au temps présent et aux événements de la soirée. Je passe mes mains sur ma gorge, en proie à un accès de frayeur. Même si je ne le vois pas, je ne peux qu'imaginer l'allure de mon cou en me fiant à ce que je sens.

– Ce n'est rien, dis-je, espérant le rassurer.

Mais Alexander voit le mal qui a été fait, il ne peut ignorer ce qui s'est passé.

– Il a laissé des traces. Ce n'est pas *rien*. Tu dois aller voir un médecin.

– Tout va bien.

Il a peut-être raison, mais il n'est pas question que je prenne le risque que les tabloïds s'en mêlent. C'est la dernière chose dont nous avons besoin. À la minute où un journaliste découvrira quelque chose sur Daniel, il aura une voie royale pour parler de ses délires. Alexander n'a pas besoin de pâtir d'un scandale de plus.

– Arrête de jouer les martyres, m'ordonne-t-il. Ce corps m'appartient. Tu l'as oublié ? Demain, tu auras un examen complet. Notre médecin de famille est discret si c'est ce qui t'inquiète.

C'est ce qui m'inquiète le plus. Mais ce n'est pas tout. J'ai envie – non, *j'ai besoin* – de mettre tout ça derrière moi le plus rapidement possible. Mais bon, avec tout ce qu'Alexander a dû subir cette semaine, j'accepterai tout ce qui l'apaisera.

– Bien entendu.

– J'ai presque espéré que tu t'opposes à moi là-dessus, mon chou, murmure-t-il dans mon oreille. Comme ça, j'aurais pu rappeler à ton corps à qui il appartient.

– Dans ce cas, j'ai besoin d'un rappel.

Mon souffle se coupe lorsque ses mains se posent sur ma poitrine. Il me taquine en me palpant, ses pouces encerclent mes tétons jusqu'à ce qu'ils durcissent et gonflent d'excitation.

– J'ai promis de te baiser ce soir. Mais nos plans ont changé.

Ses mots brûlent ma nuque et l'une de ses mains glisse plus bas.

Je me coule contre lui, me perdant dans la caresse délibérée de son doigt sur mon sexe palpitant. Je me moque de ce qu'il y avait dans nos plans, tant qu'il continue comme ça.

– Hmmm.

– En fait, je vais te porter jusqu'à notre lit et te faire l'amour jusqu'à ce qu'on oublie ce cauchemar, mais d'abord, j'ai besoin de faire mes dévotions.

Sa main se faufile autour de mon cou, abandonnant mon sein pour attraper ma joue. Il tourne mon visage jusqu'à ce que nos bouches soient face à face. Ce baiser est une lente brûlure, pleine de promesses qui frémissent sous le lent mouvement de nos lèvres. Nous nous redécouvrons et je sais déjà que nous ne pourrons pas oublier ce qui s'est passé. Nous ne pouvons que continuer à avancer ensemble. C'est la première étape.

D'instinct, je me tourne vers lui, ne me souciant plus de la main entre mes jambes. J'ai besoin de lui, j'ai besoin de son corps pressé contre le mien. Ma peau tressaille là où elle entre en contact avec la sienne, ce qui me rappelle que je suis vivante. Dans ses bras, il n'y a pas de danger. Pas de peur. Lorsqu'il me touche, je ne sens qu'une chose : je lui appartiens. Je suis de retour chez moi.

Ses mains lèvent mes fesses, il m'installe sur le rebord de la baignoire. Perchée dans mon coin, je ressens immédiatement cette perte de son contact réconfortant. Il se met à genoux. L'eau chaude me lèche les pieds et la sueur perle sur ma peau.

– Tu as froid ? demande-t-il en posant un petit baiser sur mon genou.

Je secoue la tête. Comment pourrais-je avoir froid alors qu'il est si près de moi ? Je brûle pour lui, je n'ai conscience que de cet homme délicieux ente mes jambes.

– Je vais t'aider à te sentir mieux, promet-il en caressant mes cuisses de haut en bas tout en m'incitant à les écarter. Je vais t'amener là où il n'y a plus que toi et moi.

Il baisse la tête et dépose une série de baisers sur mon ventre, mon nombril, puis il descend et s'arrête juste au-dessus de mon entrecuisse. Il passe un doigt sur mes chairs enflées et je perds le souffle de plaisir lorsqu'il les écarte délicatement. Il se baisse encore et sa langue caresse mon sexe avec chaleur dans un geste tout d'abord lent, puis de plus en plus rapide. Ma tête retombe en arrière contre le carrelage alors que je m'agrippe au rebord émaillé. Je sais qu'il ne veut pas me prendre. C'est un cadeau. Sa bouche se ferme sur mon clitoris et il tire doucement dessus entre ses dents en le suçant avec faim. Mais j'ai besoin de plus. J'ai besoin de tomber dans le précipice.

J'ai besoin de me laisser aller.

Alexander passe un bras autour de mes cuisses et me permet de m'agripper à ses cheveux. Mes doigts se mêlent à ses mèches mouillées lorsque j'approche son visage de mon corps. J'en veux plus. Je veux mieux sentir sa langue. Sa bouche. Plus de ses promesses silencieuses. La nuit s'étiole pour n'être plus qu'une mélodie implorante qui monte crescendo en moi, et je me brise dans une symphonie de gémissements et de tremblements.

La tête entre mes jambes s'immobilise, mais Alexander reste là, à me tenir près de lui en respirant avec force.

Je soupire en tremblotant, toujours ravagée par les secousses qui agitent mon corps alors même qu'un sentiment de paix se diffuse en moi. Mais je ne suis pas satisfaite. Je ne le serai pas tant que nous serons encore séparés. Je ne trouverai de satisfaction que lorsqu'il sera en moi.

– Doucement mon chou, m'avertit-il lorsque j'essaie de me lever. Laisse-moi t'aider.

Il sort de la baignoire comme un dieu né des eaux. Les gouttelettes ruissellent sur son corps dur et élancé, s'attardant sur les reliefs des muscles de son abdomen ciselé. Il ouvre une serviette pour m'y inviter, ne prenant pas la peine de se sécher lui-même. Je me glisse dedans en m'abreuvant de sa présence. Je le touche pour me prouver qu'il est réel, mes doigts parcourent sa poitrine et s'arrêtent sur les nœuds de ses cicatrices. Et dire qu'un jour j'ai cru qu'elles le défiguraient. Maintenant, je les aime parce que j'aime tout chez cet homme, même les ombres du passé qui le marquent encore.

Mes cicatrices sont intérieures, là où personne ne peut les toucher. Personne ne l'a jamais fait avant lui.

Daniel est la cause d'un bon nombre de ces cicatrices et il a essayé d'en faire de nouvelles ce soir, mais Alexander est un baume pour mon âme, il me guérit de ses caresses. Je crève d'envie de sentir sa médecine.

Il m'aide à écarter ma main de mon cou. Je ne m'étais même pas rendu compte de ce que je faisais. Mes doigts ont trouvé les cicatrices et se sont instinctivement posés sur ces traces visibles de mes blessures, les souvenirs sur ma peau de cette attaque.

– Je suis le seul homme qui te touchera à l'avenir, promet-il.

À une époque, j'aurais lutté contre une telle affirmation de sa domination. Ce soir, je l'accueille à bras ouverts, je l'accepte pour ce qu'elle est.

– Allons au lit et fais-moi l'amour, dis-je en murmurant.

Dans le passé, je suis passée à côté de la portée de ses mots, j'étais distraite par les caprices insatiables de mon corps. Maintenant, en les lui répétant, la force de leur signification m'embrase complètement. Je plonge mon regard dans le sien, il n'y a plus de mur pour nous séparer. Nous l'avons démoli brique après brique. Nous l'avons fait tomber.

Alexander tend la main. J'ai vu ce geste une centaine de fois et pourtant, ce soir, j'ai l'impression que c'est la première fois. Je laisse tomber ma serviette et je prends sa main. Je n'ai jamais vécu de moment aussi intime que lorsqu'elles se touchent. Il m'attire contre lui et m'embrasse avec ferveur avant de me prendre dans ses bras et de me porter dans la chambre. Il m'allonge sur le lit et avance doucement sur moi jusqu'à ce que nos corps soient à quelques centimètres l'un de l'autre, parallèles. Ses bras, de part et d'autre de mon corps, sont appuyés à hauteur de mes épaules. Mon cœur bat à toute vitesse – comme un tambour de guerre avant la bataille. Je me prépare à l'assaut d'émotions qui m'assaillent. Ses yeux sont le reflet de mes luttes intérieures, eux aussi déchirés par l'incertitude et la peur. Mais il y a autre chose dans son regard – une expression évidente. Elle me coupe le souffle et résonne dans tout mon corps.

– Clara, je... je...

– Tout va bien, lui dis-je sur un ton rassurant.

– J'ai essayé de m'en empêcher.

Ses mots lui échappent, incontrôlés. Incontrôlables. Il fouille mon visage à la recherche d'un pardon que je ne lui donnerai jamais, parce qu'il n'y a rien à pardonner.

– J'ai essayé de te protéger, mais j'en suis incapable. Je t'aime. Dieu me vienne en aide, je t'aime tellement.

Je me cambre contre lui, nos lèvres se touchent avec l'urgence que seuls les nouveaux amants peuvent connaître. Notre amour est né du feu, il a été baptisé dans les flammes de la peur et du désir, et c'est dans ce brasier que nous renaissons. Deux âmes fusionnées en une matière interdite et inexorable. Nous nous coulons l'un dans l'autre, découvrant tous les deux notre être dans celui de l'autre. Lorsque nous nous trouvons, nous explosons dans un torrent de cris et de promesses murmurées. Nous sommes agrippés l'un à l'autre, mêlés et inséparables, immobiles et silencieux dans notre émerveillement, jusqu'à ce que la douleur de nous sentir séparés joigne nos corps encore une fois.

CHAPITRE
DIX-HUIT

Visiblement, le fait que Daniel soit en prison ne change rien, je suis assignée à résidence sauf pour aller au travail. Norris m'accompagne au bureau à l'aller et au retour. Alexander s'enferme et tient des conversations à mi-voix. Belle appelle en permanence. Et pourtant, je ne sais comment, mais l'histoire n'est pas parvenue aux oreilles de la presse. Je me suis mise à porter des foulards et d'amples pulls à col montant en cachemire pour cacher les conséquences de l'agression. Ma vie est réduite à simuler, à différents degrés, pour faire croire que tout va bien. Toutes les personnes en qui j'ai confiance ne sont pas au courant et même si j'ai envie que ça reste comme ça, c'est épuisant. Ma vie en dehors de mon cercle privé continue normalement alors que mes intimes luttent pour garder un semblant de normalité.

Un mercredi matin, j'annonce à Alexander :

– J'ai pris un jour de congé.

Il abandonne la bouilloire et me prend dans ses bras.

– Tu te sens bien ? Je peux annuler mes rendez-vous.

– Ne t'inquiète pas, X., je sèche le travail. Edward a organisé une virée shopping avec Belle.

Je mets une capsule dans la machine à café et j'appuie sur le bouton. Passant d'une jambe sur l'autre, je m'appuie contre lui en appréciant sa chaleur en cette fraîche matinée d'automne.

– Du shopping, répète-t-il comme si le concept lui était étranger.

– Est-ce que Norris s'occupe de ton shopping aussi ? je lui demande en riant.

– Non, répond-il en secouant la tête. Je ne pense pas. Les vêtements apparaissent dans ma garde-robe.

– Tu dois avoir une bonne fée, je murmure. Je devrais la remercier de te rendre si beau.

Alexander me fait pivoter sur moi-même et m'accule contre le plan de travail. Ses cheveux noirs sont si artistiquement emmêlés qu'il me faut résister à la tentation de passer mes mains dedans. À en juger à son costume trois-pièces bleu marine, il a une grosse journée qui l'attend.

– C'est toi qui me rends beau.

Mon rythme cardiaque s'accélère et propulse mon sang dans mes veines.

Est-ce que cette sensation disparaîtra un jour ? Ou aurai-je la chance de rester follement amoureuse comme aujourd'hui pour le restant de mes jours ? Je ne m'imagine pas passer un autre moment sans lui. Je n'en ai pas envie.

Je force mon corps surexcité à se calmer.

– Qu'est-ce que tu as comme type de réunions aujourd'hui ?

– Des réunions ennuyeuses, rétorque-t-il en souriant. Quelqu'un au Parlement. Un déjeuner tardif avec mon père. Batman.

– Batman ?

– Juste pour m'assurer que tu es concentrée, mon chou.

– Je suis toujours concentrée sur toi, X.

Mes doigts se resserrent sur le nœud de sa cravate. Je la redresse avant de caresser la soie rouge. Puis je hausse un sourcil dans une pose suggestive.

Alexander fait un pas en avant, pressant son corps contre le mien.

– Tu me donnes des idées.

– C'est bien mon intention.

Mon souffle s'accélère lorsque ses mains se posent sur mes hanches et les tiennent fermement.

– Tu aimerais que je retire cette cravate ? (Il attend que je hoche la tête.) Et ensuite quoi ? Est-ce que tu veux que je te bande les yeux pour que tu ne saches pas où sont mes mains ou mes dents ? Où est ma bite ?

Un gémissement lui répond.

– Ou peut-être devrais-je te déshabiller et t'attacher à une chaise. Je pourrais faire mes réunions au téléphone, dit-il sur un ton charmeur. Et je te regarderais te tortiller pendant que des hommes ennuyeux parleraient de choses ennuyeuses.

Oui, avec plaisir.

– Voyons, voyons.

Il caresse ma lèvre inférieure d'un doigt et j'ouvre la bouche pour goûter sa peau.

– Peut-être devrais-je te mettre au lit, attacher tes chevilles et tes poignets délicats pour que ta jolie chatte soit à la merci de mes mains, de ma langue et enfin de ma queue. Je pourrais te baiser, aller et venir en toi pendant des heures.

Mon corps réagit à la promesse de ses mots, à la volonté d'être à sa merci, et je murmure ma réponse :

– Je choisis toutes les options.

– Malheureusement, je ne peux pas annuler ces réunions.

– Alors, on devrait se dépêcher.

J'ai murmuré ma réponse en approchant mes lèvres des siennes. La bouche d'Alexander me frôle et finalement m'embrasse jusqu'à ce que j'en oublie ses cheveux soigneusement coiffés et les problèmes qui nous attendent de l'autre côté de la porte.

***

Norris m'accompagne à l'entrée de la boutique de Tamara où Belle m'attend. Même si je sais que Daniel est en prison, je suis rassurée d'avoir l'escorte d'un garde du corps de toute confiance. Mais je sais qu'engager des muscles n'est qu'un pansement. Je vais devoir l'arracher et affronter la piqûre de peur qui surviendra. Je ne peux pas laisser le passé détruire le fragile bonheur qu'Alexander et moi avons enfin trouvé. Ma meilleure amie me serre de toutes ses forces dans ses bras et promet à Norris :

– C'est bon, je m'occupe d'elle maintenant.

– Je ne serai pas loin.

Il tapote la poche de sa veste. Tôt ou tard, j'aurai envie de liberté et d'aller et venir selon mon bon plaisir. Pour l'instant, ma peur est trop vive pour être laissée sans protection.

La boutique occupe un petit local dans Kensington, mais sa clientèle est très chic, c'est évident. De lourds rideaux de soie masquent la vitrine, permettant à la lumière de filtrer, tout en garantissant le respect de l'intimité à des clients très prestigieux. D'épais tapis jonchent un parquet usé typique d'aussi vénérables magasins. Il n'y a que très peu de robes exposées, en fait tout l'espace commercial tourne autour de quelques chaises longues et de fauteuils rembourrés. Edward a déjà pris ses quartiers sur le fauteuil central. Il se lève dès que Belle et moi arrivons pour nous accueillir.

Même si c'est une boutique pour femmes, sa présence y est naturelle. Il porte une saisissante chemise bleue et un pantalon gris, ce qui lui donne ce look de génie de la mode qu'il est. Il ajuste ses lunettes en écaille de tortue pour nous observer. J'ai opté pour un confortable jean-t-shirt, ne sachant pas trop combien d'ensembles je vais être forcée d'essayer. Côté style, Belle est en parfaite harmonie, sur tous les points. Elle porte un ample pull en cachemire assorti à un pantalon en cuir extra-moulant souligné de bottines.

Il ouvre les bras dans un geste de bienvenue.

– Mesdames.

Belle lui fait la bise et prend ses deux mains offertes, comme s'ils étaient déjà de vieux amis. Puis tous les deux se tournent vers moi.

– Comment vas-tu ? demande sérieusement Edward.

Quand il a ce regard bleu plein de sollicitude, il ressemble encore plus à son frère.

Un coup d'œil rapide à Belle me confirme ce que je sais déjà : elle lui a parlé de mon agression.

– Vous êtes devenus bien proches tous les deux.

– Il savait qu'il se tramait quelque chose, dit-elle en croisant les bras sur sa poitrine.

– Lorsque Norris a appelé pour organiser un transfert de garde – je le cite de mémoire –, l'interrompt Edward, c'était difficile d'ignorer qu'il s'était passé quelque chose. Ne sois pas en colère contre elle. Je l'ai forcée à parler.

– Je ne suis pas en colère. C'est difficile à expliquer. Ça ne m'embête pas que tu sois au courant, mais je ne veux pas que tu t'inquiètes. Je vais bien. Alexander en fait seulement un peu trop côté protection.

Je me laisse tomber sur un divan en velours en soupirant. Apparemment, pas moyen d'échapper au drame de ma vie privée. Ça m'aide de savoir qu'ils se font seulement du souci pour moi, mais ce dont j'ai besoin, c'est de faire un break dans tous les événements du week-end dernier.

Edward lève un sourcil, il ne gobe pas mon mensonge, mais ne le commente pas plus. J'essaie de changer rapidement de sujet de conversation :

– Pour une boutique de vêtements, ils ont très peu de robes.

– Nous sommes là pour un défilé privé, m'informe-t-il.

Edward attend que Belle s'asseye avant de s'installer lui-même dans un fauteuil.

– Tamara a toutes tes mensurations et elle t'a préparé en avant-première exclusive sa collection hiver.

– Oooohhh ! s'exclame Belle, le regard brillant d'impatience. J'espère que tu es venue avec un chèque en blanc.

Edward écarte son commentaire d'un geste de la main.

– Alexander a fait tout le nécessaire. J'ai pour ordre de te faire prendre tout ce qui te plaît.

Quelque part, ça ne me surprend pas que mon amant dominateur se soit occupé de ça. Il a été superprotecteur ces derniers jours et son comportement a parfois frôlé la folie.

Tamara est une femme d'une quarantaine d'années qui pète le feu, l'œil plus vif que n'importe qui de la moitié de son âge. Son carré plongeant platine lui arrive juste au menton. Avec sa robe portefeuille très chic et ses bottes, elle pourrait facilement passer pour l'un des mannequins et non pour la créatrice.

– Vous devez être Clara, me salue-t-elle en me détaillant d'un œil appréciateur. Vous serez sublime dans ma robe de soirée platine.

Je ne suis pas certaine d'avoir beaucoup d'occasions de porter une chose pareille, mais je hoche la tête, me rendant compte que j'ai envie de lui faire plaisir.

– Les mannequins seront bientôt prêtes. Puis-je vous proposer un rafraîchissement ? De l'eau pétillante ? Du champagne ?

– Du café ?

Je demande ça pleine d'espoir, mon côté américain stressé l'emporte sur mon envie de la jouer snob. Elle disparaît dans l'arrière-boutique en nous laissant papoter.

– Comment va David ?

Quand je cite le nom de son petit ami, Edward se met à sourire de toutes ses dents.

– Personne n'a jamais été plus heureux d'avoir sa tête en couverture des tabloïds, admet-il en souriant avec tristesse. Malheureusement, Père n'est pas du même avis.

– Qu'il aille se faire foutre, dit Belle, déclenchant un rire reconnaissant chez Edward.

– Effectivement. Je me sens tellement plus léger, c'est incroyable, confesse-t-il. J'aurais dû faire mon coming-out depuis des années.

– Tous les cœurs sont brisés en Angleterre : le célibataire le plus en vue de la Couronne britannique n'est plus disponible.

– Je pense que c'est à toi que revient l'honneur d'avoir séduit le célibataire le plus en vue. Ce qu'il y a de triste, c'est que leur lot de consolation aussi est déjà pris.

Je me suis surprise à regarder les gros titres des sites de ragots ces derniers jours et j'ai été ravie de constater que la plupart d'entre eux le soutenaient. J'ai même rigolé lorsque l'un d'eux a suggéré que ce n'était qu'une preuve supplémentaire que ce vieux dinosaure de monarchie avait encore un peu de style.

La conversation entre nous est fluide, nous trouvons le rythme, un peu comme si nous nous connaissions tous depuis des années. Pour la première fois depuis qu'Alexander et moi nous sommes remis ensemble, je sens que mon fardeau est allégé. Mon téléphone vibre dans mon sac et je le sors pour voir qui appelle. Quand je vois le nom de Lola s'afficher sur l'écran, je fronce les sourcils.

Ce n'est pas que je n'ai pas envie de parler à ma sœur. Mais Lola n'appelle que pour régler des problèmes pratiques. Elle n'est pas du genre à téléphoner pour papoter quelques minutes.

Je laisse Belle et Edward débattre de la qualité des photos de son coming-out sur le site de TMI et je réponds :

– Hello.

– Clara, je suis super-contente de te parler. Tu as une minute ? (Elle est à bout de souffle et poursuit sans me donner une chance de répondre.) Mère veut organiser une réunion de famille.

C'est rafraîchissant de ne pas être bombardée de pitoyables questions pour savoir comment je supporte les événements de samedi dernier. Alexander s'est arrangé pour que les médias ne soient pas impliqués grâce à des moyens dont je ne veux pas discuter, mais il a insisté pour avertir mes parents. Leur manque de répondant m'a fait comprendre que leurs propres problèmes étaient loin d'être résolus.

– Elle insiste pour que nous engagions un consultant en relations publiques qui gérera la situation de Daniel et…

Je termine la phrase à sa place.

– Et leur problème d'infidélité.

– Tu connais notre mère. Elle a tourné autour du pot sans rien avouer, mais oui. Elle a peur qu'un scandale puisse t'affecter, confesse Lola.

– Est-ce que c'est ton idée ?

Je pose la question franchement. Lola est toujours à l'université mais a presque terminé son cursus en communication, spécialité relations publiques. Personne ne peut douter de son ambition, mais je sais aussi qu'elle ne voit pas les problèmes de famille comme un sujet privé et intime. Tout ce qu'elle voit, c'est la meilleure manière de retourner le problème.

– C'est son idée.

Il y a quelque chose dans le ton de sa voix qui me fait reculer.

– Ça ne peut m'affecter que si Papa n'arrête pas de la tromper, dis-je sur un ton monocorde. Je ne vois vraiment pas comment ça pourrait me toucher sinon.

– Tu es en passe d'épouser l'homme le plus puissant de Grande-Bretagne.

J'ignore son ton légèrement condescendant.

– Il y a une différence entre fréquenter quelqu'un et l'épouser, Lola.

– Ne tire pas sur le messager, m'avertit-elle. Viendras-tu si elle organise ça ?

– Probablement.

Chaque parcelle de mon corps se révulse à la façon dont elle gère la confirmation des infidélités de mon père. Toute cette affaire pue. Mes parents devraient plutôt se concentrer sur leur mariage. Et non pas sur leur réputation. Tout ça sans parler du fait qu'Alexander ne va pas apprécier l'idée de me laisser parler à un attaché de presse.

– Je vais passer quelques coups de téléphone, mais je t'envoie les informations dès que je les ai.

Elle met fin à l'appel sans me dire au revoir et je laisse tomber mon téléphone dans mon sac. Puis je me ravise et le passe en mode silencieux.

– J'en déduis que ce n'était pas Alexander, suggère Edward.

– Ma mère veut engager un attaché de presse, dis-je ostensiblement en acceptant avec gratitude la tasse de café fumante de Tamara.

Cette révélation fait rire Belle et quelques secondes plus tard, j'éclate aussi de rire.

– Alexander a raison, dit Edward pensivement. Tu vas être comme un poisson dans l'eau dans cette famille.

Consternée, je demande :

– Est-ce que tout le monde est en train d'organiser mon mariage ?

– Personne d'autre que l'ensemble du monde libre, m'assure-t-il.

– C'est ce que je lui ai déjà dit, précise Belle en souriant d'un air suffisant.

– Arrête de sourire comme ça, Annabelle Stuart.

Mais son sourire ne fait que s'élargir à ma menace.

– Ne boude pas. Personne ne boude quand on fait du shopping, ordonne Edward lorsqu'une magnifique blonde entre dans la pièce, vêtue d'une robe bleu marine ajustée qui lui tombe gracieusement sous le genou. Elle se tourne pour montrer son col bateau devant et le dos dénudé. Le bas de la robe semble sage, jusqu'à ce que j'aperçoive une large fente découvrant ses jambes bronzées.

– Il te la faut, murmure Belle.

– C'est tellement…

J'ai du mal à trouver le bon mot.

– Classique ? Sexy ? Intemporel ? propose Edward.

Je ne peux que hocher la tête. C'est exactement le genre de robe qu'on s'attend à me voir porter. Je ne l'aurais jamais choisie sur un cintre, mais à la voir sur elle… je la commande immédiatement. L'heure suivante passe dans un foisonnement de taffetas, de lin et de crêpe. Je perds le compte du nombre d'ensembles sur lesquels Edward et Belle insistent. Je *dois* les avoir, d'après eux, et je suis trop contente d'être emportée par tout ce glamour. Belle et Edward me laissent pour trouver une table pour déjeuner tandis que je règle les détails financiers.

Lorsque Tamara se met à m'apporter des chaussures, je me penche en avant et je lui murmure à l'oreille :

– Combien ai-je déjà dépensé ?

– La facture est déjà réglée. Monsieur Alexander a insisté pour que vous ne la voyiez pas.

Elle me tapote le bras et me tend une paire de Louboutin. Comme par hasard, il n'y a pas d'étiquette de prix.

– Vous vivez un véritable conte de fées, Clara. Essayez d'en profiter.

Mais le problème avec les contes de fées, c'est que les gens ne se souviennent que de la fin de l'histoire d'amour et oublient les monstres et les sorcières maléfiques qui rôdent dans les ténèbres. Un dénouement heureux n'est pas gagné d'avance, il faut se battre pour l'obtenir et les plus anciennes de ces histoires ne se terminent pas toujours très bien.

Je glisse la chaussure à mon pied et admire la courbure créée par le talon vertigineux.

– Il te les faut, celles-là, grogne une voix rauque derrière moi.

Mon intimité se contracte, ces mots font éclater le monde qui m'entoure comme s'il avait été touché par la foudre. Soudaine. Puissante. Indéniable.

Je me tourne sur mon fauteuil et je tends ma jambe pour qu'il puisse admirer la chaussure hors de prix.

Il fait un petit signe de tête à Tamara.

– Emballez-les.

Lorsque Tamara nous quitte, je lui dis :

– J'ai peur d'avoir été stupide et d'avoir acheté trop de robes.

Il se penche vers moi et appuie ses deux mains musclées sur les bras du fauteuil.

– J'ai cru comprendre que cette boutique proposait des défilés privés. Peut-être que tu pourrais me montrer ça.

– On m'attend pour déjeuner.

Malgré mon rappel, le ton de ma voix fait écho au désir que je ressens.

– Choisis-en une.

Ce n'est pas une demande.

Je me précipite dans l'arrière-boutique et trouve Tamara surveillant l'emballage de mes robes, ensembles et chaussures. Dans le passé, j'aurais pu être embarrassée de poser une question pareille à une étrangère, mais Alexander a embrasé mon corps et il faut éteindre cet incendie avec ses caresses. Alors, je lui explique :

– Alexander demande à voir l'un de mes achats. Il aimerait un défilé privé.

Cette femme est bien trop sophistiquée pour ne pas comprendre où je veux en venir. Mais je viens juste d'acheter la moitié de sa collection d'hiver, ce qui me vaut son approbation, d'un signe de tête.

– Bien sûr, chérie. Nous nous occuperons de tout ce que Sa Majesté voudra.

Je la corrige en silence : *Je m'occuperai de tout ce que Sa Majesté voudra.*

– Je vous laisse choisir ce que vous souhaitez lui montrer.

Tamara s'écarte du portant plein de robes en attente d'être emballées et livrées chez moi. Il me faut un instant pour trouver celle qu'il appréciera le plus.

– Je vous avais dit que celle-ci vous irait à ravir.

Elle me conduit dans une petite pièce noire pour me changer et tire un rideau damassé avant d'y suspendre la robe.

– Si vous avez besoin d'aide, je serai derrière. Hors de portée de vue.

Je ne rate pas le côté suggestif de sa proposition. Ce sont les conséquences de la vie avec Alexander. Des privilèges des plus particuliers. La possibilité de faire ses achats en privé. Et de si belles choses, me dis-je en laissant passer la soie platine par-dessus ma tête. Je n'ai besoin de rien et pourtant, ma peau s'embrase à l'idée qu'il peut mettre le monde à ses genoux. Tout comme il me l'a fait faire.

La robe ondule au-dessus de mes hanches, retenue par deux fines bretelles qui s'incurvent gracieusement sur mes épaules, laissant mon dos nu. Mais ce qu'il y a de plus flamboyant, c'est la fente qui révèle ma cuisse pratiquement jusqu'à l'indécence. C'est le genre de robe qui requiert un type tout à fait particulier de sous-vêtements, ou mieux encore : aucun.

Tamara m'interpelle de l'autre côté du rideau :

– Clara, j'ai apporté des bas et des chaussures. Vous n'allez pas sortir à moitié nue.

Je doute sérieusement qu'Alexander s'en plaigne, mais je les prends. Le porte-jarretelles qu'elle me passe est d'une incroyable délicatesse, un souffle de dentelle qui glisse sur ma peau lorsque je l'attache sur mes hanches. Une couture remonte le long des bas couleur chair. Elle commence exactement à la limite des Louboutin à sequins qu'elle me propose. Il y a quelque temps, ce n'était pas dans mes rêves de porter cette robe avec ces talons et si peu de sous-vêtements. Mais maintenant, je vois mon corps à travers les yeux d'Alexander. Il m'a aidée à me sentir mieux dans ma peau.

En sortant de la cabine d'essayage, j'ai l'impression que la boutique est déserte. Tamara et les mannequins ont disparu. Même si je me sens sexy, je ne suis en aucun cas une professionnelle des podiums. Je me sens ridicule à l'idée d'entrer dans le showroom, mais dès que je mets un pied devant X, tous mes doutes s'évanouissent. Il s'abreuve de mon image, il me baise de son regard. Sa bouche se tord pour laisser apparaître un sourire canaille qui promet le péché sans aucune excuse. Alexander est ma plus grande tentation depuis que je l'ai rencontré, mais nos rôles se sont inversés. Maintenant je suis la pomme et de toute évidence, il a envie de mordre dedans à pleines dents.

Ma cuisse s'échappe un peu de la robe lorsque je passe devant lui et j'expose la bande de dentelle de mon porte-jarretelles comme une invitation. J'évolue d'un pas décontracté et je m'arrête juste un pas plus loin que sa portée de main, avant de tourner lentement. Alexander est confortablement installé sur le divan en velours, un bras négligemment posé sur le bord, et de l'autre, il caresse la barbe naissante sur sa mâchoire carrée. Il a déboutonné sa veste et desserré son nœud de cravate, mais même dans cette position décontractée, il irradie de pouvoir. Il y a quelques heures à peine, il parlait politique avec les grands de ce monde, il se préparait à prendre ses fonctions régaliennes. Il y a quelques minutes, il a fait fermer un magasin, simplement parce qu'il en a le pouvoir. Maintenant, il tape un doigt contre sa lèvre inférieure, attirant mon attention sur sa bouche. C'est là la véritable nature de son autorité : sa capacité à exercer avec simplicité son pouvoir sur le monde.

Il tend la main et d'un doigt me donne l'ordre silencieux de le rejoindre. J'avance, je suis maintenant assez proche pour le toucher, mais je m'en empêche, j'attends qu'il me donne le signal. Son besoin de dominer est de retour. Je le vois briller dans son regard alors que le reste de son visage demeure passif et maîtrisé.

Mon intimité est douloureuse, je me demande quelle exquise torture il me réserve, même si je sais que ce ne sera jamais assez.

Il caresse du dos de sa main le petit bout de peau entre la soie et le bas, et ce contact me fait trembler. Ma peau réagit à sa caresse en chair de poule.

– J'ai presque envie de retirer ça… (Il touche la bande de dentelle qui encercle ma cuisse.)… et de t'attacher à cette chaise.

Je me tourne pour que sa main remonte le long de ma cuisse nue et murmure :

– Pourquoi pas ?

La bouche d'Alexander dessine un sourire suffisant et il retire sa main, me laissant insatisfaite.

– J'arrache toujours tes vêtements, Clara, mais je pense que cette fois-ci, je vais les laisser sur toi.

– Mais comment vas-tu faire pour me toucher ?

– Oh, je te toucherai quand même, mon chou. Aurais-tu peur que je n'arrive pas à t'exciter si je ne te retire pas tes vêtements ? Que je ne puisse pas caresser tes tétons ou voir ta jolie petite chatte ?

Il se penche en avant et prend mon sein en coupe à travers la soie de la robe.

– Tu penses que je vais avoir du mal à faire réagir ton corps ? Impossible. Ton corps comprend ce que je veux de lui, ce que *j'attends* de lui. N'est-ce pas ?

Son pouce fait le tour de mon téton jusqu'à ce qu'il durcisse contre le tissu. La soie caresse ma peau sensibilisée jusqu'à ce que ma poitrine entière enfle sous ma robe.

– Je n'arrive pas à me décider, dit-il d'un ton mesuré. Si je t'autorise à porter cette robe en dehors de notre maison, tout le monde pourra voir tes courbes et ton corps est si réactif, surtout ta poitrine. Tu ne seras pas capable de cacher ça. Elle a besoin qu'on s'occupe d'elle, non ?

Un gémissement s'échappe de mes lèvres lorsqu'il pince l'un de mes mamelons durcis. La piqûre de plaisir que j'en ressens se répercute dans tout mon corps jusqu'au cœur de mon intimité.

– D'un autre côté, poursuit-il, j'ai aussi envie d'exhiber mon trophée. Je veux qu'ils admirent ton corps gracieux. Je veux qu'ils te désirent, qu'ils bandent en te voyant. Parce qu'ils ne pourront jamais t'avoir. Et pourquoi, mon chou ?

Je suis parcourue de frissons et, le souffle court, je lui réponds :

– Parce que je suis tienne.

– C'est bien, approuve-t-il.

Il abandonne ma poitrine pour glisser une main entre mes jambes et saisit mon sexe. Il en caresse la fente sur toute la longueur et enduit ses doigts du fruit de mon excitation.

– Comme tu as bien répondu, je vais te récompenser et je vais aussi récompenser ton corps d'avoir su le reconnaître. J'aime te sentir si mouillée quand je te touche, tu es tellement prête à ce que je te baise.

J'ai le vertige, tout le sang qui normalement irrigue mon cerveau pour l'aider à fonctionner s'est dirigé vers mon intimité excitée. C'est un cocktail enivrant d'agonie et d'extase qui m'intoxique.

– Je veux que tu me chevauches, Clara.

L'ordre perce les brumes de mon cerveau.

Il déboucle sa ceinture et libère son membre de son pantalon.

– Je veux regarder ta magnifique chatte sombrer sur moi et je veux que ce soit *toi* qui me baises, *moi*.

Il attrape mes hanches et me tire brusquement contre lui, mettant la fine soie de la robe de côté pour que je sois totalement exposée devant lui. Je m'abaisse sur la longueur de son membre comme il l'a exigé, acclimatant doucement mes chairs délicates à la largeur de sa verge.

– Comme ça, mon chou, murmure-t-il en passant son pouce sur mon clitoris douloureux.

Je plonge mon regard dans le sien, mais il baisse les yeux alors que je remonte mes hanches pour quasiment laisser son sexe m'échapper. Ses paupières sont mi-closes, lourdes de désir, je redescends très lentement pour le prendre complètement en moi. Je fais des mouvements circulaires avec mes fesses et savoure jusqu'au fond de mes entrailles la sensation de plénitude.

Alors que je me presse encore plus fort contre lui, il grogne :

– Je t'aime.

Ses mots sont un aphrodisiaque, l'affirmation que j'ai tant désirée, et je poursuis mes mouvements de haut en bas en ondulant des hanches. J'en veux plus. Je veux fusionner avec lui. Je veux que mon corps soit rivé au sien jusqu'à ce que plus rien ne puisse nous séparer.

– Je t'aime.

Il se répète alors que j'augmente la cadence, accumulant les sensations pour être à la hauteur de ces trois mots parfaits. Mes muscles se raidissent, mes membres se contractent et mes doigts tirent ses cheveux épais. Je m'agrippe à lui, mes mains se crispent. La respiration d'Alexander se fait de plus en plus hachée et le contrôle lui échappe. Sa queue plonge en moi, elle suit le rythme que j'impose, mais bientôt elle m'incite à accélérer. De plus en plus vite. Et encore plus vite. Nous nous entraînons l'un l'autre frénétiquement à la poursuite de la libération de l'orgasme. Des dents égratignent mon téton sensibilisé et j'explose contre lui alors qu'il continue à grimper vers le plaisir.

– J'aime quand tu me baises, grogne-t-il entre deux mouvements dans mon intimité vibrante, me poussant vers un deuxième orgasme.

Mon corps brûle, mes chairs sont enflées et enflammées. C'est trop, mais c'est toujours trop – et jamais assez.

Instinctivement, nous nous poussons mutuellement vers le précipice.

– Jouis, m'ordonne-t-il à voix basse.

Alors, j'explose sur lui quand il pousse en moi, atteignant son orgasme avec un grognement qui résonne jusqu'au fond de mon âme.

Je m'écroule contre lui, tremblante, pleine de vie. Nous restons collés l'un à l'autre jusqu'à ce que notre béatitude se dissipe assez pour que je sois capable de bouger. Alexander repousse une mèche bouclée de ma joue et embrasse le creux de mon cou.

– Je veux que tu continues ce défilé de mode à la maison.

– C'est envisageable.

Je me lève avec précaution. Il passe ses doigts sur mon sexe pour essuyer le fruit de son éjaculation.

– J'aime savoir que je suis encore en toi.

Une expression de faim que je lui connais bien revient sur son visage.

J'agite mon index d'un air sévère en essayant de trouver l'équilibre sur mes jambes flageolantes.

– J'ai rendez-vous.

– Ils ont de la chance, ces petits enfoirés, dit-il en souriant. À ce soir.

Ce soir n'arrivera jamais assez rapidement.

CHAPITRE
DIX-NEUF

Le lendemain matin, c'est la folie au bureau et, après la nuit passée avec Alexander, je n'en suis pas loin. Je jette un coup d'œil derrière la porte de Bennett et vois Tori assise sur son bureau. Elle tient fermement un bloc-notes entre ses mains, mais à en juger par son regard admiratif, je ne pense pas qu'ils aient beaucoup avancé dans leur travail.

Je frappe à la porte.

– Je vous dérange ?

– Non, répond Bennett.

Ils ont tous les deux l'air nerveux, ce qui est plutôt adorable.

– J'ai oublié de déposer ce rapport sur votre bureau mardi soir.

J'entre dans la pièce pour lui tendre un dossier.

Tori me fait un grand sourire, ses joues sont aussi rouges que ses cheveux sont roux. Elle descend de son perchoir.

Je vous laisse, tous les deux.

Elle jette un regard plein d'affection à Bennett. Dans très peu de temps, tout le personnel de Peters

& Clarkwell va comprendre qu'il se passe quelque chose entre eux.

– Et nous, nous continuerons tout à l'heure.

Il la regarde partir, puis se rencogne dans son fauteuil en soupirant.

Je ne peux pas m'empêcher d'être un peu jalouse. Ils sont clairement encore dans la phase lune de miel de leur relation, mais il y a quelque chose d'autre. Même s'ils essaient de cacher leur histoire d'amour au bureau, entre eux, tout est simple. Ils peuvent sortir ensemble sans avoir à se soucier des paparazzis qui les suivent en permanence. Personne ne prépare leur mariage. Pas encore. Je ne peux m'empêcher de souhaiter que cette relation devienne sérieuse pour tous les deux, mais bon, Bennett est veuf et il a deux petites filles à charge. Peut-être que je ne vois que l'aspect romantique de leur situation, sans toutes les complications. Après tout, les relations ont toujours l'air bien plus faciles à vivre de l'extérieur.

– Comment était ton jour de congé ?

Je n'ai pas pris la peine de mentir à Bennett sur mes intentions pour cette journée. Depuis que j'ai commencé à travailler dans ce cabinet, je n'avais encore pris aucun jour.

– Génial.

C'est une réponse honnête. Hier, j'ai eu l'impression de vivre la journée la plus normale de toutes depuis qu'Alexander et moi nous sommes remis ensemble. Je me suis surprise à espérer que ce soit un nouveau départ pour nous.

Bennett observe mon visage.

– Tu as l’air fatiguée.

Je ravale mon fou rire. Il y a beaucoup de stress dans ma vie à l’heure actuelle, mais ce n’est pas pour ça que j’ai l’air fatiguée. Tout est de la faute de mon insatiable petit ami.

– J’ai regardé ton compte d’heures et j’ai vu que tu avais encore tous tes jours à prendre avant la fin de l’année civile.

– Je les prendrai certainement pendant les fêtes de fin d’année.

L’emploi du temps d’Alexander est plein de réunions, de visites officielles et de galas de charité. Il a suggéré que je l’accompagne à ces événements en journée, mais j’ai été bien trop contente de lui rappeler que j’avais un travail.

– J’y compte bien, répond Bennett avec insistance avant de jeter un coup d’œil par la porte de son bureau. J’aurais bien besoin de ton aide sur un sujet.

– Tout ce que vous voulez, chef.

J’ai baissé le ton de ma voix pour l’imiter. Je suis curieuse de savoir pourquoi nous murmurons.

– Je sors avec Tori vendredi soir, confie-t-il. Nous avons surtout passé du temps chez moi. C’est une sainte avec les filles. Mais je ne sais pas… Je crois que j’ai envie d’être romantique.

Impossible de le rendre encore plus mignon qu’en cet instant. Je hoche la tête pour l’encourager à poursuivre.

– Ça se fait toujours d’acheter des fleurs ? J’ai un peu perdu la main et je veux la rendre heureuse. Aussi heureuse que je le suis grâce à elle.

– Oui, ça marche encore.

Ma voix se charge d'émotion. Avec tout ce qui se passe dans ma vie, j'ai besoin de voir quelqu'un se soucier de la notion de bonheur.

– Tori semble être le genre de filles à apprécier les tulipes. Quelque chose de différent.

Bennett griffonne ma suggestion sur son bloc-notes.

– Merci, Clara. Je suis certain que je vais tout faire foirer.

– Vous n'allez pas tout faire foirer.

– Je faisais toujours tout foirer avec ma femme, admet-il. On ne se rend compte des choses qu'on n'a jamais dites que lorsque l'on perd quelqu'un. Je ne veux pas refaire cette erreur.

Je suis incapable de parler. Perdre Alexander me semble une possibilité plus lointaine à présent, mais c'est toujours là. Une possibilité. Ses cicatrices prouvent que ce n'est pas passé loin dans le passé.

– J'espère qu'Alexander te montre ce qu'il ressent, dit Bennett d'une voix douce.

Ma bouche dessine un grand sourire. Rien que de penser à lui, à tout ce chemin que nous avons parcouru ensemble, la tristesse que je sentais venir polluer ma bonne humeur s'évapore.

– Que vais-je faire sans toi ? demande Bennett plongé dans ses pensées.

Éjectée de ma rêverie, je me mets à rire nerveusement.

– Je ne vais nulle part, sauf si vous me virez.

– Je présumais, simplement.

Ce genre de phénomène commence à être de plus en plus courant parmi mes amis et ma famille ces derniers temps.

– Je ne vais nulle part.

– Bien, dit-il en souriant.

Mais son sourire n'atteint pas ses yeux.

C'est ce sourire prudent qui me reste en tête quand je reviens à mon bureau. Tout le monde pense que ma vie est en train de changer, sauf moi. Oui, j'ai emménagé avec Alexander. Oui, nous sommes follement amoureux. Mais je n'ai pas fait autant d'efforts dans cette université prestigieuse pour juste trouver un mari. J'aime mon travail, ce qui semble difficile à comprendre pour la plupart des gens de mon entourage. Une relation avec Alexander comporte déjà son lot de responsabilités. Il a commencé à mentionner plusieurs dîners très habillés et des galas de charité. Je suis certaine que mon agenda social sera bientôt plein à ras bord. Ça ne veut pas dire que je dois renoncer à ma carrière.

Mes inquiétudes s'estompent lorsque j'aperçois le message sur mon bureau. Je reconnais tout de suite l'écriture élégante indiquant mon nom. Je l'attrape immédiatement, romps délicatement le sceau et en sors une seconde enveloppe. C'est nouveau ça. Mes doigts tremblent lorsque je l'ouvre et que j'y découvre des horaires de vol.

Le téléphone sonne sur mon bureau et je me jette dessus.

– Allô ?

– Ne mets pas grand-chose dans ta valise. Tu n'auras pas besoin de beaucoup de vêtements.

Je tombe sur ma chaise, temporairement perdue dans sa voix rauque.

– Je ne savais pas que tu te servais encore du téléphone.

– Le son de ta voix me manquait. J'ai écouté des négociations sur le prix du pétrole toute la matinée.

Sa confession me prend par surprise. Alexander m'appelle rarement. Il préfère exprimer son désir dans des notes manuscrites.

– Alors, on s'enfuit ?

– Nous avons besoin de prendre l'air.

Il ne dit plus rien, puis quelques instants plus tard, il reprend :

– J'ai déjà parlé à Bennett.

– Ah oui ?

Pas étonnant que mon patron ait mentionné ces jours de vacances. Je ne peux pas m'empêcher de penser que c'est juste un stratagème pour mettre plus de distance entre Daniel et moi. Un stratagème extravagant et complètement inutile.

– Je préfère gérer mes horaires de travail toute seule, X. Je suis une professionnelle.

– Mais tu n'aurais jamais accepté de venir.

– Je n'ai toujours pas accepté de venir. Ce n'est pas le bon moment pour partir.

Il y a un million de raisons pour lesquelles je devrais lui dire non. Dont celle-ci et non des moindres : il a besoin d'entendre ce mot de temps en temps.

– Mon chou.

Il y a comme une nuance d'avertissement dans sa voix lorsqu'il poursuit :

– Tout est arrangé. Je pense que tu découvriras que Bennett est tout aussi inflexible que moi sur le sujet.

Je lance en l'air le papier avec les horaires.

– Où m'emmènes-tu ?

– C'est une surprise.

Je m'imagine son petit air satisfait.

– Aucun indice ? J'ai besoin d'un manteau ou d'un maillot de bain ?

– Je croyais avoir été clair tout à l'heure. Tu n'as pas besoin de vêtements. Pas grand-chose du moins. J'imagine que tu voudras porter quelque chose pour aller à l'aéroport.

Il marque un temps d'arrêt avant d'ajouter :

– Quoique ça ne me déplairait pas de te voir te promener en bikini. On s'occupe de tout le reste.

– J'ai compris. Un bikini et une brosse à dents, dis-je sèchement. Mais ça marche dans les deux sens, X. Si je dois passer le week-end à moitié nue, toi aussi.

– Tu prends la seule chose dont j'ai besoin.

Sa réponse est simple. À l'idée d'un week-end avec le magnifique corps d'Alexander en représentation complète, j'ai du mal à déglutir.

– Je vais devoir m'occuper de quelques petites choses ce soir avant de partir. Norris restera à la maison avec toi.

– Là tu es cruel, dis-je en boudant. Tu me mets des pensées impures en tête et ensuite tu me dis que tu ne rentres pas à la maison.

– Antici… pation, dit-il dans un souffle.

Je raccroche en me dandinant sur mon fauteuil. Un appel d'Alexander en pleine journée est forcément mauvais pour mon éthique au travail.

Alexander n'accepte peut-être pas qu'on lui dise non, mais ça ne m'empêchera pas de faire la leçon à Bennett. Cette fois-ci, je rentre dans son bureau sans frapper. Un sourire lui chatouille le coin des lèvres.

– Oui ?

– J'allais dire à Tori que vous êtes vraiment un bon parti, mais là, je n'en suis plus trop sûre.

– Tu as besoin de prendre des vacances, sinon tu vas te tuer à la tâche, répond Bennett le visage sérieux. Tu te souviens de ce que j'ai dit un jour ? Tu ne regretteras jamais d'avoir manqué un jour de travail, mais tu regretteras tout ce bon temps que tu n'as pas pris.

– Je peux être heureuse à Londres.

– Il va pleuvoir tout le week-end. Pars profiter du soleil ailleurs. Je peux ajouter ça sur ta liste de tâches si ça t'aide à déculpabiliser.

– Je ne culpabilise pas. C'est juste que je n'ai pas besoin de prendre de vacances.

Bennett lève un sourcil interrogateur et je me rends compte que j'étais en train de crier.

– Ok, j'ai peut-être besoin de prendre quelques jours, dis-je en me triturant les doigts. Mais pas beaucoup.

Légèrement embarrassée, je me précipite vers la porte et Bennett m'interpelle :

– On se voit la semaine prochaine.

Tori m'intercepte dans le couloir, un sac de nourriture dans les mains.

– Amuse-toi bien.

– Ne commence pas.

– Tu te rends compte que la plupart des filles tueraient pour qu'un prince les emporte dans un tel tourbillon, hein ?

Là, elle marque un point.

– Peut-être. J'ai entendu dire que tu avais un plan pour vendredi soir ?

– Effectivement.

Son visage s'illumine, c'cst le signe que Bennett n'est pas le seul à être mordu.

– Oh, et au fait, il y a une femme qui t'attend à l'accueil.

– Moi ?

– Une blonde. Elle doit avoir le même âge que nous.

Il n'y a aucune raison pour que Belle vienne me voir au travail, sauf si c'est pour aller déjeuner. Je passe par mon bureau pour attraper mon sac à main et descends au rez-de-chaussée. Je sais que je devrais appeler Norris pour lui faire savoir que je vais quitter le bâtiment. Mais puisque je ne serai pas seule, je décide de ne pas le faire. Dès que les portes de l'ascenseur s'ouvrent, je me rends compte que c'était une grossière erreur.

Blonde ? Oui.

Belle ? Non.

Pepper se retourne et nos regards se fixent l'un à l'autre. Je résiste à la tentation de remonter dans l'ascenseur. Quelle que soit sa raison pour venir me voir sur mon lieu de travail, mieux vaut qu'elle soit bonne, enfin tout est relatif. Je doute sincèrement que quoi que ce soit qui implique Pepper puisse être qualifié de « bon », mais j'ai hâte de savoir pourquoi elle est venue afficher son visage hautain ici.

Elle s'appuie négligemment sur la banque d'accueil et la tapote de ses ongles vernis avec acharnement. Il n'y a que Pepper pour porter une minijupe en cuir et des sandales compensées dans un immeuble de bureaux. Je tire sur ma modeste mais sophistiquée robe portefeuille, je me sens trop habillée comparée à elle. Tous les hommes qui entrent dans le bâtiment prennent le temps de la détailler de la tête aux pieds et plutôt deux fois qu'une. C'est presque comique de voir leur tête se dévisser pour lorgner la jolie blonde toute en jambes.

Je me blinde intérieurement et l'approche. Je sais qu'elle prépare un sale coup. Ça se voit comme le nez au milieu de la figure.

– Clara, m'accueille-t-elle en me souriant chaleureusement. Ils étaient en train de t'appeler.

– J'étais en réunion, dis-je, tout à mon rôle et la laissant me faire la bise.

La dernière chose dont j'ai besoin, c'est bien que quelqu'un prenne une photo de Pepper Lockwood et moi en train de nous battre comme des harpies.

– Tu connais un endroit calme pour que nous puissions discuter ?

Je montre mon sac à main.

– J'allais me chercher quelque chose pour déjeuner. Tu m'accompagnes ?

De l'extérieur, personne ne pourrait suspecter à quel point nous nous détestons, mais je le sens très bien. Tout ce que je peux faire, malgré ma haine, c'est continuer à sourire lorsque nous sortons.

Norris sort de la Rolls qui, j'imagine, est restée garée devant le bâtiment depuis qu'il m'a déposée ce matin.

– Mademoiselle Bishop, souhaitez-vous que je vous conduise quelque part ? demande-t-il d'un ton anormalement sec.

Peut-être ne suis-je pas la seule à détester Pepper. Je le rassure :

– Tout va bien. Nous allons au coin de la rue chercher quelque chose à manger.

Il hoche la tête et attend que nous passions notre chemin. Il ne sera que quelques pas derrière nous, ce qui est probablement plus important pour la sécurité de Pepper que pour la mienne. Je ne peux pas promettre de ne pas l'étrangler dans les vingt prochaines minutes.

– Alexander tient fermement ta laisse, remarque-t-elle.

Son ton faussement amical a disparu même si elle sourit toujours avec cette douceur répugnante.

Je laisse passer son commentaire, préférant que notre altercation soit la plus brève possible.

– Qu'est-ce que tu veux ?

– J'avais tellement envie d'avoir une conversation sympathique. Tu veux vraiment t'en passer et aller droit au but ?

– Les conversations sympathiques sont réservées aux amis et aux voisins. Ce n'est pas pour nous.

Je n'ai pas envie de rentrer dans un jeu de faux-semblants avec elle. Pepper est un serpent qui attend le bon moment pour frapper et moins je passe de temps avec elle, mieux c'est.

– Je voulais te donner une chance.

– Une chance de quoi ? dis-je, le sourcil arqué.

– Une chance de partir en courant, dit-elle d'une voix sourde. Nous savons toutes les deux qu'Alexander a des devoirs qui ne te concernent pas. Il finira bien par te jeter avec tous les ordures. Pourquoi attends-tu d'être blessée ?

– Comme c'est prévenant de ta part ! (Je m'arrête devant une petite boulangerie.) Mais tu n'as pas besoin de te soucier d'Alexander et de ses devoirs.

– Comment puis-je te le dire ? Je suis loyale à la monarchie. (Un sourire mauvais s'empare de son visage.) Je t'ai déjà prévenue, je détiens des informations qui pourraient le détruire. Crois-moi, quand je dirai tout, tu seras détruite toi aussi.

– Alors laisse-moi résumer la situation pour voir si je suis bien. Si je romps avec lui, cette information disparaît ?

– Tout à fait.

Je l'observe un instant. Aussi laide qu'elle soit à l'intérieur, je ne peux pas nier qu'elle est très belle à l'extérieur. La plupart des hommes se sentiraient simplement intimidés à ses côtés. Chez elle, tout crie le sexe, mais je l'ai déjà vue étouffer sa sensualité pour s'intégrer à l'aristocratie. Elle n'a qu'une envie, jouer les princesses consorts pour Alexander. Dommage pour elle, je ne vais pas la laisser faire. Lorsque nous nous sommes rencontrées, au début, elle me faisait peur, mais maintenant, je vois son ambition démesurée et ne ressens que de la tristesse pour elle.

Je lui réponds brutalement :

– Tu crois sincèrement que si je le quitte, il courra dans tes bras ? Soyons honnêtes une minute. Je l'ai quitté cet été. Est-ce qu'il a cherché à te voir ? Est-ce qu'il est venu se jeter dans tes bras ?

Pepper cligne des yeux et lève le nez encore plus haut.

– Tu ne connais pas du tout Alexander. Tu ne sais pas ce dont il est capable et tu ne sais pas ce dont il a besoin.

– Je sais que peu importent tes tentatives, peu importe le nombre de fois où tu te jetteras à ses pieds, il n'aura jamais besoin de toi.

Elle est visiblement frappée par mes mots, mais Pepper n'est pas du genre à pleurer. Elle se contente de partir en s'arrêtant quelques pas plus loin pour me jeter un regard mauvais et une dernière menace en pleine figure :

– Souviens-toi bien de cet instant, Clara. Souviens-toi du moment où tu l'as détruit.

CHAPITRE XX

Les paupières de Clara tressautent, je me demande à quoi elle rêve. À peine avions-nous décollé de l'aérodrome privé de Londres qu'elle s'est endormie, bercée par le vrombissement régulier de l'avion. Ses joues ont rougi dans son sommeil et ses cheveux sont éparpillés sur son visage. Elle n'a jamais eu l'air aussi délicate. J'ai le cœur serré de voir cette image de fragilité. Clara est une femme forte – aussi bien psychologiquement qu'émotionnellement – mais pas physiquement. Dans le petit laps de temps avant que je ne réussisse à repousser Daniel, j'ai aperçu sa seule faiblesse et j'en ai été très secoué. J'avais peur de l'aimer, peur de me permettre de m'approprier son corps et son âme. Toutes les femmes que j'ai aimées m'ont échappé. Le dernier sourire de ma mère m'a échappé. Le sang de Sarah maculait mes mains lorsqu'elle est morte dans mes bras. Je m'étais convaincu qu'elle serait plus en sécurité si je la maintenais à distance, pour m'éviter d'avoir à affronter l'idée de la perdre elle aussi. Mais quand je l'ai vue avec les mains de Daniel autour du cou, le mur que j'avais érigé entre nous s'est effondré. Impossible de la perdre. À cet instant précis, j'ai été trop égoïste pour ne pas l'aimer. C'est pour ça que je ne peux pas lui permettre de se passer de protection.

Je repense à l'échange que j'ai eu avec mon père hier. La Couronne ne lui procurera pas le même service de sécurité que si c'était l'un des membres de la famille royale qui était menacé. Je n'ai pas été surpris, juste écœuré. Daniel représente une menace tout droit sortie de son passé, mais c'est à cause de la publicité autour de notre relation qu'il l'a retrouvée. Et maintenant, grâce à un ambitieux jeune avocat, il se retrouve libre comme l'air. Mes propres conseillers juridiques m'ont assuré qu'il serait jugé et condamné, mais à mes yeux, cet argument est vide de sens si Daniel est autorisé à aller où bon lui semble en attendant le procès.

Le verre dans ma main se brise. Surpris, je baisse les yeux et découvre que du sang s'écoule de la paume de ma main. Je ne m'étais pas rendu compte que je le serrais si fort. Lorsque je l'ouvre, les bris de verre tombent sur ma tablette. Clara se réveille en sursaut au bruit sec des morceaux tombant sur le plastique.

La torpeur de sa voix s'estompe à mesure qu'elle comprend ce qu'elle voit.

– Qu'est-ce que… Oh mon Dieu, ça va ?

– C'est un accident, dis-je pour minimiser l'incident.

– Il faut faire un pansement. Où est l'hôtesse ?

– Je l'ai renvoyée en cabine avec le pilote. Je ne voulais pas qu'elle te dérange.

Restons calmes. Avec Clara, j'ai appris l'importance de maîtriser mes réactions, je sais que mes humeurs affectent facilement son empathie.

Clara se dirige vers les chariots de matériel à côté de la porte de l'avion et se met à fouiller dedans. J'enveloppe ma blessure dans une serviette et la rejoins. Elle extrait une mallette de premier secours.

– Et voilà. Tiens, tiens, regarde ce que j'ai trouvé, remarque-t-elle en me montrant une boîte de préservatifs. Je suppose que ça ne les dérange pas que leurs clients atteignent le septième ciel, ajoute-t-elle en riant.

À ce moment-là, son rire est ce que j'ai entendu de plus sexy. Et qui s'est fait bien trop rare ces derniers jours. Je me suis dit que plus nous nous éloignerions de Londres, plus elle me reviendrait. Et j'ai besoin qu'elle soit loin de Londres, loin de lui. J'ai besoin de l'entendre rire, j'ai besoin de regarder son visage quand je la dévore. Peut-être que je pourrai enfin lui montrer à quel point je l'aime. La peur m'en a empêché pendant bien trop longtemps et, maintenant, cette peur entache tout ce que nous partageons. Ce week-end nous en libérera, ne serait-ce que temporairement. Je l'accule contre la paroi de l'appareil.

– Ça te dit d'aller au septième ciel ?

– Oui, répond-elle à bout de souffle. Mais pas tant que tu saigneras.

Je recule pour lui laisser la place de trouver le matériel dont elle a besoin. Clara attrape ma main et nettoie la plaie avec douceur. Je l'observe faire mon pansement en l'admirant silencieusement, avant qu'elle ne dépose un baiser sur la paume en murmurant :

– Un bisou pour guérir.

– J'ai d'autres idées pour m'aider à me sentir mieux.

Je glisse ma main indemne dans son jean et caresse son intimité, ravi de constater qu'elle est déjà prête à me recevoir. Alors que mes doigts s'attardent, elle me demande en gémissant :

– Combien y a-t-il encore de temps de vol ?

– Pas assez.

Je retire ma main et déboutonne son pantalon avant de le faire descendre rapidement sur ses pieds. Je suis dévoré de désir, pas seulement pour son magnifique corps mais pour toute sa personne. En elle je trouve une source de consolation. Plus j'accepte son amour et me permets de vivre le mien, plus je deviens possessif. Je l'ai désirée dès l'instant où le destin nous a jetés dans les bras l'un de l'autre, mais maintenant je sais que même lorsque je laisse ma trace en elle, elle domine mon cœur.

Elle ne m'oppose aucune résistance lorsque ma pulsion prend le dessus. En réalité, elle ondule du bassin avec un délicieux empressement qui donne à mon membre envie de jaillir encore plus vite de mon pantalon. Mes doigts se prennent dans sa culotte et je tire sur l'élastique jusqu'à faire céder la fine dentelle sur ses hanches, me révélant cette partie de son anatomie. Je l'attrape par la taille et lui fais faire demi-tour pour la plaquer contre la paroi de la cabine. Alors, je descends ma braguette. Toute douleur disparaît de ma main quand un désir intense s'empare de moi, mais je me retiens, le temps de faire monter la pression. Je suis renversé par une vague d'amour et j'introduis légèrement mon membre en elle. Ses petites lèvres s'écartent pour envelopper mon gland ; je marque un temps d'arrêt. Autant mon corps a soif d'elle, autant j'ai envie de lui procurer du plaisir en lui donnant cette domination dont elle a besoin. Cette domination qui la libère.

– Ce week-end, tu ne porteras aucun vêtement. Je veux que ta chatte soit nue et prête à m'accueillir à tout moment.

– J'imagine que c'est raté pour faire du tourisme, rétorque-t-elle, la voix chargée de désir, en tortillant du cul pour m'inciter à la pénétrer.

Ma main s'abat sur sa fesse gauche en produisant un plaisant claquement. Le fourmillement ne m'en excite que davantage, ce qui rend encore plus difficile ma résolution de ne pas m'enfoncer. Je remarque qu'elle s'appuie de plus en plus sur moi lorsque je continue à lui donner mes instructions :

– Dès que les portes se fermeront derrière nous, tu te déshabilleras. Et je passerai le week-end à m'occuper de toi. Une objection ?

Elle secoue la tête et je pénètre son sexe trempé de quelques petits centimètres supplémentaires. Clara gémit et j'observe ses chairs roses qui s'étirent pour me laisser passer. D'une voix caressante, je lui demande :

– De quoi as-tu besoin, mon chou ?

– J'ai besoin d'être baisée, répond-elle d'une petite voix suppliante.

– Et je suis là pour te donner ce dont tu as besoin.

Je la pénètre alors complètement, savourant le petit cri qui s'échappe de ses lèvres lorsque je la remplis entièrement. Mes mouvements se font sauvages, je plonge en elle toujours plus vite et plus profondément, sentant la chaude douceur de ses chairs. Elle m'accueille, palpitante et parcourue de spasmes, alors que je la baise à coups de longs et puissants assauts. J'en veux plus. Je veux plus d'elle. Clara nue et à genoux devant moi. Les lèvres de Clara embrasées autour de ma verge. J'ai passé la dernière semaine dans un enfer perpétuel, à m'inquiéter dès que nous étions séparés. J'ai prévu d'être aussi peu séparé d'elle que possible les prochains jours. Je veux la dévorer, l'emplir et expurger toutes nos peurs de la seule manière que je connaisse.

En étant liée à elle corps et âme.

Dès que son souffle se fait court, avec de petits halètements, je lui ordonne :

– Jouis, mon amour.

Ses cris et gémissements sont comme une symphonie fragmentée qui me pousse à continuer jusqu'à ce que son corps se tende et qu'elle explose de plaisir contre moi. Ses tremblements provoquent les miens, annihilant tout le contrôle que je pouvais avoir sur mon propre désir, et je jaillis en agrippant fermement ses hanches.

Je tiens bon jusqu'à ce que ses spasmes s'estompent, puis je me retire délicatement. Je me penche en avant pour remonter son pantalon alors qu'elle se retient contre la paroi de l'appareil pour garder l'équilibre. Je la reconduis à nos sièges, l'assieds sur mes genoux et la serre dans mes bras alors que l'avion vire de bord pour nous mener à notre destination finale. Je suis pris d'une sensation de plénitude à la serrer contre moi. Elle m'a montré que j'étais perdu et m'a remis dans le droit chemin, guérissant tant de parcelles brisées de mon être. Il est maintenant temps de la guérir, elle.

***

La voiture nous dépose devant le chalet que je nous ai trouvé pour le week-end. Il est niché contre un pic enneigé et surplombe une tranquille station de ski. Saint-Moritz est quasiment déserte à cette période, entre les vacances d'été et celles d'hiver. Clara se pelotonne dans le manteau que je lui ai tendu après avoir atterri. Sa main reste dans la mienne par-dessus le bandage, elle prend le temps de contempler la beauté du paysage. Quand je détache sa ceinture, je lui demande :

– Tu aurais préféré aller à la plage ?

– Tout ce que je préfère, c'est être à tes côtés. Mais le panorama est magnifique.

– Effectivement.

Ma voix est grave. Mes yeux l'ont à peine quittée depuis qu'elle s'est réveillée pendant le vol.

– Tu ne regardes même pas, m'accuse-t-elle en rougissant devant mon regard insistant.

– Je t'assure que si.

En entrant, j'aperçois que les cheminées ont été allumées comme je l'avais demandé. Clara fait un pas de côté pour laisser le chauffeur déposer nos bagages.

– Ce chalet est incroyable.

J'ai choisi cet endroit pour sa discrétion, mais je suis content qu'il lui plaise. L'entrée donne sur un large séjour, avec de confortables canapés bien rembourrés et d'épais tapis en fourrure. Au-dessus de nos têtes, un chandelier rustique luit dans la lumière de cette fin d'après-midi. Des fenêtres allant du sol au plafond offrent une immense perspective sur la ville en contrebas. Mon projet pour ces trois prochains jours, c'est de ne pas m'approcher de la civilisation plus que derrière cette baie. Dans les Alpes, les températures ont commencé à chuter et les sommets des montagnes sont recouverts d'un manteau neigeux. La météo a prévu des tempêtes pour ce week-end, ce qui nous obligera à rester confinés à l'intérieur pendant l'intégralité de notre trop bref séjour.

– Les frigos sont pleins. Nous n'aurons pas besoin de sortir.

– Eh bien, X, tu m'as enlevée et me voilà dans un chalet de montagne isolé. Que vas-tu faire de moi ?

Je lui réponds en verrouillant la porte. Le bruit de la serrure produit un inquiétant cliquètement qui résonne dans le calme de la maison. Clara se retourne pour me faire face, le regard plein d'attente. Je lui tends la main, elle la prend sans inquiétude. Ce week-end, nous allons commencer à travailler sur la phase de guérison nécessaire après ce que nous avons subi.

Elle a besoin que je lui montre que je la protégerai et je le ferai en prenant le contrôle jusqu'à ce que son corps se souvienne qu'il est sous ma responsabilité. La Couronne ne veut peut-être pas lui offrir la sécurité, mais moi si. Et un jour, mon nom la protégera également.

– Tu te souviens de ce que nous avons convenu ?

Elle penche la tête de côté avec grâce et recule avant de laisser tomber son manteau derrière elle dans un léger bruissement.

– Je ne me rappelle pas avoir donné mon accord. Plutôt, qu'on m'a donné un ordre.

– Tu as quelque chose à redire ? Dans mon souvenir, tu semblais plus que volontaire pour accepter mes ordres.

– Je n'ai rien à redire, dit-elle en retirant ses chaussures avant de se relever, la main sur le bouton de son jean. Mais j'ai une demande.

– Je suis là pour satisfaire tes besoins.

Ma gorge se serre lorsqu'elle déboutonne son jean et le fait tomber de ses hanches en se trémoussant. Je dois, comme toujours, faire un effort pour me retenir en la voyant se dévêtir morceau par morceau.

Je la baise du regard lorsqu'elle retire le haut, m'attardant sur sa poitrine pleine et ses parfaits mamelons. Plus tard, je les prendrai dans ma bouche et les sucerai jusqu'à ce qu'elle jouisse. J'en lèche ma lèvre inférieure d'avance.

Elle s'avance vers moi, nue, et me caresse la bouche pour me rappeler à elle.

– Ne sois pas doux. Prends-moi comme tu en as besoin. Utilise mon corps. J'ai envie de tout sentir de toi.

– Je peux être doux, parfois.

Je choisis mes mots avec précision. C'est plus difficile maintenant que sa chatte est à nu et prête pour moi.

– Je te veux brutal, lent, désespéré et bienveillant. Je te veux… toi *tout entier*, dit-elle d'un ton rauque.

Elle baisse les yeux et je la sens en pleine confusion. Encore bouleversée par toute cette passion, elle me demande de prendre le contrôle. Je me sens déchiré et je résiste à la tentation de la prendre directement pour lui donner la réponse qu'elle attend.

Clara m'a aidé à me reconstruire et, pourtant, elle s'offre encore plus à moi. Son corps. Son cœur. Non seulement elle m'a accepté mais elle m'a accueilli malgré ma part d'ombre et ces secrets qui ont éprouvé notre relation. Ce don d'elle-même m'écrase. Il me pousse à tester les limites de ma retenue.

Je pose un doigt sous son menton et lève son visage pour planter mon regard dans le sien.

– Tu m'offres ta confiance. Je ne prends pas ce cadeau à la légère. Quand je te baiserai, Clara, et je vais le faire, ce sera jusqu'à ce que tu me supplies d'arrêter. Je ne t'utilise pas. Je ne le ferai jamais. Quand je te baise, je te libère. Est-ce que tu veux que je fasse ?

– Oui, avec plaisir, murmure-t-elle.

CHAPITRE VINGT ET UN

Comme il me l'a demandé, j'attends allongée sur le lit, le visage tourné vers le mur. La lumière des bougies scintille, donnant un air romantique à la pièce. Je caresse du bout des doigts les taies d'oreiller si douces, résistant au sommeil et l'écoutant se préparer. Le crissement du tissu contre le bois. Le craquement du plancher à côté du lit. Je me suis totalement offerte à lui sans vérifier ce que ce don impliquait. Mais à chaque nouveau bruit mystérieux, mon cœur bat un peu plus vite. Ce qui m'a un jour effrayée m'excite aujourd'hui, attisant mon désir et le transformant en un brasier sensuel.

Ses mains et son corps peuvent me libérer des cauchemars qui empoisonnent ma vie depuis la semaine dernière. Je n'ai qu'à lui faire confiance pour qu'il me libère, et cette confiance est totale, je suis prête à me soumettre à sa domination primale. Sa déclaration d'amour m'a libérée, mais la peur n'a pas quitté son regard depuis cette terrible nuit. Ici, dans cet éloignement bien nécessaire entre nous et

Londres, nous pouvons enfin céder à l'ampleur de nos sentiments.

Je sens le matelas s'enfoncer à côté de moi, il s'est assis sur le lit. Mon corps entier vibre de désir alors que sa main caresse le bas de mon dos. Mes hanches suivent la direction de sa main mais sont fermement stoppées. Ses mots me reviennent brusquement en tête. Je jouirai toujours, quoi qu'il advienne, mais seulement quand il me le dira et, ce soir, je pense que je vais certainement le supplier.

Il me caresse les fesses et parle enfin :

– Je vais te bander les yeux. Tu vas comprendre pourquoi.

Alexander pose un foulard sur mes yeux et marque un petit temps d'arrêt pour me donner l'opportunité de refuser. Je garde le silence et il le noue alors autour de ma tête, resserrant le nœud pour obscurcir ma vue. Il me prend la main et m'incite à me lever avant de guider mes pas sur le parquet. Il marche derrière moi, une main posée dans le creux de mon dos. Ce petit geste rassurant étouffe l'éclair d'appréhension qui me traverse. Je cogne ma hanche au cadre du lit et il m'arrête, puis presse mon ventre contre le bois froid.

– Écarte les jambes. C'est bien.

Il lève mes bras au-dessus de ma tête et enserre mes poignets dans un tissu soyeux, le tressant et tirant dessus jusqu'à ce que je sois sur la pointe des pieds. Je suis suspendue et mes doigts de pied seuls supportent mon poids. Le lien autour de mes mains frôle mes seins quand il le passe autour de ma poitrine. Il fait une petite pause et je sens un nœud me sangler entre les omoplates. Il coulisse le lien sur mon ventre en le serrant suffisamment pour que je le sente mordre mes chairs. Il passe ses bras autour de moi et fait un autre nœud au niveau de mon nombril avant de laisser le reste du lien se balancer entre mes jambes écartées. Mon corps se moule à ce savant nouage artistique, chaque nœud est un coup de maître.

Je sens le lien frôler ma cheville gauche avant qu'il ne l'enroule en tirant dessus pour le sécuriser. Il répète son geste en écartant un peu plus mes jambes, me forçant à me mettre toujours plus haut sur la pointe des pieds. Mon corps est endolori, écartelé. C'est excitant, la légère douleur de me sentir ligotée laisse place à l'excitation. Je ne savais pas que je pouvais faire ça, mais mon corps s'adapte à la tension, chaque seconde un peu plus. Pendant quelques instants, aucun de nous ne bouge et je me concentre sur son souffle court. Puis le son métallique d'une ceinture débouclée précède le bruissement du cuir contre le tissu. Mes membres se raidissent et je me prépare à la morsure du coup, jusqu'à ce que j'entende la ceinture tomber par terre. Mais mon soulagement a été gâché par le souvenir de la douleur. J'entends le bruit sourd d'un vêtement qui tombe par terre, puis je sens sa chaleur irradier ma peau sensible. Je veux me presser contre lui, alors je tire sur mes contentions.

Il fait nonchalamment descendre l'un de ses doigts le long de mon dos et m'intime de me détendre :

– Calme-toi. Entre mes mains, la peur n'a pas sa place, Clara. Seulement le plaisir. Je t'ai privée de l'usage de tes mains et de tes pieds, mais tu as toujours ta voix. Tu comprends ?

Je hoche la tête, mais il m'attrape les cheveux pour arrêter mon mouvement.

– Utilise-la. Parle-moi.

– Je comprends, dis-je en murmurant.

– Dis-moi ce que tu penses.

Il relâche mes cheveux et mord mon épaule.

Je gémis alors que des pointes de plaisir me transpercent, me durcissant les tétons dans l'air frais de la pièce. Sans la vue, sans mes mains, mes autres sens sont décuplés et je suis assaillie de sensations. Je sens un souffle effleurer ma peau alors qu'aucune fenêtre n'est ouverte. Mon nez décèle une odeur mêlant la cire et les fleurs.

– Parle-moi, répète-t-il fermement en pinçant un mamelon entre ses doigts.

Il le tord, mes nerfs déjà à vif n'en sont que plus déboussolés. Je bégaye ma réponse :

– Je veux te-te-te faire plaisir.

– C'est le cas, mon chou, murmure-t-il en relâchant mon sein qui tombe lourdement sur la corde qui passe en dessous. Te voir ligotée, complètement à ma merci, te doutes-tu seulement de ce que ça me fait ? Ce que ça me donne envie de te faire ? Tu veux voir ?

Je commence à hocher la tête, mais je me reprends.

– Oui.

Le foulard est retiré et je cligne des yeux, ma vue s'acclimate au faible éclairage des bougies et de la cheminée.

– Quel dommage que tu ne puisses pas tout voir.

Alexander se dirige vers le coin du lit en se délectant de ma réaction lorsque je lève doucement les yeux. Une corde de soie rouge est suspendue à une poutre qui soutient la charpente du chalet. Elle est entortillée pour former un nœud complexe qui se prolonge autour de mes poignets. Le cordage soyeux forme une épaisse spirale qui maintient mes bras au-dessus de ma tête. Je baisse les yeux pour découvrir qu'il est enroulé autour de ma poitrine et serpente sous mes seins. Je l'ai senti le nouer, mais le voir m'envoie une décharge de plaisir qui ébranle la fatigue qui commençait à s'emparer de mes membres endoloris. Le nœud élégant autour de ma taille est si complexe que je me demande combien de fois il a déjà fait ça dans le passé. Qui a eu assez de chance pour avoir expérimenté sa complète domination ? Je repousse cette idée déplaisante loin de moi. Je ne peux qu'apercevoir les nœuds autour de mes chevilles qui m'attachent aux pieds du lit.

Lorsque je relève les yeux vers Alexander, je vois son regard lourd de concupiscence. Je dévore la vision de son corps sculpté, particulièrement son membre dressé. Le rouge me monte aux joues lorsque je prends conscience de ma vulnérabilité. Je ne suis pas embarrassée. Je brûle de désir.

– Tu es si mignonne avec tes joues rouges. J'en ai la main qui me démange, j'ai bien envie de faire rosir tes fesses aussi. (À ces mots, je me raidis.) Je ferai ce que je veux à ton corps, à moins que tu n'utilises ton code de sécurité.

Je serre fermement les lèvres, dans un défi silencieux. Je lui ai dit que je lui faisais confiance. Alors, j'agis en conséquence et m'abandonne à lui.

Il retourne derrière moi et je meurs d'envie d'appuyer mes fesses contre lui pour sentir son érection si dure contre ma peau si tendre. Ma pitoyable tentative de mouvement le fait doucement rire. Sa main s'attarde sur mon derrière avec tendresse avant de revenir plus rapidement dans un geste joueur. Alexander frotte l'endroit où sa main est tombée avant de me faire une autre petite claque. Il répète le geste : fessée puis caresse pour faire disparaître la morsure de ma peau échauffée.

– La perfection, souffle-t-il contre mon oreille. Sais-tu pourquoi je voulais te ligoter ? Parce que je veux que tu fasses l'expérience de la libération complète. Je te vois t'agripper à ce qui te reste de contrôle, attendant avec faim que je jouisse avec toi. Tu ne pourras pas faire ça ce soir, ton corps ne sera pas capable de lutter quand j'aurai envie de jouir. Je vais te montrer à quel point je t'aime, à quel point ton corps est sacré à mes yeux. Je vais te faire crier, pleurer et griffer cette corde, et ensuite je recommencerai depuis le début.

Un gémissement s'échappe de mes lèvres lorsqu'il se laisse tomber entre mes jambes. Ses genoux cognent le parquet et je geins de plus belle en anticipant ce qu'il va me faire. Il prend mon sexe en coupe dans sa main et mordille mes fesses endolories. Puis ses mains ouvrent brutalement mes chairs. J'ai à peine le temps de m'en rendre compte qu'il plonge sa langue en moi. Sa bouche me baise jusqu'à ce que mes genoux cèdent, mais les contentions me retiennent. La soudaine faiblesse de mes jambes fait peser le poids de mon corps sur mes bras et je pousse un cri, défaite par la langue d'Alexander. Il continue à lécher mes chairs enflées alors même que je lui demande d'arrêter en pleurant. Je n'arrive pas à trouver mon équilibre, suspendue entre l'agonie et l'euphorie. Mais alors que je commence à me contracter, il s'arrête et recule. D'une main, il soutient mes fesses jusqu'à ce que je retrouve ma position sur les doigts de pied. La plante de mes pieds palpite, mes mollets brûlent de l'effort fourni pour me retenir, de même que mes bras.

– Je n'en ai pas fini avec toi, dit-il diaboliquement.

Il se lève et traverse la pièce pour attraper une petite bouteille dans son sac. Il prend son temps pour revenir, appréciant visiblement mes halètements et mes soupirs alors que mes doigts s'enroulent autour de la corde qui me retient au plafond. Je suis perdue dans mon rôle, bouleversée par la scène qui se déroule autour de moi, mais j'ai aussi désespérément envie de me soumettre à ses exigences. Il a fait de moi cette créature geignarde, frénétique, et j'aime ça.

Cette fois-ci, il insère un doigt dans mon orifice palpitant. Mon corps lutte contre cette intrusion et il ralentit ses mouvements jusqu'à ce que je me calme. Il retire sa main et je l'entends ouvrir la bouteille. Je sens un liquide huileux glisser sur mes chairs intimes d'un bout à l'autre, jusqu'à mon entrée interdite. Ses doigts reviennent dans mes chairs intimes, ils s'incurvent pour me procurer des sensations. Puis il presse son pouce contre mon anus et plonge à l'intérieur. Alexander continue de me titiller, m'empêchant avec soin de jouir encore une fois.

Il insère son pouce plus profondément.

– Ça te dérange que je te touche là ?

– Encore.

Pour toute réponse, je gémis. Je ne pense qu'à être pénétrée. Je crève d'envie de sentir mes chairs étirées jusqu'au point de rupture.

– Je ne suis pas certain que tu en aies envie.

Mais ses paroles sont lourdes de désir et je sais qu'il a cnvic dc passcr par là, car c'est mon dernier territoire qui lui reste à conquérir.

– Baise-moi, dis-je en le suppliant. Baise-moi par là.

Sa main s'immobilise, me donnant une seconde pour réfléchir à ce que je lui demande de faire. Le manque de mouvement ne m'en donne qu'encore plus envie.

– Tu veux que je te baise ?

Il fait un petit mouvement circulaire du pouce contre mon anus si serré.

– Oui. Oh bon Dieu, oui. Prends-moi dans tous les sens et arrête de poser des questions, putain, dis-je d'un ton cassant, en perdant patience.

Mais il recule, ce qui me donne envie de crier. Supplier. Mon corps est à lui, il peut en faire ce qu'il veut. Pourquoi ne fait-il rien ?

– Je vais libérer tes jambes, me dit-il alors que je ravale ma frustration.

Je suis une masse d'espoir et de nerfs à vif.

Les liens sur mes chevilles s'envolent et j'essaie de les plier, mais je suis encore suspendue à la poutre au-dessus de ma tête.

– Je ne veux pas te faire de mal, explique-t-il en tendant la main vers la corde qui enserre mes poignets.

Je suis soulagée quand il la détend suffisamment pour me permettre de plier les genoux. Alexander caresse mes fesses.

– Demande-le-moi. J'ai besoin de savoir que tu es consentante.

– Baise-moi ici aussi. Prends possession de tout mon corps, lui dis-je en le suppliant encore.

– Plie les genoux.

Je sens le lubrifiant se répandre sur mes fesses nues, puis il introduit son épais gland en moi. Je ressens une brûlure autour de l'anneau tendu et je me mords les lèvres. Mais la morsure de mes dents ne fait rien pour diminuer la douleur. Il passe un bras autour de ma taille, supportant le poids de mon corps suspendu, soulageant mes bras fatigués. Je suis toujours sous son contrôle le plus total et il introduit son membre un peu plus profondément jusqu'à ce que mes muscles étirés se détendent. La résistance de mon corps à cette intrusion inédite diminue et, petit à petit, il entre en moi jusqu'à ce qu'il me remplisse. Ma tête retombe sur l'un de mes bras et je sanglote.

Alexander s'arrête, me laissant le temps de m'habituer à ces nouvelles sensations. Je sais qu'il ne continuera pas tant que je ne lui montrerai pas que j'en ai envie. Et c'est le cas. Les tremblements qui m'agitent ne font rien pour dissiper mon désir d'être possédée. La main qui était posée sur mon ventre glisse entre mes jambes et ses doigts habiles capturent mon clitoris. Une exquise pression surgit, et je me livre totalement à elle.

– Ne…

Je gémis en essayant de trouver les mots du fin fond de mon état de perdition.

– Ne… t'arrête pas.

Il se retire juste assez pour pouvoir revenir, se maîtrisant à un degré ahurissant.

– Encore.

Devant mon exigence, il cède à ses instincts, plongeant entre mes fesses. Il me soutient fermement en grognant, allant et venant en moi sans relâche, chaque mouvement me calcine. Je suis prise en étau entre le plaisir et la douleur, mais je sens la tension s'accumuler entre mes cuisses. Je me brise en mille morceaux entre ses bras, explosant en un déluge de cris qui résonnent dans la chambre.

– Putain !

La chaleur envahit mon corps lorsqu'il jouit. Je ne ressens aucun inconfort lorsque cette folie s'achève. Il se retire en passant un doigt pour récupérer la semence qui a coulé.

– Maintenant tu m'appartiens.

– Oui.

Je soupire cette réponse en la répétant sans cesse, même lorsqu'il détache les liens qui me retenaient.

Alexander me prend dans ses bras et me porte sur le lit, me réconfortant de petits mots doux.

– Je vais nettoyer tout ça, annonce-t-il avec légèreté.

Oui, l'hygiène semble être une bonne idée. La lumière de la salle de bains s'allume alors que je suis allongée, tremblante sur les draps. J'ai été éprouvée. J'ai été aimée. Alexander m'a fait aller en toute sécurité au-delà de mes limites, me donnant le plaisir le plus intense de toute ma vie. Pourtant, je désire qu'il me touche avec encore plus d'ardeur, comme si ça n'avait pas été assez. Je ne pourrai jamais me lasser de lui. Lorsqu'il revient, il tire la couverture sur moi et se glisse à mes côtés. Puis il me fait l'amour, montrant à mon corps tout ce que cette appartenance implique.

CHAPITRE VINGT-DEUX

Le côté du lit d'Alexander est vide lorsque je me réveille. Je m'étire en remarquant que mes muscles sont délicieusement endoloris. Il m'a menée au bord du précipice, m'y a maintenue en m'excitant et me torturant, et mon corps s'en souvient. Les lueurs du feu dans la cheminée jouent avec la corde en soie qui pend toujours à la poutre. Je me glisse hors du lit et avance pieds nus sur le parquet pour aller la caresser sur la longueur. Elle est à la fois douce et râpeuse. Une entrave et une liberté. Je la passe autour de mes poignets et je me remémore la scène qui s'est jouée au pied du lit hier soir. Les souvenirs me reviennent par flashs, me procurant des éclairs de plaisir, puis d'agonie et enfin d'une exquise jouissance.

Quand je trouve Alexander assis près de la cheminée du séjour, mon corps commence à vibrer de désir. Je m'attarde timidement dans l'escalier en me délectant de la vue de ses épaules carrées et musclées qui couronnent gracieusement son dos. Cet homme – ce dieu – est à moi. Cette réalité reste furtive, elle n'est concrète que lorsque nous nous touchons.

Je ne peux pas comprendre comment nous avons fait pour nous trouver, parmi les milliards d'êtres qui peuplent cette planète. Je reste un bout de temps sur place à observer la lumière des flammes qui danse sur ses cheveux noirs, jusqu'à ce que sa présence m'attire irrémédiablement vers lui. C'est à ce moment que je réalise que nous sommes liés l'un à l'autre.

Un lien magnétique. Irrésistible. Je le retrouverai toujours au milieu d'une foule immense. Nous avons été attirés dans les bras l'un de l'autre par une force indéniable ce soir-là au club. Chaque instant de ma vie, chaque décision, chaque erreur que j'ai faite m'ont amenée à lui.

Alexander se tourne, son visage est dans l'ombre, mais il tend les bras vers moi. Je me précipite vers lui et m'installe sur ses genoux, remontant mes jambes lorsqu'il passe ses bras autour de ma taille.

– Tu n'arrives pas à dormir ?

Avant de me répondre, il remet en place une mèche de cheveux derrière mon oreille et m'embrasse.

– Je ne voulais pas te réveiller. Je te présente mes excuses, je n'aurais pas dû te laisser toute seule.

– Pas besoin de faire des excuses, je crois que tes prouesses m'ont fait sombrer dans un coma post-coïtal.

Je caresse sa joue.

Il secoue la tête et un air de haine de lui-même que je connais bien revient hanter son sombre visage.

– J'aurais dû vérifier que tu allais bien. C'était intense hier soir. Tu n'aurais pas dû rester toute seule.

– Je vais bien, dis-je pour le rassurer.

Je déteste le voir se remettre en question. J'ai l'impression qu'il est impossible de le convaincre que j'étais tout autant emportée que lui.

– Regarde-moi, X. Je suis heureuse. Vraiment. Tu me rends heureuse.

– J'essaie.

Il a l'air d'être en détresse et j'en suis chamboulée.

– Si tu n'arrêtes pas de bouder, je vais te donner la fessée, lui dis-je sur un ton d'avertissement.

Sa main se glisse pour attraper mes fesses et il sourit, quoiqu'à contrecœur.

– C'est mon boulot ça, mon chou.

– Alors tu devrais te mettre au travail.

Mon murmure de séduction est interrompu par le sourd grognement de mon estomac.

Saletés de besoins fonctionnels.

– Je pense que je devrais plutôt commencer par te nourrir, répond-il en riant doucement.

Je me force à me lever et nous nous rendons dans la cuisine. Alexander ouvre le frigo et en sort une brique de lait. Quelques instants plus tard, le voilà en train de faire cuire des œufs et griller des tartines. Mais il reste d'humeur sombre, ce qui jette une ombre non désirée sur notre matinée.

Je m'assieds sur le plan de travail pour le regarder cuisiner et je l'informe :

– Tu casses vraiment l'ambiance, c'est nul.

– Nous avons sauté le dîner, c'est inacceptable.

– Je ne suis pas en sucre, lui dis-je doucement. Je suis en bonne santé, X. Ce n'est pas en manquant un repas que je vais replonger.

– Mais quand même…

Il laisse le reste de sa phrase planer en raclant le fond de sa poêle avec la spatule.

Le silence s'installe jusqu'à ce qu'il me propose une assiette bien garnie. Malgré tout ce que j'ai dit, ma faim l'emporte et je dévore tout ce qu'il y a dedans, ravie de voir un sourire naître sur ses lèvres. Il a besoin de s'occuper de moi et j'ai besoin d'être plus ouverte sur la question. Comme pour presque tout, il va me falloir du temps avant que je comprenne qu'accepter sa sollicitude n'est pas un signe de faiblesse.

– Je pourrais m'habituer à me faire nourrir tous les matins.

Je repose mon assiette vide et lui fais un grand sourire. On va y aller doucement.

– Je pourrais m'habituer à te nourrir tous les matins, dit-il, mais il y a tant de sous-entendus dans ses mots que mon cœur se met à battre à toute vitesse.

– C'est une nécessité si tu veux me tenir éveillée toute la nuit.

Mais la blague ne calme pas mon pouls.

– J'aimerais bien te tenir éveillée toutes les nuits, poursuit-il.

Son regard se promène sur moi et s'arrête sur ma main gauche posée sur le plan de travail.

– On a de grandes attentes pour moi, Clara.

Mon cœur battant déjà à toute vitesse manque un battement avant de plonger dans mon estomac. Nous avons déjà eu cette conversation, elle ne s'est pas très bien terminée.

– Il semblerait que maintenant, tu fasses partie de ces attentes. (Alexander marque une petite pause et s'éclaircit la gorge.) Je n'ai jamais voulu me marier. Ce n'était qu'une obligation parmi d'autres.

– Je sais.

Je l'interromps pour essayer de faire dérailler le train de cette conversation avant qu'il ne casse tout sur son passage.

– Je ne m'attends à rien de ta part. C'est trop tôt, pour tous les deux.

– Alors, tu n'as aucune intention de m'épouser ? J'en conclus que tu ne m'utilises que pour mon corps.

Il sourit, mais faiblement.

– Nous sommes tous les deux très jeunes. Je sais que ta famille s'attend à ce que tu te maries et je sais que nous devrons faire face à ce problème, mais aujourd'hui, j'ai seulement envie de me concentrer sur toi et moi.

J'ignore la petite voix dans ma tête qui me rappelle que notre relation a une date limite de péremption. Je choisis d'ignorer le fait que notre séparation est inévitable.

– Je ne suis pas sûr que tu me comprennes.

Le ton de sa voix est mesuré, mais le feu de la possessivité brûle dans son regard.

– Je comprends le monde dans lequel tu vis, je réponds en murmurant et je comprends celui dans lequel j'évolue. Là, tout ce que je veux, c'est prétendre qu'il peut en être autrement.

Alexander glisse une main sous mes fesses et me prend dans ses bras.

– Alors, comprends bien ça, Clara. Mon monde, c'est toi.

Il me porte ensuite jusqu'à la chambre et me prouve que c'est la vérité.

***

Il reste d'humeur versatile toute la journée, oscillant toujours entre une sensualité passionnée et le plus sombre des désespoirs. Lorsque nous faisons l'amour, brutalement ou tendrement, il est totalement avec moi. Mais lorsque nous sommes séparés, même brièvement, il s'enfonce dans les ténèbres. Je sens qu'il lutte intérieurement, mais je ne comprends pas. Alors, je vais le repêcher que ce soit dans la chambre, dans les escaliers ou sur la peau de bête devant la cheminée. À chaque fois, il revient vers moi, mais il m'échappe dès que les démons qu'il veut garder pour lui nous séparent.

Et pourtant, je suis heureuse. Quelle que soit la bataille qu'il mène, celle-ci nous rapproche. Au moins, je suis sûre de ça. Pour le moment, je ne peux que rester à ses côtés et le laisser combattre. Lorsqu'enfin mes réserves sont épuisées, je tombe dans un sommeil profond et sans rêve pour n'être réveillée que par ses douces mains.

– Clara, il faut que tu t'habilles.

L'urgence de sa demande est en décalage avec la tendresse de sa caresse.

– Pourquoi ?

Je murmure cette question, à moitié endormie, en me frottant les yeux, surprise de découvrir qu'il fait encore nuit.

– Il faut qu'on parte, m'informe-t-il en rassemblant les quelques affaires que nous avons éparpillées dans la chambre.

Je m'assieds en plaquant le drap contre ma poitrine nue et j'essaie de comprendre ce qu'il dit. Partir ? Nous ne sommes arrivés qu'hier.

– Je croyais que nous restions ici jusqu'à lundi.

– Je suis convoqué à Londres. La voiture va arriver d'ici quelques minutes. (Il vient à mon chevet et m'embrasse rapidement sur le front.) Habille-toi chaudement. La température a chuté.

Je sors du lit d'un pas mal assuré et pars à la recherche de mon sac qui n'a pas encore été emporté. J'enfile un pull et un jean. Ce n'est pas en paniquant que j'irai bien, mais ça ne m'empêche pas de me mettre à imaginer une tonne de raisons à notre rapatriement expéditif. Je pense à Edward, à Belle, à la nation et, bien sûr, à Daniel.

Que vais-je apprendre en franchissant le seuil de ce chalet ? Je n'ai pas envie de le savoir.

Alexander revient dans la chambre et attrape ma valise sans dire un mot. Je le suis, rongée peu à peu par l'inquiétude. Mais ce n'est que lorsque nous sommes installés dans la voiture, en route pour l'aéroport, que j'arrive à user de mes cordes vocales.

– Que s'est-il passé ? Est-ce à cause de… Daniel ?

Je dois me faire à l'idée qu'il est possible que les choses se soient horriblement mal passées à sa comparution. Je préférerais le savoir, parce qu'au moins, nous pourrions commencer à trouver des solutions.

– Ce n'est pas Daniel.

Sa réponse ne me paraît pas tout à fait honnête, mais il poursuit avant même que je puisse poser des questions :

– Il y a eu du nouveau sur l'accident.

– L'accident ?

Je répète bêtement. Peut-être à cause des circonstances chaotiques, mais je n'arrive pas à voir où il veut en venir.

– Mon accident, précise-t-il à voix basse. De nouvelles informations qui changent la donne.

Cet accident a eu lieu il y a presque huit ans, mais il le hante toujours. Quels fantômes la presse pourrait-elle ressusciter pour le torturer lui et sa famille ?

– Quelles informations ?

– Quelqu'un affirme qu'il y avait de la drogue ce soir-là.

Il me répond d'un ton sec, tranchant comme la lame d'un couteau.

– Je sais déjà qu'il y avait de l'alcool.

Je fais de mon mieux pour lui parler d'un ton rassurant, espérant que mon ouverture d'esprit l'empêche de m'exclure de ses ruminations.

– Il y avait de la drogue ? Tu étais défoncé ?

– Pas moi. Ma sœur.

Il presse ses lèvres l'une contre l'autre, comme s'il essayait d'ignorer un souvenir douloureux.

Je ne m'attendais pas à ça.

– Sarah ?

– Cette personne affirme qu'on a fait prendre à elle et Sarah du GHB, la drogue du violeur. Elle raconte à qui veut l'entendre que si nous avons eu cet accident ce soir-là, c'est parce que Sarah conduisait.

Personne ne sait ce qui s'est vraiment passé. Alexander lui-même peut à peine se souvenir des détails. Les médias ont raconté qu'il était au volant et il a accepté cette responsabilité parce qu'il culpabilise injustement. Mais il y a une chose que nous savons tous les deux : c'est Sarah qui conduisait. Et il n'y a que deux autres personnes qui étaient présentes lors de ce tragique accident. Je n'ai pas besoin qu'il me dise qui est cette source, elle m'avait déjà prévenue. Ainsi, je ne suis pas surprise lorsqu'il continue :

– Pepper dit que je l'ai droguée et que c'est de ma faute si Sarah est morte, annonce-t-il d'un ton monocorde sans quitter des yeux le paysage qui défile par la fenêtre de la voiture.

Elle ne m'a pas menti. Elle allait bien le détruire.

***

L'avion nous attend sur le tarmac, et nous retournons rapidement à Londres. Nous sommes tous les deux perdus dans nos pensées, même si la main d'Alexander ne quitte pas la mienne pendant toute la durée du vol. C'est ce qu'implique une relation avec lui. Dans son monde, il y a des vols en urgence et des réunions stratégiques. Pour la première fois, je vois réellement où est sa place dans la très complexe machinerie politique britannique. Ce que je ne peux pas jauger, c'est ce qui nous attend à l'arrivée.

Nous sortons de l'avion pour découvrir que deux voitures nous attendent devant les pistes de l'aérodrome privé. Norris est devant la première et Alexander lâche ma main pour le rejoindre et lui parler seul à seul. Même s'ils sont à quelques pas de moi, ils parlent à voix basse. Alexander me désigne d'un signe de tête et j'ai malheureusement l'impression qu'il donne des instructions pour dire comment s'occuper de moi. Mais s'il pense qu'il peut se débarrasser de moi comme ça, il se fourre le doigt dans l'œil. Nous avons trop lutté pour faire tomber le mur de mensonges et de secrets qui s'élevait entre nous. Je ne suis pas prête à le laisser se redresser.

Lorsqu'Alexander met fin à sa conversation avec Norris, un inconnu s'avance et s'adresse à lui :

– Votre père m'a demandé de vous conduire directement à lui.

Alexander me regarde en face et une conversation silencieuse s'engage entre nous. Il connaît ma réponse. Il tend le bras et me rappelle à ses côtés.

– Votre père préférerait vous parler seul à seul, l'informe l'étranger en me jetant un regard froid.

– Il n'y a aucun secret entre Clara et moi. Il est temps qu'il le comprenne.

Alexander l'assassine du regard.

L'homme nous fait signe d'entrer dans la voiture garée derrière lui et nous obéissons. Alors qu'on nous conduit à son père, je me rends compte un peu trop tard que je n'ai pas parlé de la visite que Pepper m'a rendue au bureau. J'aurais pu empêcher tout ça et je ne l'ai pas fait. J'ai été trop aveuglée par ma haine pour Pepper.

Cette tempête est entièrement de ma faute et le pire, c'est que j'ai laissé des secrets nous séparer une fois encore.

CHAPITRE VINGT-TROIS

Je suis déjà allée au palais royal, comme touriste. Là, je suis Alexander alors que nous sommes escortés jusqu'aux appartements privés, qui ne font bien entendu pas partie des bâtiments visités par le public. Un autre jour, j'aurais pu m'extasier devant l'opulence tapageuse des pièces, mais là, les volumes majestueux me semblent étroits et étriqués, comme des créatures vivantes, des créatures qui respirent et s'approchent de leur proie. Est-ce ce type de pression que ressent Alexander de tout ce qu'on attend de lui ?

Alexander ouvre en grand une immense double porte, moi toujours sur ses talons. La pièce sur laquelle nous débouchons ressemble plus à un décor de cinéma qu'à un véritable bureau. D'élégantes tapisseries ornent les murs recouverts de papier peint, et d'épais rideaux de brocard encadrent des fenêtres arrondies. Son père, le roi Albert, est debout. Il nous tourne le dos, la main posée sur le manteau de la cheminée. À quelques pas de lui, sa mère est assise, les mains sagement croisées sur son giron. Elle a l'air de poser pour un nouveau timbre. Elle ne prend pas la peine de nous regarder, se contentant de garder précautionneusement la pose de reine mère qu'elle a peaufinée des années durant.

Alexander la salue d'un rapide mouvement de tête.

– Grand-mère. Père.

Albert ne se retourne pas pour accueillir son fils.

– J'ai demandé à te parler en privé.

– On m'a bien fait savoir que c'était le cas, mais je ne cache rien à Clara.

Alexander est debout, les bras le long du corps et la tête haute dans un geste de défiance et, à cet instant, je retombe complètement amoureuse de lui.

C'est très dangereux, je sais que nous tâtonnons dans le noir. Je ne lui ai pas révélé certaines informations importantes et je ne sais pas ce que je vais devoir payer pour cette erreur.

– Mais tu as des secrets, Alexander.

Albert fait volte-face, ses yeux bleus et pleins de malice rétrécissent lorsqu'il regarde son aîné.

– Nous avons tous des secrets, particulièrement ceux qui ont du sang royal dans les veines, lui rappelle Alexander.

– Pas le genre de secrets qui fait vendre du tirage à la presse à scandale ! explose Albert. J'ai travaillé dur pour protéger cette famille de toutes ces dramatiques affaires. Alors je ne te le demanderai qu'une fois : est-ce vrai ?

Mon cœur se brise un peu en entendant cette question. Ma propre famille a son lot de secrets et de mensonges éhontés. J'ai vu mes parents feindre leur vie maritale pendant trop longtemps mais, sans l'ombre d'un doute, nous nous aimons, tous. Ma famille protège les siens de la douleur et de la souffrance et lorsque nous avons été forcés de faire face à ce que nous souhaitions éviter, cet amour l'a toujours emporté. Mes parents ont été là pour moi lorsque j'étais malade. Ils n'ont pas ignoré l'infidélité de mon père, même s'ils m'ont exclue de la résolution de leurs problèmes. Mais pour la première fois, je vois ce que c'est d'être né dans une famille qui pense que le devoir l'emporte sur l'affection et les obligations sur la compréhension. J'aimerais tellement protéger Alexander de son père – le libérer des entraves de la vie pour laquelle il est né.

– Vous en savez autant que moi sur cette nuit-là, répond Alexander d'un ton égal.

J'entends dans le ton de sa voix une certaine lassitude, celle d'années à parler sans jamais être entendu.

– Alors, explique-moi pourquoi cette salope affirme qu'elle peut prouver qu'on lui a donné de l'acide gamma-hydroxybutyrique le soir de l'accident.

Albert traverse la pièce à grands pas, s'arrêtant à quelques centimètres à peine d'Alexander. Le père et le fils se toisent mutuellement sans ciller.

– Salope ? répète Alexander à regret. N'aviez-vous pas suggéré que je l'épouse ?

La pièce tangue autour de moi et je bloque mes genoux pour m'empêcher de flancher. Alexander m'a assuré qu'il ne s'intéressait absolument pas à Pepper, mais il m'avait aussi prévenue que son père avait d'autres intentions. L'idée qu'elle ait été considérée comme bien plus appropriée comme épouse que moi me fait l'effet d'une gifle.

– Ce n'est pas le moment de s'adonner à ces enfantillages. Continueras-tu à rire quand l'enquête débutera ?

– L'enquête ? Allez-vous laisser cet incident prendre une telle ampleur ? (Alexander passe derrière son père pour reprendre la main sur l'échange.) Ça pourrait révéler de nouveaux secrets qui feraient encore mieux vendre les tabloïds.

– Ne me menace pas, grogne Albert en plantant son index sur la poitrine de son fils. Je suis ton roi et ton maître.

– Et mon père aussi, non ? le défie Alexander avant de passer sa main dans ses cheveux noirs emmêlés et de détourner le regard. Vous vous faites du souci pour moi ? Vous vous souciez du bien de votre fils ? Mais non, soyons francs. Vous avez toujours été bien trop occupé pour être mon père.

– Tu n'as pas la moindre idée de la complexité de mon existence. Je regrette le jour où tu devras endosser ce rôle et je pleure pour ce pays, car tu es ce que j'ai de mieux à lui donner, crache-t-il.

Mes pieds me font avancer avant même que je ne me rende compte de ce que je fais, mais avant que je puisse m'interposer entre eux, Alexander tend la main pour m'en empêcher. C'est son combat. J'aimerais seulement qu'il n'ait pas à le mener tout seul.

– Vous pensez que je veux prendre votre place ? Que je voudrais de ça ? Une vie de privilège en échange de ma liberté ?

– C'est pour cette raison que tu es ma plus grande déception.

Albert se dirige vers une desserte et débouche une carafe en cristal. Il verse le liquide ambré dans un verre et le fait tourner avant d'en avaler une gorgée.

– La situation est sous contrôle. Pour le moment, Mademoiselle Lockwood semble n'être disponible que pour les représentants de la presse. Je suis certain qu'elle fera une exception pour toi.

– Et pas pour vous ? Ma présence fait-elle partie de l'accord que vous avez passé ? Est-ce qu'elle vous pardonnera d'avoir perdu ces deux dernières années de sa vie à être votre putain si elle peut m'avoir à la place ? Une couronne pour son silence ?

Je suis tellement choquée que j'en reste bouche bée, mais dernière nous, la reine mère s'exclame soudain :

– Alexander !

Il l'ignore et choisit plutôt d'aller se servir un verre.

– C'est une affaire d'ordre privé.

Albert ne le nie pas. En regardant autour de moi, je me rends compte que je suis la seule à ignorer la nature des liens qui unissent Pepper à la famille royale. L'idée de la savoir avec Albert me rend physiquement malade. Soudain, je comprends pourquoi Alexander la traite avec un tel dédain. Mais quel pouvoir Albert exerce-t-il sur son fils ? Est-il possible qu'il force ce mariage entre eux pour faire oublier les problèmes actuels ?

– Quoi qu'il en soit, continue Albert l'air de rien, des arrangements devront être trouvés. Cette histoire doit disparaître. Je suis certain que lorsque Pepper sera satisfaite, nous aurons trouvé un accord et elle sera ravie de nier tout ça. Mais nous ne pouvons pas nous permettre de laisser ces insinuations aller plus loin. Pour le moment, ce ne sont que de vilains racontars. Elle n'a pas accordé d'interview filmée, ce qui nous donne assez de temps pour la maîtriser.

– Vous allez me forcer à l'épouser ? demande Alexander, incrédule, en secouant la tête. Je ne suis pas intéressé par vos rebuts. Ou est-ce votre idée depuis le départ ? Vous souhaitez que je l'épouse pour la garder sous le coude et qu'elle puisse toujours être votre maîtresse ?

– Je n'aime pas tes insinuations.

– Je n'aime pas vos suggestions.

– Ce n'est pas une suggestion.

Le poing d'Albert s'écrase contre le mur, envoyant des éclats de plâtre salir le plancher.

– C'est un ordre. Dis-toi que c'est le premier d'une longue série de sacrifices que tu devras faire pour ce pays. C'est une candidate tout à fait indiquée pour toi. Elle a l'âge. Elle est très liée à la famille. Et elle a une ascendance impeccable.

– Je ne suis pas un étalon que vous menez à la saillie, l'avertit Alexander d'un ton bourru. J'ai déjà pris ma décision.

– Je ne sais pas pourquoi tu as l'impression que tu as le droit de prendre une décision, mais si tu insinues que tu as choisi cette salope américaine, alors peut-être devrai-je finalement changer d'avis et choisir Edward comme héritier pour la couronne.

– Vous parlez de Clara avec respect ou cette conversation est terminée !

– Tu es tellement pris dans ses filets que tu ne vois même pas tout le tort que tu as causé à cette famille. Il est temps que tu acceptes ton rôle. Sinon…

Albert laisse traîner sa menace.

– Sinon *quoi* ? Ça doit vous tuer. Vous devez choisir entre votre plus grande déception ou votre fils ouvertement homosexuel. Et, au cas où vous ne l'auriez pas remarqué, aucun d'entre nous n'est intéressé par l'idée d'être à la hauteur de vos exigences.

– Mère, demande Albert en se tournant vers Mary, pourriez-vous conduire Clara au petit salon pour que je puisse parler librement à mon fils.

Je grimace en l'entendant prononcer les mots *mon fils* d'une voix aussi rageuse. S'il ne parlait pas librement jusqu'à présent, je ne suis pas certaine de vouloir être là lorsqu'il laissera libre cours à sa fureur. Mais il n'est pas question que je le quitte, surtout avec elle. J'ai déjà eu le privilège de bruncher en sa compagnie une fois lorsqu'Alexander m'a emmenée en week-end à la campagne sur les terres familiales. J'ai eu assez de temps en tête à tête avec la reine mère pour le restant de mes jours.

– Reste, Clara, m'avertit Alexander alors que sa grand-mère se lève. Nous en avons pratiquement terminé.

– Nous sommes loin d'en avoir fini et ce jusqu'à ce que tu comprennes que c'est à toi de désamorcer cette situation.

Albert s'approche de son fils. Ils sont si différents l'un de l'autre. Alexander a hérité de sa mère ses cheveux noirs et des traits parfaitement dessinés. Le teint pâle de son père et ses cheveux grisonnants lui donnent un air maladif, en comparaison. Mais à les voir tous les deux s'affronter dans ce bras de fer, impossible de nier le pouvoir qui irradie tant du père que du fils. Aucun des deux ne reculera ce soir. Ça, c'est certain. Ce qui l'est moins, c'est qui sera vainqueur à long terme.

– Cette liaison est en train de devenir une gêne nationale, siffle Albert. Ni moi ni ce pays n'accepterons qu'elle continue.

– Les liaisons sont secrètes. Je ne cache pas ma relation avec Clara et je me fous complètement de ce que vous ou ce pays en pensez ! Votre sang coule dans mes veines, que vous le vouliez ou non. Je serai roi, que vous le vouliez ou non, poursuit Alexander en s'avançant vers moi avant de m'attraper brusquement la main. Et je resterai avec Clara, que vous le vouliez ou non.

Les lèvres d'Albert s'entrouvrent pour laisser place à un mauvais rictus.

– Nous verrons bien.

– Nous verrons tout court.

Il fait volte-face et m'escorte hors de la pièce. Alexander marche si vite qu'il me traîne quasiment derrière lui et j'accélère le pas pour garder le rythme. Lorsque nous entrons dans une salle plongée dans le noir, je lève sa main pour le forcer à me regarder.

Je ne suis plus son secret, mais moi, j'en ai un et je ne peux plus le supporter.

– Il faut que je te dise quelque chose.

Mon cœur cogne fort dans ma poitrine. Je l'ignore et me force à me confesser et à m'excuser.

– Pepper est venue me voir avant que nous partions pour Saint-Moritz. Elle m'avait prévenue qu'elle avait des informations qui pouvaient te détruire et je ne l'ai pas crue.

Alexander me dévisage dans un silence de plomb.

Une peur tenace forme une boule dans ma gorge, mais je poursuis :

– Elle m'a donné une chance de l'arrêter et je ne l'ai pas saisie. Tout est de ma faute.

– Qu'est-ce qu'elle t'a demandé ? demande-t-il d'un ton sourd qui me glace le sang.

– Elle voulait passer une sorte de marché. Elle m'a dit que si je te quittais, elle ne te détruirait pas. (Les larmes roulent sur mes joues.) J'ai été trop égoïste pour te protéger.

En un éclair, Alexander est à mes côtés. Il prend mon menton dans ses mains et lève mon visage maculé de larmes vers le sien.

– C'est *moi* qui te protège *toi*. Où était Norris ? Elle n'aurait jamais dû pouvoir t'approcher.

– Je l'ai renvoyé. J'ai cru que je pouvais m'occuper d'elle.

– Personne ne peut s'occuper d'une salope aussi féroce que Pepper. Je ne suis pas en colère contre toi, mon chou, dit-il en essuyant une larme de son pouce. Je suis en colère de ne pas avoir été au courant de la situation. Même si je doute que quiconque ait pu s'attendre à ça après ses vagues menaces et ses ultimatums. Je vais devoir parler à Norris.

– Non, je le supplie. Il n'a rien fait de mal. C'est moi qui ai merdé.

– Quoi qu'il en soit, je ne veux pas que tu te retrouves en contact avec elle.

– Promis, maintenant que je sais à quel point elle est tordue.

Son visage est dans l'ombre, mais l'expression de doute qui le traverse est évidente.

– Elle… est… tordue.

Je me répète d'une voix étranglée. Chaque parcelle de mon être a besoin d'être rassurée, je dois savoir qu'Alexander est honnête, qu'il n'y a plus de mensonge entre nous maintenant.

– Je ne l'ai pas droguée. Je ne suis pas attiré par les femmes inconscientes.

Mais il ne me dit pas tout, il fait exprès de me dissimuler ses pensées. Je ne vais pas le forcer à me parler, pas tant qu'il est encore en train d'assimiler ce que je viens de lui dire.

Je pose mon index sur sa bouche ouverte et continue :

– Tu as encore des choses à dire. Tu me parleras quand tu seras prêt.

– J'ai besoin d'être sûr avant de te parler, mais après, je te dirai tout, mon chou. Plus de secrets. Plus de mur entre nous. (Il embrasse le dos de ma main et la serre dans la sienne.) Mais ce soir, je veux te ramener à la maison.

– J'irai où tu iras.

Je crois en sa promesse, j'en suis absolument certaine.

CHAPITRE VINGT-QUATRE

La rue est très calme lorsque la Rolls nous dépose devant notre porte. Alexander sort de la voiture en m'intimant de rester à l'intérieur. J'attends, je meurs d'envie d'être enfin à la maison, en sécurité derrière la barrière en fer forgé qui sépare notre sphère intime de ce public qui nous envahit trop fortement. Lorsqu'il ouvre enfin la portière en me tendant la main, je suis vraiment ravie de m'en saisir.

– Norris va s'occuper des bagages, dit-il calmement. Et je suis juste derrière toi.

Il est resté silencieux sur la majeure partie du trajet de retour et je ne sais pas s'il ressasse sa furieuse conversation avec son père ou s'il essaie d'assembler les dernières pièces du puzzle. Tout ce que je sais, c'est que nous sommes chez nous. J'ouvre le portail du jardin et m'attarde sur l'accueillante allée pavée qui mène à notre porte d'entrée. Un mouvement attire mon regard et me fait sursauter. Je serre fort le loquet dans ma main. Mon instinct me dit de partir en courant, jusqu'à ce qu'un visage bien connu émerge de l'ombre.

Encore essoufflée de ma frayeur, j'engage la conversation :

– Qu'est-ce que tu fais là ?

– Je suis venu parler à Alexander. J'imagine qu'il s'attend à me voir.

À cet instant, Alexander me rejoint et se fige sur place. Son regard se fait glacial quand il se rive à celui de son vieil ami.

– Jonathan, le salue-t-il sur un ton froid.

Lentement, l'une des pièces du puzzle que j'essayais d'assembler se met en place, mais l'image globale est toujours très floue. Mon regard va de l'un à l'autre et je tente de comprendre la conversation silencieuse qui se joue entre ces deux beaux visages.

– Tu n'aurais pas dû venir, poursuit Alexander.

– Il le fallait, l'interrompt Jonathan. J'ai besoin de t'expliquer ce qui s'est passé…

– Ta présence explique tout ce que j'ai besoin de savoir. Va-t'en, lui ordonne Alexander à voix basse.

Jonathan secoue la tête, provoquant un sourd grognement dans la gorge d'Alexander.

Je recule en me fondant dans les ombres du jardin. J'ai envie de disparaître dans la nuit pour qu'aucun des deux ne se rappelle ma présence. Heureusement, ils n'ont d'yeux que pour l'autre. L'atmosphère autour de nous se charge d'une tension palpable. Je pourrais la toucher, la chasser de mes mains et pourtant la laisser intacte. C'est un présage de violence et de sang, autant que la haine brutale qui émane du corps d'Alexander. Je suis soulagée que Norris soit dans les parages. Je ne servirais à rien s'ils en venaient aux mains, enfin plutôt quand ils y viendront.

– Ce n'est pas ce que tu crois.

Jonathan s'approche en fourrant ses mains nerveusement dans les poches de son manteau de laine et il continue :

– C'était un jeu innocent.

– Rien de ce qui s'est passé ce soir-là n'était innocent, hurle Alexander.

Ses mots se fracassent dans la nuit et résonnent dans le silence. Quelques maisons plus bas, une lumière s'allume.

Mais je ne bouge pas pour les calmer. Impossible d'arrêter ce qui se passe entre eux. Ils sont ailleurs, pris dans la toile du passé, et seule une confrontation les en libérera. Je ne peux qu'être spectatrice des conséquences.

Jonathan a désespérément envie qu'on l'écoute. Il secoue la tête et élève la voix :

– Pepper en avait envie. Juste un peu pour la détendre. J'aurais dû refuser. Elle n'était qu'une gamine.

– Et Sarah, gronde Alexander. Elle en avait aussi envie ?

– Je te jure que je n'ai rien donné à Sarah. Si elle en a pris, ce n'était pas ma came. Elles n'auraient même pas dû être là ce soir-là. Elles n'avaient pas l'âge légal, radote Jonathan en se rendant encore plus coupable.

Il signe lui-même son propre arrêt de mort.

Je commence à voir l'image d'ensemble, j'en saisis toutes les composantes, ces dizaines d'erreurs qui s'enchaînent pour donner naissance à une tragédie. Oui, il y a eu de la drogue dans l'histoire, mais ce n'est pas Alexander qui l'a fournie. Je le savais, mais je n'avais pas compris que Sarah en avait aussi pris. Maintenant, je comprends. Jonathan a fait une erreur, et une jeune fille innocente en a payé le prix de sa vie.

– Tu le savais ?

Alexander se rapproche de Jonathan et l'attrape par le col.

– Quand nous sommes partis ce soir-là, est-ce que tu savais que Sarah était droguée ?

Le visage de Jonathan respire la honte.

– Je m'en doutais.

Alexander le pousse et le fait tomber par terre avant de le regarder de haut, les poings serrés. Il transpire de fureur et la terreur s'empare de moi. J'ai du mal à respirer. Je ne sais pas jusqu'où Alexander pourrait aller ni quelle quantité de sang pourrait assouvir son désir de vengeance. Je n'ai jamais eu peur de lui dans le passé, mais là, il me terrifie. Je sors de l'ombre et me positionne entre les deux hommes.

– Tu ne veux pas…

Je suis coupée net dans mon élan par un regard d'Alexander.

– Ça ne te concerne pas, Clara.

– Tout ce que tu fais – tout ce que tu ressens, ce que tu supportes – tout me concerne, dis-je doucement. Ne pourchasse pas ton passé, X. Laisse tomber.

– On laisse tomber les bêtises. Là, ce n'était pas une bêtise, c'était une action lâche exécutée de sang-froid.

Il me repousse, s'accroupit pour que son visage soit à quelques centimètres de celui de Jonathan et poursuit :

– Il y a un temps pour le pardon. Il n'est pas encore venu.

Il l'attrape par le col et le force à se relever. Il le relâche, juste le temps de lui mettre un coup de poing dans le ventre. Jonathan est pris par surprise et il peine à respirer, mais sa réponse est immédiate, son propre poing s'abat sur la joue gauche d'Alexander. En les voyant se battre, je recule, déchirée entre l'envie d'appeler au secours et celle de partir en courant. Face à Alexander, Jonathan n'a aucune chance, pas quand il est dans cet état de rage déterminée. Il resserre les mains autour du cou de Jonathan qui se débat en le griffant, cherchant désespérément à respirer. Le visage de Jonathan se brouille alors que ses doigts se relâchent, se posant sur la poitrine d'Alexander.

– Stop !

Le cri me déchire et je me jette de tout mon poids contre Alexander. Ce n'est pas grand-chose, mais c'est suffisant pour lui faire lâcher prise.

Jonathan trébuche en arrière. Il cherche son souffle et crachote en s'effondrant à genoux.

– Pas ça, je supplie Alexander, il n'en vaut pas la peine.

– Elle en valait la peine, gronde-t-il. Mais tu as raison. Pas cette merde.

Il se retourne vers Jonathan et s'adresse à lui.

– Dégage. Je ne veux plus jamais voir ta gueule.

Je m'agrippe à Alexander en essayant de le retenir du mieux que je peux tout en lui murmurant des mots de réconfort. Ça n'a aucun effet. Son corps reste raide, à l'affût, même lorsque Jonathan vacille pour se relever et trébuche jusqu'au portail.

Il s'arrête devant et se retourne pour regarder Alexander, les jointures de ses mains sont blanches autour de la poignée.

– Pour ce que ça vaut, je suis désolé.

Alexander ne le regarde pas, mais sa réponse me donne la chair de poule.

– Ça ne vaut pas grand-chose.

Certaines choses peuvent être pardonnées. Certaines erreurs peuvent être confinées dans le passé. Mais là, impossible d'oublier. Impossible de pardonner. Jonathan semble le sentir, il ferme brièvement les yeux avant que le portail ne se referme derrière lui.

Je passe mon bras sous celui d'Alexander et l'encourage à avancer vers la porte d'entrée, mais il n'avance pas. Il se dégage, ramasse les sacs éparpillés par terre et rentre. Je laisse le silence de la nuit m'envelopper, trouvant un froid réconfort dans le contour des branches des arbres et les silhouettes des maisons. Rien ne semble réel, comme si le monde avait été gommé pour être réduit à une simple esquisse, me laissant exister dans l'ombre grisée qui y est projetée.

Je ne peux pas arranger ça. L'erreur de Jonathan ne peut pas être simplement effacée. Elle a brisé trop de vies et sa révélation n'a fait que rouvrir les blessures d'Alexander. Je ne peux que l'aimer en dépit de tout, le guidant hors des ténèbres dans lesquelles nous avons encore une fois été propulsés.

Norris arrive enfin et, de surprise, je prends une grande inspiration.

– Où étiez-vous ? Il a presque… presque…

Je suis bouleversée par mes émotions et je lutte pour ne pas verser les larmes qui menacent. Combien de fois vais-je pleurer cette nuit ? Tout est désastreux. Et même plus que ça. Albert ne s'arrêtera pas tant qu'il ne nous aura pas forcés à nous séparer. À chaque seconde qui passe, le monde juge Alexander un peu plus sévèrement. Dans combien de temps va-t-il craquer ? Combien de temps nous reste-t-il avant que le passé ne vienne encore à bout de notre amour ?

– Je protège Alexander, dit Norris en me prenant doucement par le coude avant de me guider vers la maison. Mais il mène ses propres batailles.

– Que dois-je faire pour l'arrêter ? je murmure. Comment puis-je lui montrer qu'il n'a plus besoin de se battre ?

Norris me sourit tristement.

– Vous connaissez déjà la réponse à ces questions, Mademoiselle Bishop. Vous le guérissez depuis le jour où vous l'avez rencontré, mais il faut du temps pour que les blessures comme celles-ci cicatrisent.

– Le temps nous manque.

Ça me fait mal de le dire, de reconnaître à quel point c'est dur. À chaque secret révélé au grand jour, la difficulté monte d'un cran. J'ai de plus en plus de mal à trouver ma voie dans le labyrinthe fantomatique d'erreurs qui égarent notre amour.

– L'amour ne subit pas l'épreuve du temps.

Il me tapote la main, ouvre la porte et attend que je rentre. Je le regarde partir en réfléchissant à ses sages paroles. Depuis que je suis tombée amoureuse d'Alexander, je suis obsédée par la date limite de péremption qui semble être indissociable de notre relation. C'est comme s'il y avait un moniteur invisible qui compte à rebours l'explosion d'une bombe. Mais peut-être que Norris a raison ; mon amour pour Alexander ne peut pas être emporté par des erreurs du passé. Il n'a pas fléchi lorsqu'il a été confronté aux menaces, aux mensonges et aux racontars. La seule personne qui peut le laisser m'échapper, c'est moi.

Et ça n'est pas près d'arriver.

La carrure athlétique d'Alexander s'impose sur le pas de la porte et je le regarde, trouvant de la force dans cette révélation. Je le rejoins, mais alors que j'arrive presque à sa hauteur, il recule.

– Je ne peux pas. Je suis désolé. Je ne peux pas.

Ses mots me font l'effet d'une gifle et je me rattrape au mur. Je ne peux pas lui permettre de se replier sur lui-même, pas maintenant. Pas quand il a besoin de moi.

– Alors, laisse-moi t'aider, dis-je doucement. Laisse-moi te protéger ce soir.

– Personne ne peut me protéger de ça, dit-il durement.

Ses mains se referment sur la veste qu'il avait laissée sur la rambarde de l'escalier. Il s'en saisit, la met sur ses épaules et se dirige vers la porte.

Tout au fond de moi, je trouve la force de m'interposer entre lui et la sortie.

– Ne va pas pourchasser des fantômes. Reste ici. Reste avec moi.

– J'en ai envie, mais ça ne sert à rien de continuer à jouer ce petit jeu, Clara. Nous savions tous les deux que ce jour allait arriver.

– Seulement si nous nous laissons faire.

Je murmure ma réponse, mais mes mots se perdent dans les ténèbres qui le consument. Il s'y est enferré, il n'arrive plus à trouver la lumière qui le guiderait vers moi.

– J'ai promis de te protéger.

En me répondant, les yeux d'Alexander se font fiévreux et une crainte que je connais bien s'installe dans mon ventre lorsqu'il poursuit :

– Et je te protégerai toujours, Clara. Tu es l'air que je respire. La seule bonne et vraie chose qui me soit arrivée. Maintenant, je comprends ce que ça veut dire de te protéger.

Moi aussi, je comprends. Ses mots tirent sur les fragiles cicatrices de mon cœur raccommodé et j'ai l'impression qu'il se fracture à nouveau, là où il était encore faible. Je pensais avoir guéri. Je pensais que l'expérience de la douleur de l'avoir perdu m'aurait rendue plus forte. Mais cette douleur résonne en moi, elle me déchiquette complètement. À chaque inspiration, ma poitrine se contracte et, peu à peu, je n'arrive plus à respirer.

– Non.

Je force ce petit mot à franchir la barrière de mes lèvres sèches.

Alexander me rattrape. Sa main se pose sur ma nuque et ses lèvres sur les miennes. C'est un baiser très tendre, la faim qui l'anime habituellement a disparu et pourtant, il est plus passionné, à cause de la note aigre-douce du chagrin qui s'y mêle. Mes lèvres s'écartent pour l'accueillir, je l'appelle à moi alors qu'il cherche une réponse sans connaître la question. Je lui réponds par l'amour. J'en déborde, je peux lui en donner. Un sourd grondement s'élève entre nous, mais avant que je ne puisse plaquer mon corps contre le sien, il met fin à notre étreinte.

Je n'essaie pas de l'arrêter quand il ouvre la porte. Alexander jette un regard en arrière vers moi, son regard est froid et distant.

Je lui donne un ordre :

– Reviens-moi.

– J'essaierai. Je te le promets, j'essaierai.

Et il s'en va.

***

Notre lit me semble trop grand. Je me roule en boule, les genoux contre la poitrine, mais je sens son absence aussi intensément que j'aurais senti sa présence. Aucune larme ne me vient, je n'en ai plus aucune. Chaque respiration est une marque de confiance, comme si la suivante allait m'apporter la preuve que la vie pourra continuer et lorsque je tombe dans les confortables bras de Morphée, je me laisse glisser. Les minutes passent. Les heures passent. La nuit devient mon alliée.

Et soudain, je ne suis plus seule. Je le trouve dans mon sommeil et en me réveillant, je sens le poids de son corps contre le mien. Alexander m'attire contre lui. Il m'enveloppe de ses bras, il m'appelle pour me faire sortir des ténèbres. Ses mains trouvent ma poitrine, il masse mes tétons, jusqu'à les rendre douloureux d'être aussi excités, et je me cambre contre lui. J'ai besoin de sentir sa peau contre la mienne, de savoir qu'il est de chair et de sang. La chaleur de son corps irradie et je me trémousse contre lui.

– Je ne pouvais pas rester loin de toi, murmure-t-il contre ma nuque. J'ai besoin de toi, mon chou.

Ses mots planent entre nous, notre besoin l'un de l'autre s'intensifie. J'écrase mes lèvres contre les siennes avec faim. Nos langues se mêlent, à l'instar de nos corps, nous luttons pour être le plus possible liés à l'autre. Le désir nous consume et nous dévore et même si nous nous serrons l'un contre l'autre avec force, ce n'est jamais suffisant. Alexander me retourne sur le ventre et lèche ma colonne vertébrale sur toute sa longueur avant de se lever et de caler mes hanches au bord du lit.

Un grognement primaire résonne dans sa poitrine et il agrippe mes fesses de ses mains musclées, m'attirant vers lui jusqu'à ce que je sois contre son sexe. Je sens son épais membre frôler mes chairs intimes. J'ai besoin de le sentir, pas seulement physiquement mais aussi émotionnellement. Je ne peux pas exorciser les fantômes de son passé, mais je peux les maintenir à bonne distance. Je me soumets à sa volonté en ondulant des hanches, recouvrant son sexe du fruit humide de mon excitation. Alexander a besoin de reprendre le contrôle sur sa vie. C'est impossible, mais je suis prête à lui céder le contrôle sur la mienne. Je le supplie :

– Prends-moi. Prends tout ce dont tu as besoin, X.

Il s'enfonce brusquement en moi avec une telle force que j'en ai le souffle coupé, il me pénètre complètement. Un gémissement s'échappe de mes lèvres.

– C'est ça. J'ai envie de t'entendre, m'ordonne-t-il en donnant de furieux coups de bassin.

J'empoigne les draps à pleines mains alors qu'il plonge encore en moi. Profond. Incroyablement profond. Mon cerveau disjoncte, perdu dans ses besoins et dans la réaction viscérale de mon corps. Chacun de ses mouvements vibre en moi, un changement de position du poignet, ses doigts qui s'enfoncent dans mes hanches, les battements de son membre en moi.

– Ne t'arrête pas.

À cet instant, j'ai autant besoin de lui que lui de moi. J'ai besoin d'être réconfortée par sa domination. Mon corps aspire à cet état de soumission, il veut être libéré et le libérer.

Sa queue s'enfonce encore et toujours en moi, je ne pose plus les pieds par terre. Je suis suspendue au lit, écrasée sous Alexander qui va et vient sans relâche. Il est mon centre. Mon essence. Je suis son sanctuaire. Son foyer.

– Putain !

Il crie, s'enfonçant complètement en moi et jouissant. Une main se glisse alors sous mon ventre et pince mon clitoris, me faisant voler en éclats, et j'explose à mon tour en criant son nom.

Mon corps se ramollit, ma vulve se contracte encore autour de son membre. Il reste derrière moi un instant, caressant légèrement le creux de mon dos et l'arc de mes fesses avant de se retirer. Je me sens vide, béante et, comme s'il le sentait, il me plaque contre lui en nous retournant sur le matelas. Alexander s'installe contre la tête de lit et tend la main. Son regard bleu s'est calmé, mais le désir d'être en contact physique est palpable entre nous. J'avance à quatre pattes vers lui, et lorsqu'il me montre son membre encore rigide, je m'installe sur lui, doucement, car mes chairs sont encore sensibles. Il me tient tendrement le dos et je m'abaisse sur lui. Sa verge me transperce et je gémis en m'agrippant à lui. Nous ne bougeons pas. Nous nous tenons l'un l'autre et notre respiration revient à la normale.

Lorsqu'Alexander reprend enfin la parole, ses mots m'anesthésient :

– Ça ne va pas être facile.

– Ça ne l'a jamais été.

D'un certain côté, j'ai envie de partir en courant avant qu'il ne soit trop tard, mais il me tient complètement, ce lien entre nous est trop fort. Je suis sa captive volontaire et il est mon maître.

– Mon père m'a demandé de participer à des réunions internationales.

Mon sang ne fait qu'un tour. Alexander est à nouveau expédié à l'étranger, forcé à l'exil pour un crime qu'il n'a pas commis. La distance ne me terrifie pas autant que la possibilité qu'il me revienne complètement brisé – que nous soyons encore une fois forcés de ramasser les morceaux.

– Pendant combien de temps ?

Je me concentre sur les détails pour ne pas avoir à affronter la réalité.

– Quelques jours. Des semaines. Je ne sais pas, admet-il.

Je dessine les traits de son visage du bout des doigts pour les mémoriser, sentant déjà le poids béant de la séparation. C'est encore pire de ne pas savoir pendant combien de temps nous allons être séparés, ça rend notre temps ensemble encore plus précieux. *L'amour ne subit pas l'épreuve du temps*. C'est plus facile d'y croire lorsque nous sommes réunis. Mais là, il n'a pas besoin de ma peur, il a besoin de ma foi. Lorsque nous sommes enlacés de cette manière, je ne doute pas que nous puissions surmonter cette épreuve aussi.

Alexander plante son regard dans le mien et je ne cille pas. Nous avons un million de choses à nous dire avant de faire face à cette épreuve. Un million de décisions à prendre. Mais je ne trouve pas les mots, alors j'ondule du bassin contre son érection, communiquant avec lui de la seule manière que je connaisse. Il répond en me rendant la pareille.

Nos corps parlent à notre place et alors que mes membres commencent à se contracter et que je jouis, il trouve la seule réponse dont il a besoin.

– Je t'aime, Clara.

CHAPITRE VINGT-CINQ

Mon regard tombe sur le calendrier punaisé au mur au-dessus de mon bureau. Deux semaines. Quelques lettres sont venues ponctuer de longues phases de silence. La seule constante, c'est la rose qui m'est livrée au travail tous les matins avec un petit message de deux mots écrit de la main du fleuriste.

Pour lundi.

Pour mardi.

Pour mercredi.

J'essaie d'ignorer le fait que ce matin il n'y a pas eu de rose. Le fleuriste doit être malade.

Je me suis mise à suivre les informations sur ses voyages pour compléter les trous. Le seul contact sur lequel je peux compter, ce sont les photos qui paraissent tous les jours dans les journaux et sur Internet. Mais même en exil, les rumeurs le pourchassent. On n'a pas fait taire Pepper. Elle parle à qui veut l'entendre et nombreux sont ceux qui ont envie de tendre l'oreille. Aujourd'hui, j'ai vu sa photo s'étaler sur la page d'accueil du *Guardian*, elle demande l'ouverture d'une enquête que la famille d'Alexander n'a que trop envie d'éviter. Je connais la vérité, je sais ce qui s'est passé ce soir-là, mais je sais aussi qu'il va être impossible de prouver son innocence si on en arrive là. Pour le moment, Jonathan ne s'est pas manifesté pour raconter sa version des faits. Il semble peu probable qu'il le fasse un jour.

Je tape sur mon clavier pour faire disparaître son visage de mon écran. Je ne peux pas lui en vouloir d'avoir fait une erreur ce soir-là. J'en ai fait pas mal moi-même. Mais je lui en veux d'essayer de gâcher la vie d'Alexander maintenant.

Je compose un numéro, sans réaliser qui j'appelle, jusqu'à ce qu'il soit trop tard pour y renoncer.

– Mademoiselle Bishop, répond gaiement Edward, tu es en vie !

– J'ai été très prise par mon travail.

N'importe quel enfant pourrait voir clair dans mon jeu, mais Edward est bien trop gentleman pour me mettre le nez dans le caca.

– Tu me manques.

Prise au dépourvu par son aveu, je me rends compte que lui aussi me manque. Pas simplement parce qu'il représente le seul lien tangible avec la partie de moi qui est absente mais aussi parce que j'ai besoin de parler à un ami. Trop facilement, j'ai repris mes mauvaises habitudes, en essayant de travailler chaque minute où je suis forcée de rester loin d'Alexander.

– Toi aussi. Du nouveau ?

Je me force à poser cette question, malgré ma langue desséchée et un léger sentiment de culpabilité.

Je ne veux pas qu'Edward pense qu'il n'est pour moi qu'une source d'information.

– Pepper refuse de parler à tous les membres de la famille royale, soupire Edward.

Je le sens tout aussi frustré que moi par la situation.

Alors, Pepper préfère divulguer sa version toxique des événements aux médias plutôt que d'affronter ceux qu'elle accuse. Ça me fait mal d'avoir à apprendre une pareille nouvelle de la bouche de quelqu'un d'autre qu'Alexander.

Edward rompt le silence qui s'est installé.

– Tout va bien ? Je pourrais te rejoindre pour le déjeuner.

– Non, ça va. Mais si on se voyait ce week-end ? J'aurais bien besoin d'un peu de compagnie…

– Je vais faire le vide dans mon emploi du temps. On pourrait regarder des films à l'eau de rose et boire du vin, trop de vin.

Je souris. C'est à ça qu'on voit que c'est un véritable ami. Malgré son bonheur actuel, il accepte de partager ma peine.

– Vendu.

– Clara, dit-il d'une voix empreinte de sollicitude, si tu as besoin de moi, je suis là. N'importe où. N'importe quand.

– Je sais.

Je murmure, mais c'est difficile de rester forte quand quelqu'un d'autre a conscience de mes faiblesses, mais si je cède maintenant, ça voudra seulement dire qu'Albert a réussi à venir à bout de ma détermination.

Je raccroche le téléphone et regarde le mur. Je suis restée en dehors de tout ça, comme le voulait Alexander, lui permettant de s'occuper de tout ce qui menace de détruire notre relation. Il faut que ça cesse. Immédiatement.

Je me lève et me dirige vers le bureau de Bennett. Je me prépare mentalement à interrompre un moment intime entre Tori et lui, mais en fait, il est seul. Il lève les yeux de son ordinateur et prend un air soucieux lorsqu'il m'aperçoit avant de me faire signe d'entrer. Un peu anxieuse, je me tortille sur la chaise devant lui.

– Allez, dis-moi tout, m'ordonne Bennett.

– J'ai besoin de prendre une grande pause déjeuner.

Bennett marque un temps d'arrêt, visiblement perplexe.

– Bien sûr, m'accorde-t-il doucement. Tu n'as pas à demander. Je suis à peu près sûr que si l'on compte les pauses déjeuner que tu as passées à travailler, tu mérites à peu près une semaine de congé.

– Je sais, mais il se pourrait que je ne revienne pas.

– Pour toujours ?

Son regard brun pétille, il a du mal à réprimer son fou rire. Je me détends un peu et secoue la tête.

– Pour l'après-midi. Je dois aller voir quelqu'un et je ne suis pas certaine que ce sera une partie de plaisir.

– Prends tout le temps qu'il te faut, dit Bennett en s'installant confortablement dans son fauteuil. Je ne voudrais pas être indiscret, je sais qu'il se passe pas mal de choses dans ta vie ces temps-ci, mais tu sais ce que tu fais, hein ?

Je hoche la tête, je sais que je mens. Je n'ai aucune idée de ce que je suis en train de faire. J'agis purement à l'instinct.

– Je te verrai tout à l'heure.

Il se remet à travailler. En quittant son bureau, je téléphone. Belle décroche à la première sonnerie. Avant même d'avoir le temps de la saluer, je rentre directement au cœur du sujet :

– J'ai besoin de ton assistance.

– Dis-moi où tu veux que je te retrouve.

Je récite l'adresse que j'ai trouvée sur Internet. Elle ne pose pas de question.

J'ai des amis et il est temps que j'arrête de les éviter. Je ne me sortirai pas toute seule de cette situation par la force pure, mais avec eux, je sais que c'est possible.

***

J'arrive à Kensington après avoir semé le garde du corps à qui Alexander m'a confiée. À l'évidence, Belle a pris sa mission très au sérieux. Elle est vêtue d'un leggin noir et d'un énorme pull noir également. Elle a attaché ses cheveux blonds en chignon sur sa nuque.

– On dirait que tu es prête à partir en mission d'espionnage, dis-je en riant.

– Ouais, bon, rétorque-t-elle en me regardant par-dessus la monture de ses immenses lunettes de soleil noires. D'abord tu m'appelles en me demandant de t'assister et ensuite tu me donnes une adresse inconnue. Je suis parée à affronter toutes les situations.

– Alors, c'est parti, James Bond.

Mais avant que je ne puisse faire un pas vers la porte, elle m'attrape le poignet pour m'arrêter.

– Qu'est-ce qui se passe, Clara ? Qu'est-ce que je fais là ?

Peu importe ma réponse, je sais qu'elle est à cent pour cent derrière moi. Il n'y a aucune raison de continuer à lui dissimuler la vérité.

– Tu es là pour m'empêcher de la tuer.

– Qui ? glapit Belle.

– Perverse Pepper, dis-je en jetant un coup d'œil à la porte.

– Tu penses que c'est une bonne idée ? Une seule photo de paparazzi et tu te retrouves en une de tous les magazines du pays.

Mes lèvres forment un sourire plein de regrets.

– C'est un peu là-dessus que je compte.

Je sonne à la porte. Belle est à mes côtés, elle joue les dures du mieux qu'elle peut et je dois dire qu'elle le fait très bien. Je n'ai pas toujours eu bon goût pour choisir mes amants, mais côté meilleure copine, j'assure, grave. Personne ne répond et ma détermination flanche un peu. Je ne suis pas venue jusqu'ici pour ne pas aller jusqu'au bout. Je cogne la porte de mes poings. Elle s'entrouvre et une paire d'yeux bien connus m'apparaît. Ils s'écarquillent lorsqu'ils voient qui est la cause de tout ce raffut.

Je pousse la porte en grand avant qu'elle ne puisse me la claquer au nez.

– Il faut qu'on parle.

– Comment m'as-tu trouvée, demande-t-elle, le visage visiblement choqué.

– J'ai mes sources.

Ce que je ne lui dis pas, c'est qu'il n'est pas nécessaire d'être un génie pour savoir qu'elle s'est réfugiée chez le plus proche membre de sa famille dans Londres. Cette fille vit pour être en couverture de tous les torchons à scandale. Elle devrait savoir qu'elle n'a plus de vie privée. Si elle l'ignorait encore, maintenant, elle est au courant.

Pepper croise ses bras fins sur sa poitrine et jette un coup d'œil nerveux à Belle. Je dois définitivement un verre à ma meilleure copine, tout à l'heure.

– Je n'ai rien à te dire.

– Ça me va.

J'entre dans la maison et me dirige vers le séjour où j'attrape une photo encadrée. On y voit une Pepper souriante qui serre dans ses bras une version plus âgée d'elle-même. Je déteste l'admettre, mais si elle vieillit comme sa tante, elle sera absolument sublime à la quarantaine.

– Je ne suis pas intéressée par ce que tu as à me dire. Je suis venue ici pour te dire comment ça va se passer, maintenant.

Elle plisse les yeux, réduits alors à deux fentes.

– Si tu penses que j'ai envie de passer un marché avec toi…

– Le temps des négociations est révolu. Je ne fonctionne pas comme eux.

Je pose mes mains sur mes hanches et la regarde d'un œil mauvais, puis je me lance :

– À partir de maintenant, tu n'auras plus jamais de lien avec Alexander ou sa famille. Tu ne les approcheras pas. Tu ne parleras pas d'eux. Tu ne vendras plus jamais leurs histoires aux tabloïds.

– Et pourquoi ferais-je ça ? Tu n'es rien pour eux. Je n'ai pas à t'écouter, siffle-t-elle.

– Parce que je suis à peu près sûre que ton père n'appréciera pas de découvrir que sa fille s'est envoyé le roi.

Devant la bombe que je viens de lâcher, le sang-froid de Belle la lâche, elle en perd un peu de son maintien et fait glisser ses lunettes de soleil sur son nez, la bouche grande ouverte de surprise.

Toute couleur a quitté le visage faussement doré de Pepper quand elle répond :

– Tu ne ferais pas ça.

J'ai trouvé une faiblesse, il ne me reste plus qu'à m'y engouffrer.

– Ah oui ?

J'articule bien, je ne veux pas qu'elle sous-estime mes mots et qu'ils s'envolent en fumée dans sa petite tête.

– Tu sais ce que je fais chez Peters & Clarkwell ? J'écris des communiqués de presse. Ok, je n'ai jamais rien écrit pour vendre une histoire à la presse à scandale, mais je ne pense pas que ce soit bien différent.

Pepper s'agrippe au rang de perles qui habille si élégamment son cou.

– C'est du chantage.

– Je sais. C'est toi qui m'en as donné l'idée, je lui fais remarquer.

Comment peut-elle être encore plus stupide ? C'est la question qu'elle devrait d'abord se poser.

– J'ai déjà quelques idées pour les gros titres. *Pepper : une poupée pour le roi. Sa maîtresse a l'âge de sa fille.*

– Ah oui pas mal, me coupe Belle d'un air insolent. On sent bien le côté enfance/vieillesse de la romance.

– Mais tu crois que ça fait assez d'effet pour le côté sensationnel ?

Belle joue le jeu, et nous faisons semblant d'ignorer le sentiment d'horreur qui s'empare peu à peu de Pepper.

– Tu penses quoi de celui-là : *Depuis quand la meilleure amie de la princesse Sarah couche-t-elle avec le roi ?*

Belle se tapote le menton d'un air songeur et répond :

– Moins spirituel, mais beaucoup plus efficace. Honnê-tement, je pense que les deux peuvent faire mouche.

– Il leur en faudra plus d'un. Je ne pense pas qu'un seul journal voudra faire l'impasse sur une histoire pareille.

– Sortez ! hurle Pepper.

Elle court vers la porte et l'ouvre avant de m'interpeller.

– Pas avant d'être sûre que tu laisseras cette famille tranquille. Ta relation avec eux est morte avec Sarah, je lui réponds froidement.

Pepper fulmine alors que Belle et moi passons devant elle.

– Tu ne seras jamais des leurs.

Je lui montre exactement à quel point je suis touchée par son commentaire en lui faisant négligemment un doigt d'honneur.

Dès que nous nous retrouvons au coin de la rue, Belle me bombarde de questions :

– Putain mais ça sort d'où, ça ? C'est vrai ? Et merde, qu'est-ce que tu as fait à ma meilleure copine ?

– C'est vrai, dis-je en haussant les épaules. Elle aurait dû savoir que ça allait venir.

– Voir quoi venir.

– Moi, dis-je sur un ton féroce. Elle aurait dû savoir que je protège ce qui est *à moi*.

***

Je découvre que la vengeance m'a ouvert l'appétit, alors nous mangeons un morceau en chemin avant que je retourne au bureau. Je me sens plus légère, ce qui ne m'était pas arrivé depuis que nous avons quitté la Suisse. Me confronter à Pepper m'a permis de reprendre confiance : je suis assez forte pour nous guider tous les deux hors de cette zone de danger. Si elle prend ma menace au sérieux, elle ne sera bientôt plus sous le feu des projecteurs et elle disparaîtra en même temps que sa demande d'ouverture d'enquête sur la mort de Sarah. Maintenant, il doit juste rentrer à la maison. J'en ai besoin.

Lorsque je retourne enfin au travail, la tête de Tori surgit au-dessus de mon bureau.

– Ton téléphone n'a pas arrêté de sonner.

– Je suis désolée.

Je vérifie pour voir si on m'a laissé un message, mais il n'y en a aucun.

– Dès que quelqu'un décroche, ça raccroche m'informe-t-elle. J'ai l'impression que quelqu'un ne veut parler qu'à toi.

La voix de Tori disparaît à mesure que la panique s'empare de moi, ne laissant place qu'à la peur. Daniel sait où je travaille. Il est déjà venu ici. Avec tout le chaos autour d'Alexander, j'ai choisi d'éviter d'apprendre quoi que ce soit sur le procès imminent de mon ex. S'il a été relâché, j'aurais dû en être informée. Tant qu'il est derrière les barreaux, je suis en sécurité. Mais je ne peux pas ignorer que ce que m'a dit Tori me fait froid dans le dos. Je n'ai aucune preuve que Daniel m'ait déjà appelée, mon instinct me dit seulement que les appels mystérieux que j'ai reçus cet été venaient de lui. À l'époque, je ne savais pas qu'il fallait que je m'en inquiète, maintenant, c'est une autre histoire.

Le téléphone sur mon bureau sonne de façon stridente et Tori me le désigne d'un signe de tête avant de retourner à son poste. Je tends une main tremblante pour décrocher le combiné. Il a raccroché au nez de mes collègues parce qu'il voulait me parler.

– Allô ?

– Clara.

La voix à l'autre bout de la ligne me réchauffe instantanément. Elle m'embrase même.

– Bon Dieu, X.

Je suis tellement soulagée que je soupire, mais la sensation ne dure pas, alors je clarifie :

– Est-ce que c'est toi qui as essayé de m'appeler tout l'après-midi ?

– Oui, confirme-t-il.

– Les gens normaux laissent un message, ils ne raccrochent pas au nez de ceux qui répondent.

Pourquoi lui fais-je la morale au fait ? On s'en fout qu'il ait raccroché au nez de toutes les personnes de cet immeuble, non ? L'entendre me parler diminue la distance entre nous.

– Je ne suis pas vraiment une personne normale, dit-il sèchement.

– Je n'ai jamais dit que tu l'étais, X.

Je me détends sur ma chaise de bureau, savourant notre échange autant que le son de sa voix.

– Norris viendra te chercher en sortant du bureau.

Je me redresse en agrippant le téléphone. Norris accompagne Alexander. S'il vient me chercher…

– Il sera là à dix-sept heures trente, continue-t-il devant mon silence.

– Tu es rentré à la maison ?

Je murmure ma question, effrayée d'espérer que ce soit la réalité.

– Oui.

– Je t'y verrai ?

– Oui. Nous devons… discuter. Désolé, je ne peux pas te parler tout de suite.

Il dit quelque chose d'une voix étouffée et je m'aperçois qu'il a mis sa main sur le combiné.

Je choisis de croire que la distance que j'entends dans le ton de sa voix est due à son environnement. Il est en voyage. Il doit y avoir des gens autour de lui. Mais je n'arrive pas trop à y croire. Penser à l'alternative est trop douloureux.

– Je serai là.

Mais il ne m'entend pas car il a déjà raccroché.

CHAPITRE VINGT-SIX

C'est toujours une gageure de circuler dans Londres en fin d'après-midi. En sortant de chez Peters & Clarkwell, j'ai l'estomac noué et je vois des voitures garées pare-chocs contre pare-chocs dans toute la rue. La Rolls-Royce noire aux lignes épurées s'insère dans les embouteillages et s'approche de l'entrée du bureau. Je me dépêche de me glisser sur la banquette arrière, sans attendre que Norris ne sorte pour m'ouvrir la porte. Comment ai-je fait pour survivre à cette journée de travail sans devenir folle ? Je ne le saurai jamais. Je ne veux pas rester dans les limbes plus longtemps. Dès que je referme la portière, Norris nous fait avancer dans la petite ouverture qui vient de se créer entre deux voitures.

Je laisse la vitre de confidentialité baissée, je n'ai pas envie d'être seule. La conversation n'est pas le fort de Norris, mais sa présence silencieuse est toujours plus agréable que la solitude. Impossible d'échapper à l'assaut des « et si… » qui ont envahi mon cerveau. Mes idées se bousculent, ce qui m'empêche de me concentrer sur une seule et d'y répondre.

Du coup, je me retrouve prise au piège de vagues souvenirs et de théories à moitié abouties. Je suis passée en mode survie, mais je me refuse à atteindre le stade de réflexion où l'hypothèse la plus logique de ce qui est sur le point d'arriver est le mot fin. Mon instinct me dit de me protéger, de me préparer au pire, alors même que la confusion fait des ravages dans mon ventre. J'ai traversé ma période de séparation d'Alexander avec l'intime conviction que nous nous en sortirions ensemble. Je me suis agrippée à cette idée aussi longtemps que possible. Certains jours, c'était plus facile que d'autres. Aujourd'hui, ce n'est pas le cas. Mais je suis sûre d'une chose :

Je l'aime.

Plus qu'hier et plus encore que le jour d'avant. Moins que demain. Mon amour pour Alexander n'a fait qu'ampli-fier depuis que nous sommes séparés et il est plus fort que mes doutes. Si Alexander est perdu, je le retrouverai. S'il est brisé, je le guérirai. Nous pouvons nous aider mutuellement à guérir. Il n'y a aucune alternative possible. C'est impossible avec l'amour. Impossible de laisser tomber. Plus maintenant. Pas sans l'abandonner. Je connais le véritable Alexander maintenant. Je l'aime pour l'homme qu'il veut être et aussi pour celui qu'il va devenir. J'ai mis toutes mes forces dans la bataille.

Norris jette un coup d'œil par-dessus son épaule.

– Je vais passer par Westminster et voir si je peux éviter de prendre la A501.

– Ok.

Je me moque complètement de l'itinéraire qu'il veut prendre. Une partie de moi a envie de lui dire d'accélérer, voire de sauter de la voiture pour détaler dans le métro. L'autre partie redoute la tempête qui est sur le point d'éclater. Un trajet en voiture plus long me laissera plus de temps pour me préparer. Que le destin s'empare de la route que je vais emprunter, j'ai pris ma décision sur la direction que doit prendre mon avenir. Alexander veut me repousser parce qu'il pense à tort que c'est comme ça qu'il va me protéger. Mais je ne me sens en sécurité que lorsque je suis à ses côtés. Son absence m'a montré qu'il était ma moitié. Séparée de lui, j'ai eu l'impression d'être coupée en deux. La moitié de mon corps, la moitié de mon cœur, la moitié de mon âme m'ont été arrachées. Il me complète et je ne suis pas prête à le laisser partir, pas sans m'être battue.

J'aperçois le Parlement devant nous. Il prend toute la place dans le paysage. Il brille déjà sous la lumière des projecteurs de la nuit qui s'annonce. Big Ben est juste à côté. Mais ça ne m'intéresse pas. En fait, mon regard se dirige vers un nouveau venu dans le panorama du quartier : le Westminster Royal. Mon cœur fait un bond comme je jette un coup d'œil vers les fenêtres du dernier étage. J'ai l'impression qu'il s'est écoulé une éternité depuis que j'ai accepté d'y retrouver Alexander. Il s'est passé tant de choses et pourtant, tout autour de moi je vois les souvenirs éternels du passé. L'espace d'un instant, j'aimerais que le temps s'écoule à l'envers et que Norris m'y conduise pour la première fois. J'aimerais pouvoir revivre en boucle mes souvenirs avec lui dans cet endroit. Ce serait bien plus simple que d'aller se battre.

Mais ça ne serait pas la réalité.

Plutôt que de traverser Westminster, la voiture prend un virage à gauche et emprunte le pont. Je me penche en avant pour regarder par-dessus l'épaule du chauffeur.

– C'est un sacré détour pour rentrer à la maison.

– Alexander m'a demandé de faire un arrêt, répond Norris sans plus de détails.

C'est une chose de ne pas avoir beaucoup de conversation. C'est en est une autre d'être énigmatique.

Par la fenêtre, je vois la Tamise devenir floue avec les centaines de touristes qui prennent des photos le long du célèbre pont de Westminster. En roulant à une telle vitesse, impossible de voir leurs têtes en passant, le monde extérieur est aussi brouillé que je le suis intérieurement. Devant nous, de nombreuses voitures se sont arrêtées des deux côtés de la route. Nous ralentissons en approchant avant de complètement nous arrêter. Je me glisse sur le côté gauche et j'ouvre la fenêtre pour essayer de comprendre pourquoi nous sommes soudain stoppés. Il n'y a aucune équipe médicale ni d'intervention d'urgence, seulement des groupes de touristes surexcités et des agents de sécurité.

Des agents de sécurité et non des policiers.

Lorsque Norris détache sa ceinture et sort de la voiture, j'assimile cette information. Il ouvre la portière arrière et m'aide à sortir. Je lisse ma jupe crayon et observe la foule pour voir si Alexander est parmi eux, mais je ne vois rien. Je boutonne mon manteau de laine pour me protéger de l'air automnal, sors mes cheveux du col et essaie d'avoir l'air présentable. Je n'ai pas vu Alexander depuis plusieurs semaines et je porte des vêtements de bureau. Heureusement, mon manteau Alexander McQueen, élégamment évasé à partir de la taille, donne un aspect très féminin à ma tenue. J'oublie d'attraper mon sac à main.

Je me tourne vers Norris et l'interroge d'un sourcil levé.

– Qu'est-ce que je fais là ?

Il me répond d'un sourire qui me déstabilise. Norris est un homme subtil, assez avare de sa conversation comme de ses émotions. Mais là, il ne prend pas la peine de dissimuler ses sentiments. C'est un étrange mélange de joie, d'anxiété et de confiance. Il s'avance vers les marches qui mènent aux attractions qui bordent la berge Sud de la rivière. Je suis son geste des yeux, surprise de voir que la masse de touristes s'est séparée en deux lignes bien ordonnées de chaque côté des escaliers. Des étrangers prennent quelques photos lorsque je m'approche et que je cherche à attraper la rambarde. Mon appréhension se transforme en confusion quand je repère deux visages bien connus sur le palier qui mène à la prochaine volée de marches.

Edward m'accueille d'un immense sourire. Il tient la main de David. Je me concentre sur eux pour arriver à leur hauteur. Je sais qu'ils ont des réponses.

Mais quand je m'arrête devant eux, Edward sort une unique rose de derrière son dos et me dit doucement :

– Pour aujourd'hui.

Mes yeux me piquent. Je ne comprends pas vraiment ce qui se passe et pourtant, mon cœur bat à toute vitesse, essayant de m'expliquer ce que je ne peux pas saisir. Alexander n'a pas oublié de m'envoyer de rose. Il savait qu'il rentrait à la maison et il a organisé… tout ça… Ce truc… C'est ce que je n'arrive pas à comprendre. Qu'est-ce qui se passe ?

Je regarde David en espérant avoir un autre indice. Il esquisse un sourire et jette un coup d'œil rapide à Edward avant de me tendre une autre rose écarlate :

– Pour demain.

Je craque et les larmes commencent à rouler sur mes joues. J'accepte la fleur et je les serre tous les deux de toutes mes forces dans mes bras. Dès que je les laisse et fais quelques pas, une autre personne s'avance pour m'offrir une rose.

– Pour jeudi ! s'exclame une femme en me forçant à en prendre une de plus.

– Pour vendredi.

Pour octobre. Pour novembre. Pour le matin de Noël. J'ai du mal à essuyer les larmes qui s'accrochent à mes cils avec les mains pleines de fleurs, mais je continue en riant et en pleurant. Mon nez se met à couler. Je suis certaine qu'il est écarlate lui aussi. Je ne ressemble probablement à rien et je m'en moque complètement. Je trébuche presque sur la dernière marche de la deuxième partie de l'escalier et je passe toutes les roses sur un de mes bras pour me libérer une main. Il n'est pas question que je gâche ce moment en me cassant la figure et en me brisant la nuque. Quelqu'un me prend les roses des bras et je fais volte-face pour découvrir que c'est Belle qui est derrière moi. Je n'ai pas besoin d'un miroir pour voir de quoi j'ai l'air avec toutes ces larmes, parce que Belle pleure tout autant que moi. Je la prends dans mes bras, je regorge d'amour et de sentiments. Lorsque nous nous séparons enfin, elle me tend un mouchoir. Je m'essuie les yeux et tapote mes joues jusqu'à ce qu'elle me fasse signe que je suis prête à reprendre mon périple.

– Tu savais déjà tout ce midi quand on s'est vues, lui dis-je sur un ton accusateur.

Elle me sourit d'un air suffisant et hausse les épaules.

– Tout le monde sait qu'il faut m'appeler quand on a besoin d'une assistante.

– Tu veux bien me les tenir ?

Quelque part, j'ai l'impression qu'il y a d'autres roses qui m'attendent.

– Naturellement, me promet-elle. Je serai toujours là pour toi.

Je le sais déjà, mais me l'entendre dire me fait pleurer de plus belle. Joueuse, mon amie me pousse vers la dernière volée de marches.

– Vas-y, il t'attend.

Je continue et suis surprise de voir mes parents à mi-chemin. Ils me tendent une rose ensemble et ma mère me murmure :

– Pour les moments difficiles.

À cet instant, la trahison de mon père et la façon dont elle l'a traitée n'a plus d'importance. Peu importe ce qui s'est passé, ils seront toujours là pour moi. À leur manière, même si elle est un peu bizarre.

Sur la marche suivante, Lola me sourit et m'offre une autre magnifique fleur.

– Pour les erreurs du passé.

Je ne reconnais pas les gens qui sont alignés le long de la berge. Ce sont des inconnus, mais tous ont des roses dans les mains, ils me guident vers mon avenir. De petites lumières scintillent dans les arbres, projetant un halo onirique dans la lumière du crépuscule. Quelques personnes me tendent leur rose quand je passe devant eux, d'autres les jettent simplement sur mon chemin pour l'embellir. Une petite fille s'échappe des mains de sa mère et chancelle en s'avançant vers moi. Elle me tend une rose et je me baisse pour l'accepter.

– L'amou, me dit-elle avec son adorable prononciation de bébé.

Je repasse une couette derrière son épaule et je la serre brièvement dans mes bras.

Pour l'amour.

Tout ça au nom de l'amour.

Je me relève et remarque que le London Eye a cessé tout mouvement. L'immense grande roue ne s'arrête jamais de tourner en journée, mais là, elle est immobile. Je la regarde intensément, remarquant à peine tous les autres badauds ni même les flashs des appareils photo ou des téléphones. Sur la rampe, là où devrait s'étendre la file de touristes, je vois un homme vêtu d'un costume sombre. Il incline la tête et je remarque qu'il porte une oreillette. Il détache le cordon qui sépare l'entrée VIP de cette attraction si populaire et fait un pas de côté. Je grimpe doucement les marches, mon cœur bat si vite que j'en tremble.

En bas de la roue, une nacelle dans laquelle m'attend Alexander. Son costume sombre est coupé pour mettre en valeur sa carrure athlétique, même si les manches le serrent un peu au niveau des biceps. En regardant de plus près, j'étouffe un cri de surprise. C'est le costume qu'il portait le jour où nous nous sommes rencontrés, il a parfait le détail jusqu'à la cravate desserrée et le col déboutonné. Nous plongeons nos regards l'un dans l'autre et il sourit avec espièglerie. J'en ai les joues rouges. En approchant, je l'interpelle :

– Tu n'y vas pas de main morte, X.

– J'ai une dernière rose pour toi, dit-il sans bouger pour me la donner.

Il attend que j'entre dans la cabine. Les portes se ferment derrière moi et, surprise, je me retourne pour découvrir que la roue s'est mise à tourner, nous élevant lentement vers les étoiles. Je me perds quelques secondes dans l'incroyable panorama de Londres dont le scintillement se reflète dans la Tamise. Lorsque je me retourne vers Alexander, il n'est plus debout sur ses pieds.

Je plaque une main sur ma bouche. Dans sa paume, un bouton de rose éclos sert d'écrin à une bague au milieu des pétales veloutés. Tout comme Alexander, elle ne ressemble à rien de ce à quoi j'aurais pu rêver lorsque j'étais petite fille. Des douzaines de petits diamants enserrent un flamboyant rubis absolument parfait. Les lumières brillantes du monde extérieur s'y reflètent, le faisant briller. C'est d'une beauté indéniable.

– Pour toujours, promet Alexander. Épouse-moi, Clara.

***

Ce n'est pas une question, même s'il a un genou à terre. Même dans cette position, Alexander est incapable de refréner sa nature dominante. Mes émotions me bouleversent complètement, c'est une guerre intérieure. J'ai envie de passer l'anneau à mon doigt. J'ai envie de partir en courant. J'ai envie de pleurer et de l'embrasser et aussi de dire oui. J'ai envie de lui mettre une claque pour lui faire comprendre la réalité du monde.

– Je… Je…

Je ne sais pas quel côté va l'emporter.

– C'est ce que je me disais, mon chou. Tu réfléchis toujours trop.

Alexander se lève, prend ma main et me dit :

– Quand comprendras-tu qu'il faut que tu fasses ce que je te dis ?

– Je te dirais bien que j'ai toujours été une élève exemplaire, particulièrement dans la chambre.

Je prends une profonde inspiration pour y puiser des forces. Je suis venue à lui, prête à me battre pour nous, mais je n'étais pas prête à ça. Alors j'ajoute :

– Mais pas vraiment à l'extérieur.

– C'est exactement pour ça que nous sommes ici, confesse Alexander. Tu es bloquée avec moi pour les trente prochaines minutes.

– Nous sommes dans une nacelle en verre.

– Ce serait trop facile de te persuader.

Il m'attire contre lui et je frissonne de plaisir rien qu'en le touchant. Ma réaction ne passe pas inaperçue. Alexander arque un sourcil, comme pour me dire *Tu vois ce que je veux dire ?*

– Alors, c'est quoi ton plan ?

Mon cœur fait des bonds lorsque mes yeux passent de son parfait visage à la bague qu'il tient toujours comme une offrande.

– Te convaincre de devenir ma femme.

Il penche la tête et capture mes lèvres. Ce n'est pas le baiser d'une faim à peine contenue que nous partageons d'habitude. Celui-ci est tendre et plein de promesses silencieuses. Lorsqu'il y met fin, je résiste à la tentation de le faire revenir à moi. Il n'essaie peut-être pas de me persuader de dire oui, mais si je ne reprends pas le contrôle de mon corps, c'est exactement ce qui va se passer.

Comme un gentleman, il fait un pas en arrière, donnant assez d'espace à nos anatomies respectives pour se concentrer. Alexander met la fleur et la bague dans sa poche. Puis il me fait signe de l'index de me rapprocher.

Quelle que soit la décision que je dois prendre, il ne m'a pas tenue dans ses bras depuis trop longtemps. Je vais vers lui sans hésitation. Il me fait faire demi-tour pour que je puisse regarder Londres. Il serre ses bras autour de moi et murmure à mon oreille :

– Tout ça. C'est à toi.

Quelqu'un qui ne le connaît pas pourrait prendre ses mots prononcés tout bas pour une tactique pour me tenter. Mais j'entends la légère fragilité de sa voix. Pas de tentation ici, juste un avertissement. Choisir Alexander implique de choisir le devoir avant la liberté. L'épouser implique de renoncer à la vie que j'avais prévu d'avoir pour une existence lourde d'inimaginables responsabilités. Si je deviens sa femme, chaque moment de ma vie sera scruté à la loupe et disséqué, des vêtements que je porte aux événements auxquels je choisirai d'assister. J'ai déjà eu un avant-goût de cette vie. Les vautours ont fondu sur moi prématurément pour se disputer mes restes et je ne peux pas dire que je m'en sois sortie indemne.

– Je sais que c'est égoïste de ma part de te le demander, poursuit-il. J'ai très peu de choix dans ma vie. Je suis lié à ce pays par devoir et je sais que je te demande de te plier aux mêmes obligations. Mais il y a un choix que je *peux* faire. Je peux te choisir toi et c'est ce que je fais – je te choisis toi plus que quiconque – et pour le restant de mes jours.

Je fixe la rivière avec intensité alors que la roue arrive à son sommet et se met à descendre. J'ai eu une multitude de choix à faire dans ma vie. J'ai choisi ma carrière. Mes amis. Je pourrais choisir de monter dans un avion et de tout recommencer à zéro. Je peux choisir de passer ma vie avec l'homme que je veux.

Et je sais que ma décision est prise.

Je choisis Alexander, même au prix de tout le reste.

Alors, je lui murmure ma réponse :

– Oui.

Alexander s'immobilise, ses bras se raidissent autour de ma taille.

Je me répète d'une voix plus forte.

– Oui.

Cette fois-ci, aucun doute à avoir sur ma réponse. Alexander lâche ma taille et passe devant moi contre la paroi en verre de la nacelle. Il sort la bague de sa poche et la glisse à mon annulaire tremblant. En sentant son poids sur ma peau, j'éprouve un sentiment de certitude. Ma place est à ses côtés. Elle l'a toujours été. Alexander dépose un baiser sur la main qui dorénavant porte sa bague.

– Oui, oui, oui.

Les mots m'échappent, chaque oui est encore plus sûr que le précédent.

Alexander me prend dans ses bras et me fait tourbillonner en l'air.

– Je n'avais jamais vraiment connu la joie avant de t'embrasser pour la première fois.

– Alors, embrasse-moi, je lui souffle.

Il me pose sur la rambarde qui court le long de la nacelle et s'insère entre mes jambes que je serre autour de sa taille dans un geste possessif. Alexander lève mon menton et m'embrasse avec ferveur. Il pose une main sur ma nuque et tient ma tête avec tendresse. Ses mouvements sont lents, d'une adoration contenue.

Il met fin au baiser et caresse ma joue du bout de son nez.

– Tu n'imagines même pas à quel point c'est difficile de ne pas te prendre maintenant.

– Les gens dans les nacelles en verre doivent probablement toujours garder leurs pantalons, lui dis-je en souriant de toutes mes dents.

– Alors, j'espère que tu n'as rien de prévu ce soir, dit-il, pince-sans-rire.

– J'ai des trucs prévus pour le restant de mes jours.

Ma réponse murmurée est rapide et urgente. Ses doigts se mêlent à mes cheveux, tirant dessus pour mieux accéder à ma bouche. Mes mains s'agrippent aux pans de sa veste lorsque je me presse contre lui. La faim nous saisit, de plus en plus forte à mesure que nous essayons de refréner nos ardeurs.

– Le spectacle n'est pas terminé, murmure Alexander contre mes lèvres.

Il me repose par terre et je me rends compte que la roue a quasiment terminé son tour. Nous sommes de retour là où nous avons commencé notre ascension et, pourtant, ce n'est qu'un début. Un petit rire m'échappe et je prends la main d'Alexander dans la mienne lorsque nous nous arrêtons. À bout de souffle, je lui demande :

– Le spectacle ?

– J'ai été forcé de te partager avec le reste du monde depuis le jour où je t'ai rencontrée, dit-il en portant ma main à ses lèvres lorsque la porte de la nacelle s'ouvre et que des douzaines de flashs nous saisissent. Ce moment-là, j'ai voulu le partager.

Je voulais que tout le monde sache que Clara Bishop m'a choisi.

– Je te choisirai toujours.

Je n'arrive pas à m'imaginer ce que je ferais si les rôles étaient inversés. À cet instant, il n'y a qu'Alexander, mais je ne peux pas m'empêcher de lui faire un clin d'œil.

– Et si j'avais dit non ?

– Je savais que ça n'arriverait pas.

Il redresse les épaules et me rend mon clin d'œil. Comment fait-il pour rendre la vantardise aussi diablement sexy ? Il me fait sortir du London Eye et me mène vers la longue file de gens qui nous attendent. Il lève ma main gauche pour que tout le monde puisse la voir et s'écrie à pleins poumons :

– Elle a dit oui !

La foule se met à applaudir à tout rompre en lançant des cris de joie, mais je le remarque à peine quand Alexander m'embrasse encore une fois, scellant notre promesse devant le monde entier.

CHAPITRE VINGT-SEPT

Nous passons l'heure suivante à serrer dans nos bras notre famille et nos amis. Tous ceux qu'Alexander a conviés à son audacieuse demande en mariage. Belle n'arrête pas d'attraper ma main pour inspecter la bague. Ma mère prépare déjà le mariage et Edward semble assez motivé pour l'aider. Lorsqu'Alexander nous exfiltre enfin de l'heureux petit groupe, j'ai vraiment hâte de passer du temps en tête à tête avec lui.

Lorsqu'il m'aide à m'asseoir à l'arrière de la voiture, je lui murmure :

– Ramène-moi à la maison et filons directement au lit.

– Essaie de m'en empêcher.

Je grimpe sur ses genoux, me laissant bercer par la joyeuse euphorie de cette soirée. Depuis que j'ai pris ma décision, je n'arrête pas de voir des signes m'annonçant que c'était la bonne. Épouser Alexander, accepter les responsabilités inhérentes au fait de se marier avec l'héritier du trône d'Angleterre ne sera pas simple, mais je ne veux plus opter systématiquement pour la facilité. Pas si ça implique de vivre sans lui.

Il joue avec la bague à mon doigt et sourit comme un petit garçon. C'est inhabituel. Tellement loin de l'homme puissant et dominateur qui me fascine depuis le jour où je l'ai rencontré.

– Elle appartenait à ma mère, admet-il.

– Oh.

J'en ai le souffle coupé. Je vois cette bague sous un œil complètement différent maintenant.

– Elle me l'a donnée avant de mourir.

Alexander ne parle pas souvent de sa mère, mais quand il le fait, ses mots sont toujours teintés de tristesse. Ce soir, son chagrin semble tout aussi doux qu'amer.

– Elle t'aurait appréciée. Ma mère était belle et opiniâtre. Elle était l'égale de mon père, point par point. Elle était la seule à pouvoir le défier. Tu me fais penser à elle.

Pas évident d'être à la hauteur, mais je ravale ma peur.

– Je l'aime beaucoup. Je t'aime.

– Je sais qu'elle semble un peu « too much », ajoute-t-il rapidement. Si tu préfères autre chose.

Je retire immédiatement ma main.

– Il faudra me la retirer à mon corps défendant, plutôt mourir.

– Ce ne sera pas nécessaire, répond-il en riant.

Alexander peut être distant. Il peut être dominateur. Chaque facette de sa personnalité m'excite. Mais lorsqu'il se laisse aller à la joie, je fonds complètement. Il dépose une série de petits baisers sur le haut de mon front.

– Quand…

Il ne termine pas sa phrase, son regard est aspiré par quelque chose derrière la fenêtre.

– Merde.

– Quoi ?

J'ai trop peur de me retourner. Peut-être qu'un jour je m'habituerai aux mauvaises nouvelles qui semblent toujours talonner nos moments de joie. Mais pas aujourd'hui.

– On a de la compagnie, dit-il, les dents serrées.

Il recule, remet sa chemise dans son pantalon et passe une main dans ses cheveux pour les domestiquer. Puis il m'aide à en faire de même avec ma chemise et replace mes cheveux derrière mes oreilles avant de m'embrasser avec douceur. La faim qui me taraudait quelques instants plus tôt revient avec force et mes mains se jettent sur lui pour l'attirer vers moi. Alexander m'en empêche et secoue la tête pour s'excuser.

Je jette un coup d'œil à l'extérieur pour voir qui vient de gagner la première place sur ma liste des gens à abattre. Personne dans notre entourage n'ignore qu'il vient de me demander en mariage. Si je dois recevoir de la visite en permanence, un déménagement me semble une bonne option. Une file de berlines noires est garée devant notre maison. Visiblement, le stationnement interdit ne les gêne pas. En nous approchant, j'aperçois au moins une douzaine d'hommes positionnés devant notre portillon, dans le jardin et devant notre porte d'entrée. Je ne peux pas voir le jardin à l'arrière, mais j'imagine que d'autres agents y sont postés. Toutes les lumières de la maison sont allumées et la porte est grande ouverte.

– C'est une fouille de sécurité ?

Je suis un peu perdue. S'est-il passé quelque chose pendant son voyage ? Ou peut-être est-ce une procédure standard quand un membre de la famille royale est de retour après un long voyage officiel.

– Sans aucun doute, rétorque Alexander en esquissant une moue de dégoût. On n'est jamais assez prudent lorsque le roi vient vous rendre visite.

– Le r-r-r-roi ?

J'ai du mal à dire le mot, je suis même incapable de comprendre ce qu'il vient de dire.

– Mon père est chez nous.

Dès que Norris gare la voiture, Alexander est à la porte. Il se penche et m'offre sa main, mais à peine l'ai-je prise qu'il me tire vers la maison. Quelques gardes essaient de nous empêcher de passer, mais dès qu'ils le reconnaissent, ils s'écartent. Je leur souris un peu bizarrement, me demandant si le protocole exige que je leur propose des rafraîchissements. Vu ma dernière rencontre avec le père d'Alexander, j'apprécierais n'importe quelle excuse pour ne pas être dans la même pièce que lui. Cependant Alexander ne me donne pas l'occasion d'échapper à cette visite impromptue. Nous retrouvons Albert dans le séjour, un verre de vin à la main, confortablement installé dans le fauteuil à côté de la cheminée. Je fais de mon mieux pour avoir l'air impassible. Je retire mon manteau et le pose sur le dossier du canapé, mais je suis secouée. Jusqu'à présent, Albert n'a montré aucun intérêt pour notre vie à Notting Hill, sauf lorsqu'il a exigé que nous mettions un terme à la situation – et à notre relation. Impossible que ce soit une coïncidence qu'il ait enfin cherché à venir chez nous ce soir.

Sur un ton froid et insensible, Alexander lui demande :

– Vous êtes venu nous présenter vos félicitations ?

– Je te félicite pour ton petit spectacle en effet, répond Albert d'un ton méprisant avant d'avaler une gorgée de vin en secouant la tête. Je ne te croyais pas capable d'un coup pareil.

– Attention, Père. Je pourrais croire que c'est un compli-ment, répond-il en l'assassinant du regard.

– Je t'assure que ce n'est pas le cas.

Albert abandonne son verre de vin sur la table et joint ses mains en les étirant, l'air pensif, avant d'ajouter :

– Je t'ai peut-être sous-estimé.

J'ai besoin de laisser à cette conversation le temps de décanter. Bien sûr qu'Albert allait venir. Alexander n'a pas seulement impliqué ma famille et la sienne ce soir, mais aussi un public en adoration. C'était purement et simplement de la comédie pour nous rapprocher du peuple. Commettre le geste le plus romantique possible pour ne pouvoir rompre, sous peine de leur briser le cœur en même temps que le mien. Alexander ne m'a pas demandé en mariage.

Il a piégé son père en mettant en scène cette déclaration, invitant le monde à nous regarder pour que son père ne puisse plus ignorer notre relation. Mes mots sont coincés dans ma gorge, empêchant les larmes de couler. Tout ça n'était qu'un vaste subterfuge.

– Vous avez dit que c'était un spectacle, dis-je à voix haute.

Les deux hommes cessent de se chamailler et me regardent. Albert fronce les sourcils.

– Qu'est-ce qu'elle baratine ?

– Ce n'était qu'un spectacle.

Je me répète, regardant Albert droit dans les yeux et m'approchant de lui pour conclure :

– Pour saper votre autorité.

Mieux vaut peut-être que je lui dise la vérité. Peut-être qu'alors je pourrai reprendre un peu du contrôle que ce mensonge m'a coûté. Je ferme les yeux en espérant que lorsque je les ouvrirai à nouveau, la scène devant moi aura disparu. Que ce soit un rêve et que ça le reste. Que rien de tout ça ne soit réel.

Albert m'attrape la main, rétablissant le contact avec la réalité. Tout est vrai. C'est vraiment en train d'arriver.

– Avais-tu vraiment besoin de lui donner la bague de fiançailles de ta mère ? commente-t-il en serrant les dents tant il est mécontent. C'est un peu *too much*, comme ils disent.

– Ce n'est pas une mascarade, rétorque Alexander d'un ton sourd. Oui, j'ai fait exprès de demander sa main à Clara en public. Mais mon but n'était pas de vous blesser. Je l'ai fait parce que je voulais qu'on connaisse mon choix, pour que tout le monde ait bien en tête qui je désire épouser.

Un sursaut d'espoir bondit dans ma poitrine, mais je retiens mon souffle, refusant de l'alimenter. Quelles que soient ses intentions, l'idée que sa demande en mariage ait été concoctée pour attirer l'attention des médias ne me plaît pas trop. Combien d'autres moments de ma vie privée devront être mis en scène pour le public ?

– Il y a un protocole, siffle Albert. Un protocole que tu as ignoré de façon éhontée…

– Allez vous faire foutre avec votre protocole !

– Tu as une responsabilité, tu dois…

– Je suis responsable de moi-même, le coupe Alexander en levant la main. Et d'elle aussi.

– Et de ce pays, lui rappelle son père avant de déboutonner le col de sa chemise. Il y a des enjeux plus importants que ceux de ta petite amourette.

– Nous ne sommes plus au XVIIe siècle. Je n'ai plus à choisir une épouse pour des raisons politiques.

– Tout ne tourne pas autour des impulsions de ton chibre.

Albert dévisage son fils un instant avant d'attraper mon bras pour m'intercaler entre eux.

– Connaît-elle seulement tes goûts les plus dépravés ? Sait-elle pourquoi tu as été exilé ?

– Je ne cache rien à Clara.

Ça ne sert à rien de se disputer avec le roi sur ce sujet. Depuis des années, il a un avis très tranché sur son fils aîné et l'a envoyé combattre avec l'armée pour éviter d'avoir à se confronter à lui. Albert laisse tomber mon bras et me regarde avec dégoût.

– Si j'avais su que ta dépravation était plus que temporaire, j'aurais demandé à ce que tu sois envoyé sur la ligne de front.

Alexander ouvre la bouche pour répondre, mais j'en ai assez entendu.

– Sortez, dis-je sur un ton impérieux avant d'ouvrir la porte. Dégagez de ma maison.

Les deux hommes me dévisagent, Albert reprend ses esprits en premier.

– Vous n'avez quand même pas la présomption de me donner un ordre.

– J'assume complètement. Je ne vous ai pas invité chez moi et maintenant, je vous dis de partir.

– Au moins, vous avez un peu de personnalité, commente Albert en me regardant froidement avant de se diriger vers la porte. Prenez ça comme votre cadeau de bienvenue dans la famille.

Un sacrifice rituel aurait été plus accueillant. Je claque la porte sur ses talons alors que mon corps se met à trembler de partout. Albert a affaibli ma fermeté et là, je craque. Je sais bien que notre relation est bâtie sur un tapis de coquille d'œufs et que lorsque tout s'effondrera et que je serai brisée, plus rien ne pourra recoller les morceaux. Je reviens vers Alexander et retire la bague de mon doigt avant de la lui tendre. Alexander la regarde, visiblement horrifié, la douleur qui envahit son visage est le reflet de ma propre agonie.

– Prends-la.

– Qu'est-ce que tu fais ?

– Prends-la.

Je le supplie maintenant et les larmes me piquent les yeux. Tout ça n'était qu'une mascarade, je dois y mettre fin immédiatement.

Il tend la main vers moi et enroule les doigts autour de la bague.

– Elle est à toi. C'est la promesse que je t'ai faite, une promesse que je compte honorer.

Je me force à poser la question dont je ne suis pas sûre de vouloir entendre la réponse :

– Pourquoi m'as-tu demandé de t'épouser ?

– Parce que je t'aime.

Alexander réduit la distance entre nous. Il écrase les paumes de ses mains contre la porte, de part et d'autre de ma poitrine. Je suis prise au piège. Je dois le repousser pour me libérer de l'effet enivrant qu'il a sur moi lorsqu'il est si proche. Je ne peux pas faire confiance à mon corps, il pourrait me trahir et me faire croire tout ce qu'il me dit.

– Je mérite la vérité. Si tu m'as demandé de t'épouser simplement parce que tu veux te venger de ton père…

– Ça n'a rien à voir avec mon père ! explose-t-il.

– Alors explique-moi, X.

Ma voix n'est qu'un murmure qui le supplie de me parler. Je braque mes yeux sur le plancher. J'ai osé espérer, osé croire que je pouvais vivre un dénouement heureux, après tout. Séduite par le prince, emportée par ses tendres promesses. Mais la vie n'est pas si simple.

Alexander me reprend la bague et la glisse sur mon annulaire.

– Je t'épouserai demain, Clara. Ce sera notre secret. Si c'est ce qu'il te faut pour être rassurée. Je t'ai demandé de m'épouser, parce que je veux que tu sois ma femme. Je me moque de l'opinion des autres. De celle de mon père. De la presse à scandale. (Il s'arrête pour prendre mon visage dans ses mains et lever mon regard vers le sien.) Demande-le et j'officialise tout ce soir.

Je tourne mon visage contre sa main, savourant la chaleur de sa peau.

– Désolée. Ton père a tendance à me rendre complètement folle.

– Il a cet effet sur tous ses enfants, me rappelle Alexander. Tu as déjà ta place dans la famille, mon chou.

– Même si nous nous enfuyons tous les deux en secret ce soir, il y aura toujours un mariage.

– Un mariage est irrémédiablement l'une de ces obligations dont je t'ai parlé tout à l'heure. Je t'ai prévenue. (Un éclair de tristesse traverse son visage avant qu'il ne se force à sourire.) Je comprendrais que tu veuilles changer d'avis.

– Non, je n'ai pas changé d'avis.

Je murmure ma réponse, mais malgré l'intrusion d'Albert et la pression exercée par ses exigences haineuses, je sais que j'ai pris la bonne décision, j'en suis absolument certaine. Alexander et moi avons une destinée commune. Je passe mes mains sur son gilet, mes doigts tremblent en sentant les creux et les bosses de sa musculature même au travers de l'épais tissu, et je m'arrête sur son cœur avant de lui confirmer :

– C'est à moi.

Ma main descend un peu plus bas et se saisit de son membre dressé à travers son pantalon.

– Et ça aussi, c'est à moi.

– Tu deviens plutôt possessive.

Alexander grogne lorsque j'ouvre sa braguette et que j'attrape sa verge chaude à pleine main. Il retrousse ma jupe en la faisant passer au-dessus de mes hanches, révélant mes bas et mon porte-jarretelles. Il caresse d'un doigt la dentelle de mon string.

– Oui, je le suis.

Pour lui confirmer, je caresse sa queue d'une main tandis que, de l'autre, je fais tomber son pantalon par terre.

– Tu m'appartiens, mais là, j'ai envie d'être à toi.

Alexander taquine mon string trempé du bout du doigt puis attrape mon poing et l'arrache à son membre rigide avant de le tordre dans mon dos. Je ne résiste pas lorsqu'il fait la même chose avec mon autre main. Je suis prise entre ses bras, mes mouvements sont entravés. Il descend mes poignets plus bas, me forçant à cambrer le dos. Il s'attaque à mon corps avec faim, ses dents fondent sur mon téton gauche à travers ma chemise avant de l'aspirer dans sa bouche. Sa langue passe sur la pointe et s'attarde sur ce bourgeon jusqu'à le faire durcir et le rendre plus sensible. Il ouvre plus grand la bouche pour s'étendre sur mon sein. Ma tension monte et je rue contre son bassin. Mon sexe frôle le sien. La dentelle de mon string frotte la peau à vif de son membre le long de mes petites lèvres, me procurant des frémissements d'extase.

Mais ça serait trop facile. Il relâche mes poignets, me soulève dans ses bras et me porte jusqu'à notre lit. Il m'embrasse avec tendresse, puis avec fougue jusqu'à ce que j'en devienne folle de désir. Lorsqu'il m'allonge sur les draps, je l'observe se déshabiller avec envie, une envie de plus en plus frénétique. D'abord sa veste. Puis son gilet. Puis sa chemise. Il est debout devant moi, tellement masculin et toujours si beau que je suis incapable de le décrire.

Je n'arrive pas à me dire que nous avons un avenir. Un avenir pour explorer nos corps. Un avenir pour chercher ensemble les réponses à nos questions. Un avenir pour exprimer notre amour. Cette idée me coupe le souffle. Il est à moi. Pour toujours.

Et putain, j'ai envie que cet avenir commence immédiatement. Mes doigts tremblent sur les boutons de ma propre chemise, mais il se penche vers moi, agrippe le tissu soyeux et l'arrache d'un geste sec. Les boutons sautent puis rebondissent sur le lit et par terre. Alexander repousse le fin vêtement sur mes épaules et le force à descendre le long de mes bras alors que nos gestes confus nous rapprochent et que mes seins, lourds de désir, tombent dans ses mains chaudes.

– J'ai besoin de te goûter. J'ai pensé à ton corps tous les jours depuis que nous sommes séparés, dit-il d'un ton bourru.

Ma tête retombe en arrière lorsqu'il descend le long de mon torse, il lèche, puis suçote chaque parcelle de chair qu'il peut atteindre. Ses mains massent mes seins, il continue à les malaxer en poursuivant sa descente vorace jusqu'à la ligne du maillot. D'un mouvement du menton, il m'incite à écarter les cuisses et la légère griffure de sa barbe naissante sur ma peau, si fine à cet endroit, me fait doucement rire.

– Tu aimes ça, mon chou ?

Il caresse l'intérieur de ma cuisse avec son visage et la sensation de chatouillement se transforme en désir ardent qui prend le contrôle de mon corps. Je me trémousse pour m'approcher de lui. Ses mains quittent mes seins. Alexander pousse de côté la bande de dentelle qui recouvre mon sexe.

– Ta chatte m'a manqué. Je vais passer le restant de mes jours à la vénérer. Je lui ai manqué ?

Je gémis un oui lorsqu'il se met à l'embrasser. Mes jambes s'écartent un peu plus et il accepte mon invitation, passant sa langue entre les replis de mon intimité avant de s'attarder sur mon clitoris. Je pousse un cri en résistant à la tentation de serrer mes jambes autour de sa tête pour le maintenir là toute la nuit. Pas besoin de forcer, il prend tout son temps, léchant ma soyeuse humidité langoureusement.

Comment ai-je fait pour survivre sans qu'il me touche pendant aussi longtemps ? Je mérite une sorte de médaille. On ne peut pas passer d'Alexander au vide intersidéral aussi rapidement. Je projette de lui en parler dès que… Mes pensées m'échappent quand il introduit un doigt en moi et le recourbe, découvrant un nouveau territoire. Je ne veux pas qu'il s'arrête. Jamais. Mes membres se raidissent, je m'agrippe au bord du précipice, je n'ai pas envie d'y tomber tout de suite. Je suis avec l'homme que j'aime. C'est lui que je vais épouser. L'idée m'anéantit presque, mais je m'accroche aux draps et tiens bon. J'ai envie que le temps s'arrête, mais il s'accélère lorsque sa langue habile me pousse encore plus loin. Il m'aspire, me masse avec une urgence toujours plus grande, et sa bouche se referme sur mon clitoris en le suçant, ce qui liquéfie les dernières résistances entêtées de mon corps. J'éclate en un millier de tremblements et de spasmes alors que l'orgasme le plus puissant de ma vie m'emporte.

Mon corps frémit encore lorsqu'il m'attire contre lui et me retourne pour que je recouvre le sien. Il pose son pouce sous mon menton et incite mon regard à plonger dans le sien à travers le brouillard de satisfaction qui a enfumé mon cerveau.

– Je veux que tu me chevauches, m'ordonne-t-il. Je veux voir ma bite s'enfoncer en toi.

J'ignore la légère brûlure de mes chairs sensibilisées entre mes jambes et me hisse sur mes genoux. Je me baisse avec précaution, m'empalant sur son membre centimètre après centimètre. Mon intimité s'étire pour accueillir sa verge épaisse. Lorsque je sens son gland buter au fond, j'en ai le souffle coupé. Il n'est jamais allé aussi loin en moi et j'en veux plus. Je le veux tout entier. J'ondule des hanches, faisant des cercles autour de son sexe profondément ancré. Je me soulève pour qu'il puisse voir et je redescends brutalement, d'un coup. Ses doigts creusent la chair de mes hanches, m'encourageant à le baiser encore et encore.

Mes mouvements sont lents. Je remonte, puis je me penche en arrière et je m'agrippe aux draps, savourant la sensation de me sentir glisser sur son sexe.

– Vas-y, m'ordonne-t-il. Montre-moi comme tu es belle quand tu jouis sur ma queue.

Je me laisse aller à mon plaisir, m'ouvrant totalement à lui alors que mille promesses perlent de mes lèvres. Je suis à lui. J'ai besoin qu'il le sache, mais la jouissance emporte mes mots et je m'ouvre à son puissant jet qui se noie dans notre amour. Nous nous écroulons ensemble, bras et jambes emmêlés, sans qu'aucun de nous ne veuille détacher son regard de l'autre. Nous nous sommes battus pour notre relation. Nous avons écarté les objections de sa famille et enterré les fantômes de nos passés.

J'enfouis mon visage dans son cou et je compte les battements de son cœur – *mon* cœur dans *son* corps. Et dans l'intimité de notre lit, il lève mon menton pour me reposer la question qu'il a formulée quelques heures plus tôt :

– Veux-tu passer le restant de tes jours à mes côtés ?

J'ai le souffle coupé de ce geste. Aucune cérémonie à grand spectacle. Pas de simagrées pour les journaux people. Cette demande est crue, bien réelle, elle a bien plus de sens à mes yeux que des douzaines de roses et de belles paroles.

Ma réponse n'a pas changé. Elle ne changera jamais. Mais ce moment est sacré – nous échangeons des vœux de mariage que personne ne peut voir. Ceux auxquels nous nous accrocherons dans la joie comme dans la détresse.

– Oui, je le veux.

ÉPILOGUE

Il pleut des cordes sur les moindres recoins sous Tower Bridge. Les touristes les plus prudents ont abandonné le quartier avant la nuit, avertis par les discours anxiogènes de leurs guides de voyage. Ethan trouve que c'est mieux comme ça. Moins il y a de monde au courant de ses activités nocturnes, plus il est content.

Il vérifie l'heure sur sa montre et remarque, un peu agacé, que son contact est en retard. Ses instructions étaient claires pourtant. Il doit attendre. Le client de son chef a payé une sacrée somme d'argent pour le contenu de l'enveloppe brune cachée sous sa veste.

Les salauds payent toujours bien.

Ethan entend des bruits de pas dans l'allée derrière lui et se retourne doucement. Il ne veut pas effrayer l'homme qui approche. Un type qui fait des affaires avec la famille DeAngelo est forcément un déséquilibré. Entre la lumière du crépuscule et la capuche tirée sur sa tête, Ethan est incapable de voir à quoi il ressemble. L'homme s'adresse à lui :

– J'attends une livraison.

Ethan soupire de soulagement. C'est bien son contact et non un gamin qui cherche une proie facile. L'inconnu ne repousse pas sa capuche, Ethan lui donne le paquet.

– Ça devrait couvrir les frais.

L'homme lui tend une grosse enveloppe et Ethan la cache vite fait dans sa veste en cuir.

Il est soulagé d'être débarrassé de son paquet. Une dette de plus remboursée au patron de la mafia qui le fait chanter ces derniers temps. Ethan n'a pas demandé pourquoi cet homme voulait une arme. Il le devine. Le savoir ne ferait qu'alourdir le fardeau qu'il traîne pour ses manigances illicites.

Ils se disent très rapidement au revoir sans en penser un mot. L'un des hommes souhaite oublier qu'il trempe dans une affaire violente qui éclatera bientôt. L'autre n'a que trop hâte de passer à l'acte.

Merci d'avoir lu CAPTIVE-MOI. J'espère que vous aimez Clara et Alexander autant que moi !

Lorsque j'étais petite fille, j'adorais les contes de fées, mais en grandissant, je me demandais ce que ça ferait de tomber amoureuse d'un prince dans notre monde d'aujourd'hui. C'est de ces spéculations que sont nés Clara et Alexander. Depuis que j'ai commencé à l'écrire, leur histoire me consume totalement, j'espère qu'elle vous captive autant que moi. J'aime recevoir des commentaires de lecteurs et de lectrices et j'adorerais lire les vôtres. Qu'espérez-vous pour Clara et Alexander ? Quelle conclusion donner à leur histoire ? Quel personnage secondaire aimeriez-vous revoir ? Envoyez-moi un message pour me le dire : genevaleeauthor@gmail.com

Ce serait très sympa de votre part de prendre quelques minutes pour laisser une critique honnête de votre lecture sur la plate-forme de votre choix. Le succès d'un livre dépend en grande partie de lectrices et lecteurs comme vous. Une critique aide d'autres personnes à trouver mes livres, ce qui me donne les moyens de continuer à les écrire pour vous !

Merci,

REMERCIEMENTS

Je dois remercier tellement de monde pour m'avoir aidée à donner naissance à ce livre. Je n'aurais pas pu continuer à écrire sans l'amour et le soutien de mon mari. Merci pour ta patience sans limite lorsque je concocte des histoires dans ma tête, que je pleure et inversement. Merci de conduire les enfants à l'école et de me rappeler qu'il faut que je mange. Et, plus que tout, merci de supporter des heures de frustration sexuelle pour me laisser le temps de prendre des notes et de faire des corrections. Tu vois, j'ai bien fait de faire une école de journalisme, ça paie !

Ma plus profonde gratitude à Tamara Mataya d'avoir revu de son œil de lynx mon texte et d'y avoir ajouté tous ces trucs sexy dans les chapitres d'Alexander. Tu as amélioré ce livre à tous les niveaux.

Merci à Bethany Hagen d'avoir corrigé tous les petits détails et de toujours mieux garder mes personnages en tête que moi. J'assurerai tes arrières quand tu voudras.

Laurelin Paige, je suis ravie que tu sois aussi excitée par les affaires que moi. Merci de toujours trouver le temps de lire et pour tous les conseils et le soutien que tu m'as apportés.

Merci à Melanie Harlow et Kayti McGee d'avoir su rester naturelles et de m'avoir toujours encouragée.

Vous n'avez pas idée à quel point je vous aime. Le matin, je fais un câlin à mon petit chéri et c'est ensuite à vous que je pense en premier. Toujours.

Un grand merci aux filles de FYW d'avoir pris sous votre aile ce bébé auteur obscène que j'étais et d'avoir répondu à toutes ses questions débiles. Vous m'inspirez.

Lauren Blakely, Melody Grace et K.A. Linde, merci pour ces dîners, ces apéros et toutes ces stratégies – et de très nombreuss après-midi et plus encore. Je vous dois plus d'un verre.

EM, sans toi, je deviendrais folle. Merci d'avoir cru que j'en étais capable, malgré les dizaines de mails envoyés à trois heures du matin. Je ne pourrais jamais avoir de meilleur partenaire pour faire les quatre cents coups. Reviens.

Lindsey, pardon, toutes mes excuses. Je suis contente que tu n'aies pas jeté COMMANDE-MOI dans l'océan Atlantique. Merci de m'avoir botté le train pour que je finisse dans les délais. J'espère que ça ne t'a pas trop embêté de passer autant de temps avec Alexander. Je t'aime, grognasse.

Merci à Tara et à l'équipe Draft2Digital d'avoir supporté d'être inondés d'emails et d'être les meilleurs dans le milieu.

Vania, Chandler et VLC Productions, merci pour cette magnifique couverture. J'ai hâte de voir comment vous allez vous y prendre pour donner des frissons à l'objectif de l'appareil pour la couverture de COURONNE-MOI. J'ai déjà l'œil sur plusieurs ensembles de lingerie !

Cait Greer, tu as toute ma gratitude d'avoir réussi à formater le texte en un clin d'œil, Merci !

Un merci tout particulier à Trish Mint et les Schmexy Girls pour leur approbation, leurs magouilles et les fous rires à la chaîne. Merci à Angie McLain et à Fan Girl Book Blog de m'avoir laissée vous citer. Vous n'avez pas idée, ça compte tellement pour moi. Summer's Book Blog, merci d'avoir été l'une des premières à avoir repéré Alexander. Et à tous les blogueurs qui aiment et soutiennent les auteurs, c'est vous qui faites toute la différence. Je suis inspirée par votre passion. Merci de faire tout ça !

Et à mes lecteurs et lectrices, vos notes, vos commentaires et votre soutien me donnent la force de continuer quand j'ai envie de tout laisser tomber. Cette histoire est pour vous et j'espère vous en donner encore bien d'autres. Merci de me lire. Je vous aime.